李小龙 著

红楼梦 问思录

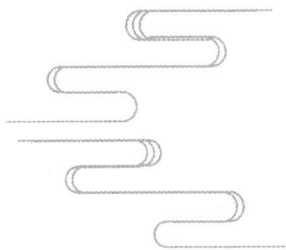

人民东方出版传媒

东方出版社

图书在版编目（CIP）数据

红楼梦问思录 / 李小龙 著 . — 北京：东方出版社，2020.8
ISBN 978-7-5207-1516-4

Ⅰ.①红…　Ⅱ.①李…　Ⅲ.①《红楼梦》研究　Ⅳ.① I207.411

中国版本图书馆 CIP 数据核字（2020）第 073145 号

红楼梦问思录
（HONGLOUMENG WENSILU）

作　　者：李小龙
策　　划：李伟楠
责任编辑：李伟楠
责任审校：金学勇
出　　版：东方出版社
发　　行：人民东方出版传媒有限公司
地　　址：北京市东城区朝阳门内大街 166 号
邮　　编：100010
印　　刷：北京明恒达印务有限公司
版　　次：2020 年 8 月第 1 版
印　　次：2024 年 11 月第 2 次印刷
开　　本：880 毫米 ×1230 毫米　1/32
印　　张：11.875
字　　数：262 千字
书　　号：ISBN 978-7-5207-1516-4
定　　价：49.00 元
发行电话：（010）85924663　85924644　85924641

目　录

第四部分　《红楼梦》中的人物

第五部分　品读细节

第六部分 《红楼梦》艺术

引言

一、缘起

　　《红楼梦》是中国古典小说的高峰，其影响力是超越国界与时空的——中国当下的小说观念已经西方化了，传统古典小说阅读状况十分堪忧，但《红楼梦》依然受到一代又一代读者的喜爱。在不少中学，整本书阅读中只选择了《红楼梦》。同时，随着其他语种全译本的不断问世，这部奇书也早就走向了全世界。比如英国翻译家霍克思的译本，在英语国家得到了热烈且长久的欢迎。

　　然而，《红楼梦》虽家喻户晓，读者众多，但不得不说，进入这部作品的艺术世界还是非常有难度的。在众多读者中，不少人是震于其大名而硬着头皮去读了，读过后也没有什么收获，只是像出天花一样，反正这样重要的作品，读过就可以交差了。还有一些读者非常喜爱，沉溺其中，但很多人只是溺于《红楼梦》表面上的东西，对其深刻的内涵并无会心。事实上，很多人虽然也承认《红楼梦》的伟大，但有多少是真正进入其艺术境界后的解味之言呢？这都是《红楼梦》接受上的大难题。为此，《红楼梦》研究界也有许多著作引导读者阅读，只是，学术著作大多从学理层面入手，很难引起普通读者阅读的兴趣。

　　怎么才能既提起读者阅读的兴趣，又不越俎代庖地强迫他们接受那些宏大的高头讲章呢？我一直在思考这个问题，因为这也同样是我在大学课堂开设《红楼梦》专题课时需要考虑的问题。

多年以来，我曾无数次在讲台上与同学一起分享对《红楼梦》的阅读心得，但主要限于文学史课堂的四到八个课时，只能是蜻蜓点水而已，同学们都觉得意犹未尽。面对浩瀚的文学史，每次也只能给《红楼梦》留出这些时间，而且基本上都是拿这部作品当作文学史的结束语。直到前几年，终于试着给高年级学生开设了《红楼梦》的专题课，这样就有了一个学期的时间来交流。在多次开课中，我尽量试验不同的交流方式。最初是由我从头讲到尾，因为太迫不及待地想与同学们分享想法了，我花了大量时间备课，想把红学研究中值得介绍的成果都灌给大家，但感觉效果并不好。在多次试验后，终于确定一种方法，较能满足我对这门课的期待，就是让同学们先分好阅读小组，然后每周固定读数回，限一学期读完，每周读过后在课外进行小组讨论，最后将讨论的问题汇总给我，我再把这些问题拿到课堂上，与大家一起交流。

这种方式的第一个好处是实现了我一直强调的一件事，那就是无论此前是否读过《红楼梦》，这门课都会让同学完完整整、仔仔细细地读一遍。哪怕没有我的讲解，这也算是本课最大的成功了——因为，要想知道梨子的滋味就要亲口尝一尝，大家在真实的阅读中，收获其实远远超过我能在课堂上端出的那些浅陋心得——就算没有提出更好的问题（其实同学们经常提出让我惊叹的好问题），一个学期与同窗共读《红楼梦》的经历，也一定是我们与这部奇书最好的相处方式，一定会带给我们更丰富的文学感受与生命体验。

第二个好处是让同学们不只自己阅读，还要把阅读的感受在课外小组交流中讲出来。这巩固了阅读心得——大家都有这样的经验，把自己的心得当众宣讲从消极层面看是巩固了这些既有的收获，从积极层面看其实也是将原本稍为凌乱的想法清晰化的过程。有很多同学对我说，大家在讨论中收获非常大，一方面讨论也会激发自己的灵感，有时会突然觉得打通了阅读《红楼梦》的任督二脉；另一方面，也能在别人的思考中获得启迪，恰有切磋启明之效。事实上，一个人的灵感或许正是在其他人的思考基础上迸发的，而这一灵感的表达又可能会擦亮更多人的悟红之目。

当然，还有第三个好处，那就是可以把讨论的结果再细化为各种各样的问题，我会尽量把大部分问题都展示在课堂上，然后就这些问题与大家交流。这样的交流有双重益处：一是我所讲的一定也是大家想听的，至少提出这一问题的小组会很有参与感，而对别的小组来说，其他同学所提问题其实也或多或少与自己有共鸣，不至于出现讲、听参差的局面；更重要的是，其实有不少问题或新颖、或刁钻、或朴实而易为忽略、或深细而探骊得珠，不但让课堂更丰富，还督促着我去做更多的思考。

这本书就是数年来课堂效果的一个实录。相信书中的问题也会是更多初读《红楼梦》的读者所遇到的；那么，相应的解答也会对更多的读者有参考意义。

最后，需要说明一下书名。朱熹曾据《论语》"切问而近思"之语而为《近思录》，我非常喜欢这个书名，而我们的课堂实验又多了"问"的环节：追问与思考是寻获真知的途径，也是通向仁德的法门。何晏注云"切问者，切问于己所学未悟之事"，这或许可用来描述同学们提出的问题；而"近思者，思己所未能及之事"，也合乎我的解答，因为它只是我自己的思考，并非标准答案，它的意义更多地还在于为大家提供某种思考的角度吧。

二、我们应该读哪一种《红楼梦》?

相信不少人有过以下两种模式的对话吧:

模式一:

A:你读过《红楼梦》吗?

B:读过!……(此处省略一万字)。

模式二:

A:你读过《红楼梦》吗?

B:读过。

A:你读的是什么版本?

B:%￥＊(&@#%＊? &……%￥%&＊

我们注意到,一般人在阅读时都不太注意版本,总觉得版本这样深奥的东西,只能是学者,尤其是老学究们研究的课题,绝非一般人所能染指。所以,大部分人总是在市面上随手抓来一本《红楼梦》便开始读。他们会理直气壮地认为,反正这一本与那一本,不同处只在于书价——正是他们支持了盗版,因为盗版书的书价可以很低，当然，也可以定很高，但卖得很低，总而言之，这一因素对许多人来说是决定性的。另一些人还看到了封面或者版式这些外在形式的不同，这些人中多数会以"遗貌取神"的思维告诉你，不要当那么没水平的"颜控"，要轻视外表，重视内在。还有一些人更进一步地看到此本与彼本校对上的精粗之别，但也只将这当作技术性因素，或者觉得只要编辑校对时再认真一些，则彼本与此本便无不同；或者觉得偶尔出现的错字也不大影响阅读，尤其对于小说来说，反正我们读的是情节，又不是语言，个别错字会在情节的激流中被自动修正，以至于有时都没意识到自己修正了一个错字。

以上这些看法虽有程度不同的差异，但抽象来看，却有一个共同的潜台词，就是认为《红楼梦》文本是一个抽象的存在，就像保存在国际计量局中那个用铂铱合金制造的国际米原器，世界各地的长度单位米都曾以其为基准。

然而，这些看法其实都是错的。从作品的生成与接受两端来看，文学作品并没有一个抽象的存在，因为它们都是附着在一个具体的物质形态之中，这种物质形态表现在作品生成一端便是版本，而不同的版本在读者接受一端又会给读者不同的阅读体验。这种不同有时反差极大——我就有过这样的经历，曾经开始阅读一本西方小说名著，却无论如何读不下去，很不喜欢；过了几年，出版社重版，译文并无变化，只是把以前恶俗的封面与难看的排版调整了一下，再看就发现截然不同。

言归正传，我们还是讨论一下我们的话题，就是应该看哪种《红楼梦》。

如上所言，《红楼梦》不是曹雪芹存放在国际计量局中的抽象文本，它是以各种复杂的物质形态即所谓的版本而存于世间的，而这些形态各异的版本正如一对夫妻生下的一群孩子，这些孩子的长相、性格可能都有同有异——当然，他们一定是同大于异的，因为他们的基因来源相同，所以从生物学、遗传学上看，他们或许百分之九十都相同，但对于他们周围的人来说，他们那不到百分之十的不同更重要。《红楼梦》也是如此，其原始版本或许大部分都一样，这会让一些读者对把版本看得很重的学者不屑一顾，但援上例就可以知道，它们之间巨大的重合部分其实是理所当然的，但这并不重要，重要的恰恰是那些少量的差异。就好像《红楼梦》里的傻大姐，"生得体肥面阔，两只大脚"，贾府诸人与读者对此人与薛宝钗的观感一定差距极大，但若仔细统计二人的同异，其实相似的地方肯定更多，不过是脸大了一点点，脚大了一点点，或者眼再小一点点之类，但恰恰是这一点点差别，决定了两人各自的命运。

其实，上面把版本比作一群孩子还有一个意义，就是版本并不能简单地判定优劣从而进行优胜劣汰，就好像我们不能简单地评判一群孩子，认为差劲的就一无是处。事实上，不同的版本有各自存在的价值，它们都以自己与别本的差异之处，共同影射着原作的抽象文本——当然，这并不是笔者自己打脸，因为它们是影射，并非真实存在，而影射的落实需要学术研究的判定，但这几乎是不可能的。学者最好的研究也只能隐隐约约地接近那个抽象文本，而永远不可能达到，对于《红楼梦》来说更是如此——不过，接近对于读者来说也就够了，我们向大家强调版本的重要性，其逻辑起点正在于此。

理论先行后，接下来便是枯燥的版本介绍，实在没兴趣的读者可以略过，直接跳到本节最后去看接受角度的"版本"推荐，因为这是文献生成时期的版本，也就是最基础的版本，但大部分读者是不会去阅读的。

《红楼梦》版本总体来说分为两类，一类因为有与作者曹雪芹关系极为密切的评点者脂砚斋的评点，所以被称为脂本；另一类则以程伟元摆印本为开端，故称程本。

脂本在清代数百年的流传中从未刊行过，都是以抄本的形态流传。当下红学界一般认为，脂本是更接近曹雪芹创作原貌的版本，之所以这样判定，原因也很简单，这些版本围绕作者曹雪芹会有亲疏远近的差别，距曹雪芹越近的版本，自然越接近原貌——比如说，如果能发现曹雪芹的《红楼梦》手稿，也便基本可以定为原本了，就是因为距作者最近；其次是据作者手稿本抄录的版本，再次是据过录本再次抄录的版本……脂本目前已经发现十余种，当然其间残次不齐、真伪亦复难明，但举其要者，莫过学界所定的三大早期抄本，即所谓的甲戌本、己卯本和庚辰本（当然，这三个名称所标示的纪年可能并非现存版本的纪年，而是现存本的底本的纪年），因为这三种版本的底本抄录的年代尚在作者曹雪芹生前，所以文字自然更可靠，加上有丰富的脂砚斋批语，透露出更多有关作者以及作品的吉光片羽，所以弥足珍贵。而这三大抄本却各有特性：甲戌本时代最早，保存了很珍贵的异文，也有非常丰富的脂批，但十分可惜的是只存十六回；庚辰本虽然最晚，且抄录质量不好，但却是最全的脂本，因为一般认为曹雪芹只完成了《红楼梦》的前八十回，而这个本子包括了除第六十四回、第六十七回之外前八十回的其他内容；己卯本时代晚于甲戌本，篇幅又仅为庚辰本之半，但却被证明当为庚辰本的底本，而且其本或当出自怡亲王府，则其文字也更加可靠。

总而言之，对于脂本系统来说，这三个版本是最重要的，其实对于整个《红楼梦》版本系统来说，也是如此。

在脂本系统中，这部小说一般被题为《石头记》——这个名字就不用说明了，想来地球人都知道。

程本系统相对于普通人来说，则简单得多，非专业人士可以不去考虑什么程甲本、程乙本甚至程丙本，还有清中后期的各种衍生本，我们就只把它视为一个版本就行，那就是由程伟元主持印行的一百二十回全本《红楼梦》——《红楼梦》这个书名是从程本开始大行其道并被固定下来的。

对于程本的认识，近百年来学界发生了多次反转，我们无法细述，但有必要说明：可能很多人依然认为《红楼梦》后四十回是程伟元、高鹗伪造的，所以一些人阅读此书就只读前八十回，但可能并不妥当。暂不论红学界大部分学者都指出后四十回中其实有作者曹雪芹部分原稿，即便没有这一研究成果，我们依然要尊重后四十回，因为一百二十回的《红楼梦》是一个整体，失却后四十回，简单地说，《红楼梦》是不完整的；深入讨论，我们会发现这种腰斩会对《红楼梦》的艺术世界造成极大损伤。当然，我们要承认，后四十回确实有写得不好的地方，尤其与前八十回那种无懈可击的艺术水准来对比，后四十回不少地方不忍卒读，但这就是《红楼梦》版本留存的客观事实，它并没有给我们留下与前八十回一致的精金美玉一般的全本，所以我们也不得不从积极意义上接受后四十回——就好像一个人失却了双腿，假肢当然不如原配，但如果有可能配备假肢，想来不会有人拒绝。

以上所说是文献学意义上真正的版本，但这确实并不适合大部分读者去阅读，就好像很多人愿意读莎士比亚，1623年的第一对开本当然是珍贵的好版本，但并非每位读者都可以欣赏。所以，我愿意把"版本"的概念再延伸一下，从文献学规定的文献生成时形成的物质形态再扩大到文献被接受时的物质形态，这当然不是严格意义上的"版本"，但对普通读者来说却可能更重要。

当然，我们有必要先强调一下，这些接受之维的阅读版本其实都应该是专家学者整理出来的，而专家学者之整理，其基础正是前文所述的那些真正的版本，因此，这些并非严格意义上的版本其实仍是以严格意义上的版本为基础的。

第一个要推荐的阅读版本就是程甲本，虽然它有很多问题，但不可否认，它是《红楼梦》产生以来影响最大的版本，它的出现深刻地影响了此书的面貌，在世人还不知道脂本为何物时，它就已经让知识界讨论"红学"了。这个版本曾在20世纪80年代，由北京师范大学启功先生主持，张俊先生等细心校注，并由北京师范大学出版社出版，其校与注都极见功力。

当然，前面已经说过，脂本是更接近曹雪芹原貌的本子，所以我们虽然要珍惜假肢给我们带来的便利，但并不是说就要把胳膊也换成假的。所以，在脂本发现后，一般阅读的版本还需要升级。那么，第二个推荐，也是本文最重要的推荐，就是由中国艺术研究院红楼梦研究所校注、由人民文学出版社收入《中国古典文学读本丛书》中的《红楼梦》，此书前八十回以庚辰本为底本，参校了其他各种脂本以及程本；后四十回以程甲本为底本，校以其他版本——可以说，这个本子在向原本或者说抽象存在的《红楼梦》文本的进阶上迈进了很大的一步。这是校的工作，也就是文本本身方面的可靠性。此外，这个版本在注释上取得了更大的成就，集合了数十位优秀红学家，不仅对词语到典章制度一类传统注释对象进行了全面疏解，还对《红楼梦》中许多暗含的意蕴进行了阐明。可以说，其成果在兼顾学术与阅读方面，堪称典范。

不过，笔者还要补充几句吹毛求疵的意见。笔者虽大力推荐此本，并且这也是笔者自己的基础阅读本，但仍要指出，这种集合众本、各取所"长"而成的整理方式是中国传统经、史、子、集类文献的整理方式，对于白话小说这种下里巴人的文本来说，却并不合适：一方面，白话小说各版本间的差异很多时候是系统性的，传统文献学的校勘目的是恢复作者的文本原貌，而白话小说并无这样的定本可恢复，所以校勘便极可能成为没有清晰判定标准的智力游戏（上述红研所校注本在几次改版中，个别字句便经历了否定与否定之否定的循环）；更重要的是，每一个被校改的版本，都出自某种特定的文化生态，都折射着这种文化生态中的主要作者、次要作者、出版者、读者复杂的文化意识与审美心理，所以从更深入的研究阅读角度看，每种版本都有其自己的价值，不可以也不应该被任何善本或整理本简单取代。关于这一点，笔者还是推荐一篇重要的文章，大家有兴趣可以参看郭英德师的论文《中国古代通俗小说版本研究刍议》（《文学遗产》2005 年第 2 期）。

最后，还要再补充一点，前文反复提及脂砚斋的评点，它既有中国古典小说评点的共性，亦有《红楼梦》评点的个性。就前者而言，中国古典小说与评点是一种文本共生关系，好的小说需要好的评点来疏通，就如经学著述需要训释来疏通一样。因此，评点并非小说叙事世界的副文本、似乎可有可无，读者在阅读那些历史上产生出经典评点的小说文本时，若未能与评点参照阅读，便如入宝山而空手回一样遗憾。就后者来说，脂砚斋又与金圣叹、张竹坡、毛宗岗不同，他与作者有着极为密切复杂的关系，甚至他与《红楼梦》的文本也有着纷繁难明的纠葛，在这种情况下，他的评点更是难得的入口与向导——总之，阅读《红楼梦》，在浅层阅读之后，如果希望能深入下去，则脂批是必读的。所以，我还需要推荐一个附了脂批的版本：在文献生成阶段的版本中，以甲戌本与庚辰本所含脂批最丰富，也最有价值，直接读这两个版本即可；而从接受角度来说，则亦有今人汇集脂评于一书的版本，如齐鲁书社1994年出版的黄霖先生整理的《脂砚斋评批红楼梦》就是非常理想的读本，遗憾的是此书初版后迄未再版，现在很难买到了。作为替代品，中华书局出版的《四大名著 名家点评：红楼梦》也收录了脂评，亦可推荐，唯惜稍有删落，不过，作为阅读而非学术研究的读本还是可以的。

如果大家对这个推荐还不太满意，其实我还准备了一份更详尽的推荐书单，作为附录放在本书的最后。其中推荐了《红楼梦》从最基本的到最繁复的读本十种，各位读者可以自取所需。

三、我们应该怎样读《红楼梦》?

　　《红楼梦》应该怎样读？这是一个大问题，我的回答是：一页一页读，再加上一遍一遍读。

　　这个回答是认真的，不是开玩笑。《红楼梦》跟别的作品不一样，其他有的小说我们读的时候都可以不在乎文字，因为你只要了解了叙事的内容就可以了。但是读《红楼梦》时一定要注意细节。正因如此，《红楼梦》的阅读就需要认真仔细地读细节，所以要"一页一页读"，如果一目十行地扫过，就会遗漏最能代表《红楼梦》特性的艺术华彩；同时，也正因如此，你还需要至少十遍以上的阅读量，《红楼梦》里面埋伏了很多东西，这些东西只有你在一遍一遍读的时候才能品出里面的味道。可以这么说，经典的作品都是要读很多遍才能明白的，《红楼梦》尤其显著。

　　我有一个有趣的经验，我们很多人的文学欣赏口味被各种不好的书给败坏了，比如网络小说之类，或者各种各样的"软阅读"、快速阅读。大家有没有注意到，有了这样的阅读惯性之后就很难再啃硬东西了，就好像你从小吃饭都是吃软的，牙不够坚硬，就啃不了硬东西。但是大家再想一想，凡是经典的东西都是硬东西，都是大家都听过名字，都觉得了不起，谁都知道，但是很多人都没读过的。我们的文学口味败坏以后，对于那种过于严肃的小说都读不下去，总觉得太平淡，太不刺激。竟然没有一个峰回路转的变化，好人从头到尾都是好人，这简直不符合我们的阅读期待。而经典的作品离生活太近了，我们反倒不能接受。这时候，你就需要《红楼梦》了。我自己的感觉便是，每读一遍《红楼梦》，欣赏文学的口味就醇正一点。所以每当感觉自己面目可憎的时候，读一遍《红楼梦》就好了。如果大家能有这种感觉，就证明找对路了。因为《红楼梦》的叙事艺术，不仅是说有叙事的技巧，也是说曹雪芹有与生俱来的叙事的敏感。你如果能够接受并欣赏这种叙事的感觉的话，那么这种叙事的智慧在阅读其他小说时都可以参考，可以当作叙述文化的背景来用。

虽然《红楼梦》是一部清代前中期的作品，但在我个人看来直到现在西方的各种小说——比如现代派，他们玩了很多花样——的叙事技巧其实并没有超出《红楼梦》的范畴。《红楼梦》各种各样的叙事技巧都用过，但是和西方有一点不同。西方的很多现代派作品在使用叙事技巧的时候是为了技巧而技巧，但是《红楼梦》不是，它的技巧是长出来的，是从曹雪芹和曹家的家族血泪史里面长出来的。

所以我说我们应该仔细读，并且读很多遍，来醇正口味，磨炼阅读小说的敏感。

说到敏感，我想起经常遇到的一个问题："这个小说我也读了，甚至读了很多遍，但是读完就完了，没记住什么。"这是为什么呢？我也很奇怪，也曾经思考很久，或许可以从两方面来解释。一个方面就是天性，你的天性和小说、和叙事文学是不是投合；另外一个就是你对叙事是不是够敏感。我自己感觉读过的小说，哪怕过去十几年甚至几十年了，其中很多细节都记得，记得很清楚。我和我的朋友聊天的时候，经常会说一些细节。他们觉得很奇怪：这个小说有这个细节吗？这实际上不是说我记性比较好，而是说敏感。你对叙事的节奏要敏感，不敏感的话，有时读了似乎也跟没读一样。这和读诗不同，你读一首诗，里面只要有一个名句，你就把这个名句记住了。但是读一个小说，《红楼梦》，一百万字，读完似乎也没什么可记的。这不是记忆的问题，而是它是否感动你。或者说有些小说的力量很大，有些情节你读完之后好像被打了一拳一样，像被雷击一样，一下就被震住了。但是我们很多人看到这些情节也没觉得什么，就过去了。

所以我们要磨炼阅读的敏感，在我个人看来最好的作品就是《红楼梦》。因为《红楼梦》把所有的锋芒都藏起来了。《红楼梦》里面锋芒非常多，但是都藏在情节深处，需要你慢慢地去摸索，这个摸索的过程也就是磨炼的过程。

我们在学习文学理论时，会看到这样一个文学接受的逻辑，就是读者的阅读期待和作者艺术世界的营构之间要有一个辩证的关系。这个辩证的关系很复杂，作者不能完全迎合读者的阅读期待，如果完全迎合，读者一看开头就知道结尾，作者每一步都落在读者的算计之中，读者就会觉得在智力上比作者优越，认为这部作品太差而放弃它，所以作者一定要打破阅读期待。但是又不能处处打破，那样读者会接受不了。所以在这种关系中作者要把握一个度，这个度就是我们中国古代的智慧——中庸。作者既要吊起读者的胃口，又不能完全超过他的阅读期待，要在读者的欣赏视野之内给他提供视野之外的冲击。

从这个角度来讲，《红楼梦》恰好符合这一理念。它的表面看起来很温和。你去街上随便采访一个人，问他看《红楼梦》的最大感受是什么。几乎所有人都会告诉你，它就写了一个宝哥哥究竟要娶林妹妹还是要娶宝姐姐的爱情故事。所以表面很容易被接受，因为爱情故事是最容易被接受的。世界上的小说或多或少都要有爱情故事，没有的话这个小说好像就没法看。所以《红楼梦》从头到尾都在写爱情，这一点是所有人都接受的，没有问题。而且里面的爱情故事写得非常好，我们仔细去看宝玉和黛玉之间互相的试探、设防、猜测，那个过程写得非常到位。从这一点来看《红楼梦》几乎可以作为一个感情指南，或者说感情的哲理指南，它其实向我们昭示了很多感情之外的东西。它不只是感情之内处理方式的问题，还昭示了一种哲学性的思考。因为人和人之间会有一个——我们借用《三体》里的一个词——猜疑链，就像我们都会说，人的相互了解是非常难的。难在哪里？难在第一步。第一步你不知道他是不是知道你，你也不知道他知不知道你不知道他是否知道你……永远没有尽头。人和人之间的理解，只要第一步没走对，永远都不对。

所以说，它表面上是很温和无害的，是每个人都可以接受的，但实际上又藏了很多很多东西。随着阅历的增加，你会发现原来有一个地方，以前可能没有看懂。我们本以为自己看懂了，但实际上没有。

如果大家恰好有时间，想干点儿有意义的事，尤其是想对我们的文学修养进行扩容，怎么办呢？最简单的办法就是再读一遍《红楼梦》吧。

第一部分　《红楼梦》的总体逻辑

一、为什么要假托石头故事以开篇？——《红楼梦》开端的意义

问：《红楼梦》的第一回读起来很奇怪，其他小说中似乎没有这样的现象，应该怎样理解？

《红楼梦》的开端确实很奇特，一般人可能看习惯了，已经接受了这个开头方式，反而不觉得有什么奇怪的了。所以，我们需要仔细分析一下。

一个人走路的时候一定有痕迹，如果他不想让别人看到这个痕迹，他就可能在开始时走出一个非常复杂的路线，或者边走边把自己前面的痕迹扫掉。《红楼梦》的第一回设置了如此复杂的一个开头，其实就是在模糊作者可能留下的线索，同时，他也尽量清扫掉一些线索。

作品的第一回叫"甄士隐梦幻识通灵　贾雨村风尘怀闺秀"，开头第一句说"此开卷第一回也"。就第一回开头的两段话，很多学者争论了很久。如果大家对这个问题感兴趣，可以去搜一下，很多论文就研究为什么写这两段。因为在正常的小说里面不应该有这些话，他说"此开卷第一回也"，这是废话，完全没有用。所以有不少人认为，这两段话应该是评点之语不小心进入了正文。但我个人认为并非如此，之所以这样看，正在于对这两段意义的

看法。

　　打开《红楼梦》，这本来就是第一回不用说。他非要告诉你这是"开卷第一回"，而且"作者自云"如何如何，从西方叙事学来看，就意味着现在的叙述者不是作者，叙述者和作者是分开的。如果是作者的话，他就会说"我曾经说过"，就不会说作者曾经说过什么，所以叙述者和作者被分成了不同的人。分成不同的人在西方叙事学看来是叙事的技巧，因为叙事的技巧要把作者、叙述者还有隐含作者——隐含的叙事者——分开，之后才能够激活叙事的能量。因为作为唯一的作者，你的叙事是受各种各样的因素制约的。比如你在看这儿的时候，就不知道那儿的事。如果你既知道这儿的事又知道那儿的事，那就说明你是上帝视角，全知全能。但全知全能的视角就不够亲切，你什么都知道，你说刘备怎么样，曹操怎么样，大家就像看舞台上演出戏剧，看得很清楚，哪儿发生了什么都知道，但是引不起人切身的感受。如果你说"我"怎么样，有切身感受，就方便读者代入了。但是对方怎么样你就不知道了，你非要知道的话，视角就转变了。因为有这样的悖论存在，西方的叙事学要求把叙事者和作者区分开。但《红楼梦》这里的区分开是为什么，是不是为了调配叙事技巧呢？我们的回答是：应该不是，他的目的其实是避祸。

　　《红楼梦》里面藏了很多的钉子、很多的刺，清朝又是一个高压时代，尤其在曹雪芹时代。我们知道从康熙时代就开始有文字狱，"南山案"就是一个很大的文字狱。雍正时期，文字狱的影响亦大，到了乾隆时期更不用说。曹雪芹有一点点雍正年间的生活经验，乾隆年间去世，经历了文字狱最严酷的时期。所以在写这部书的时候，他也一定要小心。我们知道了曹雪芹的家世就会知道他为什么写这部书。不是像我们刚开始看的那样，他自己不是作者，作者是石头。书里面说得很清楚，石头下凡历劫，回来之后，身上写满了字。他的意思是说这部书是石头记录下来的，隐含的意思就是不是他写的，他只不过把它抄了下来。官府如果发现这部书的问题，不要找他，找石头。有了石头这一层保护，他还不放心，还要再做几层保护，所以他说"经历一番梦幻之后"，也就是说，他记录的事并不是真事，而是梦幻中的事情。然而，既然是梦幻，完全可以直接写出来呀，但他还是要再保险一些，又把真事隐去，所以引入的人物叫甄士隐。

接下来说：书中所记何事何人？他又打了一层保护。他说："忽念及当日所有之女子，一一细考较去，觉其行止见识，皆出于我之上。何我堂堂须眉，诚不若彼裙钗哉？"说了一堆对女性大加推崇的话。我们如果了解清代小说，就知道在清代的前期，对于女性的重视是一种风气。比如《聊斋志异》里写了很多花妖狐媚，那些美丽的鬼、狐，都是女性。我们有没有看到一个美丽的男狐？几乎没有。如果有男鬼、男狐，一般都是负面的形象，到人家里去做坏事。这不完全是《聊斋志异》的个性，其实也有清代风气的潜台词。《红楼梦》说女性当然是有这个原因的，但是话又说回来，这实际上还是一个障眼法。我们读《儒林外史》会知道，鲁小姐这个形象很有意义，因为八股文的势力已经侵袭到了闺阁之中的女孩子，可以想见范围有多大。按照这个道理来讲，一般女性受整个社会的影响应该是比较小的。所以《红楼梦》的作者选择女性来写，要相对安全。因为选择男性来写，就会有很多话题牵扯到政治问题、社会问题。他这里说自己所写的是女性，而且他给女性设置了一个大观园。在这个大观园里面，这些美丽的、有智慧的女孩子都不出去，和外面的各种事物都不发生交集，这就相对安全很多。然后他把自己说得很差："背父兄教育之恩，负师友规训之德，以至今日一技无成、半生潦倒之罪……"就是为了凸显女性很好。还是刚才说的，有时代氛围，也有避祸的考量。

从前面这一段到"此回中凡用'梦'用'幻'等字，是提醒阅者眼目，亦是此书立意本旨"，一般人认为是凡例，不是小说的正文。因为这些话只存在于甲戌本，其他各种版本都没有。而甲戌本这些话前面加了两个字"凡例"。古籍整理出来，要有一个凡例，"发凡起例"，放在正文前，说明编著体例。但我们几乎没有见过小说有放在正文中的凡例。这段凡例很多学者认为是脂砚斋的批语，因为它不太像《红楼梦》的正文，不应该在小说的艺术世界里面。但是我个人一直认为是正文。实际上曹雪芹就是要写这么一段，作为"免责金牌"放在这里，说明他写这个书不是有寓意的，他不想攻击朝廷，也不会对社会有怨天尤人的看法。他只是记录，而且这个故事也是他听人说的。

他接下来说："列位看官：你道此书从何而来？说起根由虽近荒唐，细按则深有趣味。待在下将此来历注明，方使阅者了然不惑。原来女娲氏炼石补天之时，于大荒山无稽崖……"大家有没有注意到：中国古代小说的开端都极其宏大，每一部都恨不得从三皇五帝开始一直说到现在。《红楼梦》这里其实也是按照中国小说的写作方式来写的，但是更遥远，一直接到女娲补天。而且也不是原先那种只是作为背景，介绍女娲补天、三皇五帝，接着五胡乱华，乃至隋唐五代。这里岔开一笔，写女娲炼石补天，炼了三万六千五百零一块，用了三万六千五百块，留下一块。这一块就是《石头记》的石头。他明确地表示作者就是女娲炼石补天剩下的那块石头，总而言之让你找不到责任人。

这一段说完了之后，石头的故事很快就结束了，也就是说，到了第四页，其实《红楼梦》的故事——我们在后面看的百万言的悲欢离合，都已经全部结束了。你看他说"后来，又不知过了几世几劫"——中国小说的时间、速度的概念是由人来定的，一下子就几世几劫，在佛教的概念里，这是一个很大的数字概念。过了几世几劫，有个空空道人到这儿，看见石头上"字迹分明，编述历历"。空空道人看到的就是我们今天看的《红楼梦》。看完之后，他故意说："其中家庭闺阁琐事，以及闲情诗词倒还全备，或可适趣解闷；然朝代年纪，地舆邦国，却反失落无考。"这句话非常重要，它告诉你朝代年纪、地舆邦国失落。也就是小说发生在哪个朝代、哪个地方无从考证。这是作者自己特意设计的。我们看《红楼梦》的时候注意一下就会发现，作者确实没有明确写是哪个时代。比如说里面的官制，"秦可卿死封龙禁尉""贾元春才选凤藻宫"，这些官职和封号在历史上都找不到，无法确定时代。曹雪芹就是故意要这样，他不想让读者确定作品的时代。

不只如此，还有一个问题，在二十世纪红学界曾争论《红楼梦》的故事究竟发生在北方还是南方。有人举出很确切的例子告诉你是在北方，但是也有人举出具体例子说是在南方。比如有学者说贾府里面有炕，这肯定是北方的，因为南方是没有炕的。但是有人说潇湘馆有千竿翠竹，北方是没有的，我们现在的技术都未必做得到，因为在北方种竹子很难，所以那是绝对的南方风景。还有蘅芜苑的各种香草香花，只有南方才有那么繁盛的各种植物。但"芦雪广争联即景诗"一回中的大雪又是很北方化的景色。所以曹雪芹故意地把北方南方混在一起，就是不想让你知道具体方位。他只有在说老家的时候，说阊门如何，姑苏如何。因为曹雪芹的老家就是那儿的，是从他的祖父开始住在阊门，所以他的概念中的老家就是江南，书中人物也每每说要回南京，要回老家，以及江南的甄家如何。贾府是在京都，但是这个京都是哪？作者有意识地避免那些可以推测时代的地名。脂砚斋批语中也说："书中凡写长安，在文人笔墨之间则从古之称，凡愚夫妇儿女子家常口角则曰'中京'，是不欲着迹于方向也。盖天子之邦，亦当以中为尊，特避其'东南西北'四字样也。"

接着空空道人说这部书："第一件，无朝代年纪可考；第二件，并无大贤大忠理朝廷治风俗的善政。"意思是世人不爱看。你看接下来"石头笑答"这一段："我师何太痴耶！若云无朝代可考，今我师竟假借汉唐等年纪添缀，又有何难？但我想，历来野史，皆蹈一辙，莫如我这不借此套者，反倒新奇别致，不过只取其事体情理罢了，又何必拘拘于朝代年纪哉！"石头认为朝代无所谓。这一方面给了你加朝代的借口，另一方面也告诉你，确实没有朝代。他在反复申明自己没有危险，不想诽谤朝政，也不想反对朝廷。前面的话虽然很长，但都是这个意思。空空道人之后也提到："虽有些指奸责佞贬恶诛邪之语，亦非伤时骂世之旨，及至君仁臣良父慈子孝，凡伦常所关之处，皆是称功颂德，眷眷无穷，实非别书之可比。"也就是他在这儿称赞自己写的都是正能量，没有一点负能量，这本是好书没问题。

二、"大旨谈情"和"耻情而觉""色空"是否矛盾？——《红楼梦》的核心主旨

问：《红楼梦》的核心主旨究竟是什么？如果是"大旨谈情"的话，为什么作者又写尤三姐说"前生误被情惑，今既耻情而觉"，那么《红楼梦》主旨是否是"色空"呢？感觉作者有些矛盾。

这其实是整个《红楼梦》最复杂的一个问题，或者说最难诠释的话题，原因就在于《红楼梦》到底写什么可能本来就没有办法说清楚。

就阅读感受来说，《红楼梦》确实主要写情。虽然作者在说自己"大旨谈请"的时候，其实是想说他毫不干涉时世，是想避祸，是一个策略性的说法；我也曾反复强调，作品真正的核心不是情，而是那个被作者小心翼翼地掩盖起来的面向社会、面向家族的问题，但我们仍要承认，《红楼梦》最显著的艺术面貌确实是由情来建构的。

当然，这里的情还可以分两个层面来理解。我们普通人看到的是浅层次的，就是宝黛之间的爱情，这个我们在后边分析宝黛形象时再细论；事实上，《红楼梦》中的"大旨谈情"并不应该拘

束在爱情之中，它更多的是对生命的、人类社会的哲学性问题的深层表达，所以小说在刚开始说那个和尚抄录了之后，"因空见色，由色生情"，然后就把它叫《情僧录》，就是这个原因，因为它要通过情来悟这些道理。

正因为有这两种层面的情，所以，《红楼梦》在表达上便会出现一些看似矛盾的地方。正如这个问题中所说的，作品本来以情为核心，但又总是希望超脱情，总是觉得有情是一个可耻的事情。所以尤三姐说"前生误被情惑，今既耻情而觉"，她对柳湘莲一片痴情，但她说"误被情惑"，表明这是错误的。作者给秦可卿的判词说"情天情海幻情身，情既相逢必主淫"，情本来是他要大肆标榜的，但是"情既相逢"一句又把它导向了一个负面的评判。我们看警幻仙姑对贾宝玉的启发与宁、荣二公之所托，似乎也存在类似的矛盾。这些都源自于此。事实上，这也是作者无法解决的问题，既知人生在世，最重要的是情，但人又往往因情而无法超脱，这也可以从某种程度上视为《红楼梦》的核心。

《红楼梦》最深微的地方就在于它提出了我们每个人生活在这个世界上不能不面对的问题，就是作为一个人，应该如何在保持自我的前提下去和社会相处，如何去承认我们个人的生命价值等。这些都是与情有关的话题，但它是怎么解答的呢？最后贾宝玉悬崖撒手，就是出家，这自然是对问题的逃避，但从情的角度来看，却也是对情的放弃。作品在前面已经反复铺垫了，宝玉常说他要出家当和尚，连黛玉等人都嘲笑他，问他到底要当几次和尚，要记着这个遭数。其实他说要当和尚这个话本身就有问题。早期的贾宝玉对于自己的情感寄托其实还是比较模糊的，他还认为他的情感寄托会以婚姻的形式来固定，要不他不会发誓赌咒说做和尚。

他的所谓做和尚就是不娶妻子，我们中国汉传佛教不能娶妻。所以他向林黛玉赌咒发誓：你要怎么样，我就出家当和尚。潜台词就是：我要不当和尚我就跟你结婚；我要辜负了你，就罚我一辈子没有老婆。这个时候他把他的感情寄托、他的情只放在家庭。

但是逐渐地，他就不这么发誓了。原因不只是别人嘲笑他，更主要的是他慢慢开悟，发现自己的情感寄托并不一定要拘束在婚姻形式里边。他的视野更开阔了之后，他会说："只求你们同看着我，守着我，等我有一日化成了飞灰——飞灰还不好，灰还有形有迹，还有知识——等我化成一股轻烟，风一吹便散了的时候，你们也管不得我，我也顾不得你们了。那时凭我去，我也凭你们爱那里去就去了。"这些说法都很诗意，但内核是什么？他觉得自己的情感寄托的美已经失去了，生存在这个世界上也没有意义了，他要消灭掉他所有的痕迹。我们看惯了会觉得它是一个很傻的话，但实际上要真的从哲学角度去解读《红楼梦》，这个说法是很值得思索的。

我们中国人最讲究不朽，比西方人更看重不朽。在儒家经典里面就强调要有三不朽：太上立德，其次立功，其次立言。目的是什么？就是不想离开，想造成一种在场的既定现实。别说古代了，我们现在也一样，几乎所有的人想做的任何事情归根到底都和这一点有关，比如我们人要吃饭，为什么要吃饭？要让自己活着，就是我要在现场，我不能离开这个地方，我要看这个人世。中国古代把长寿叫长生久视之术。为什么叫久视？因为长生的目的就是看这个世界，人在场叫久视。我们现在维持自己的生命就是这个原因。接下来人还要生孩子，为什么？为了延续自己的生命，因为人不可能永远活下去，让孩子代替自己继续看这个世界，让孩子的孩子也继续看着，要用这种方式来久视。这是一个方面。另外一个方面，有追求的人，用儒家的话来说，就是追求道的人，他要做什么？他要留下著述。包括现在小说家要写小说，电影艺术家要留一个流传后世的电影，学者要留一部能够被以后的学者反复拿起来再看的学术著作，其实也是一种"在场"。也就是说我人虽然不在了，但是我的学术思想还在。所以我们所有的努力都在往不朽的方面走。但是，贾宝玉追求的不是"不朽"，而是"不不朽"，是"朽"。我们有没有从这个角度来思考一下？他希望自己最后化成尘土，后来说尘土还有痕迹，他一点儿都不想留下，化成轻烟就没有痕迹了。为什么呢？这真的值得思考，因为生命的第一要义就是延续，但是他不要，所以他最后的结尾就是悬崖撒手，确实什么痕迹都没有，留了一片白茫茫大地真干净。

这个问题和我们刚才说的话题有关，它其实一直在写人生在世最关键的东西是情。但是面对情感的各种各样的问题，又无法解决。因为情感和社会有纠葛，如果你不是一个社会化的人，其实你从某种意义上讲就没有情感。情感是社会化的产物，包括你喜欢什么样的人，喜欢什么样的类型，都是如此。你要生活在唐代，就会以胖为美；现在大家都使劲减肥，恨不得都有 A4 腰，为什么？其实瘦真的是美吗？是我们现在的社会规定了你的身份，你就会觉得瘦很美。我们很多人都以为审美是自己的，其实我们错了，审美是社会给人的设定。对于现在很多网络的热点话题，我们很多人义愤填膺地认为是自己对它们产生某种愤怒，但实际上我们可能是被某些谣言引起了愤怒，然后还为自己的愤怒自鸣得意，觉得自己会愤怒，是独立的人。情感是社会化的，《红楼梦》要表达这个，但是他又无法消除其中包含的矛盾，所以作者就把它空幻化、虚化。

三、贾（假）与甄（真）的设定有何意义？——《红楼梦》的整体结构

问：冷子兴和贾雨村演说荣国府的时候，贾雨村说自己也曾进过甄府，他所见的甄宝玉听起来和贾宝玉一模一样，看起来甄家和贾家也是一模一样的。此外，《红楼梦》里写了两个甄家，甄士隐家和金陵甄家；两个贾家，贾雨村家和宁、荣二府。作者这样设计的意义何在？

"甄"和"贾"，也就是"真"和"假"，在《红楼梦》里这是一组核心概念。"真假"为什么是核心概念？太虚幻境有一副对联："假作真时真亦假，无为有处有还无。"这副对联在甄士隐的梦里出现过，在贾宝玉的梦里出现过，可以看出作者很重视这句话。"假作真时真亦假"实际上是想告诉读者，作品所写的贾家是真的，而甄家反是虚陪的，就是要给人这样一种对应。曹雪芹在帝都写贾家的命运，在老家就埋伏一个甄家，这两者形成一个对应体系。

《红楼梦》的核心逻辑，是想通过贾府的没落描写对社会的感受，用很多红学家的话来说，就是曹雪芹用一部《红楼梦》给封建社会唱一曲挽歌。这句话听起来有一点阶级分析的意思，但是

很对的。因为《红楼梦》里几乎没有一个家族是能够完全复兴的，生于末世，就必然是走向没落的。总而言之，整个《红楼梦》都是在写这个没落的趋势。但是只写一个贾家是没有代表性的，作者一定会考虑这一点。只写贾府的没落，是无法把他对整个人生的感悟都表达穷尽的。他要让整个体系玲珑剔透，成为一个立体结构，这个结构包含了很多很复杂的层面。首先他以贾府为核心设置了四大家族。这四大家族联络有亲，一荣俱荣，一损俱损，是一个庞大的势力。他在写贾府没落的时候，前面已经铺垫了其他大家族一家一家地在没落，只是大家一般在看的时候都在关注宝黛两人爱情的进展，不太关注经济和政治的线索。前面其实已经在铺叙了，王子腾放了外任，家事无人料理；而湘云每次来贾府也说生活很痛苦，史家也在没落；薛家更不用说，在薛宝钗父亲那一代还很好，到薛蟠这一代就已经不行了。这是一个体系。

有了这个体系之后，曹雪芹还不放心，觉得不够立体，于是再放一个甄家。甄家又是贾家的一个影射，甄家后面或许还隐藏着另一个"四大家族"，这样整个《红楼梦》就十分立体了。这是从整个影射逻辑上，要有这么一个甄家。

这几重体系构建起来，一个贾府就具有了非常强的代表性。用鲁迅评价《金瓶梅》的话来说，就是"著此一家，骂尽诸色"，写这一家就有代表性了。我们前面反复讲《红楼梦》实际上是写了整个社会的变化趋势，作者怎么达到这个目的呢？只写一家是不可能的，因为虽然这一家衰落了，但也许正因此别家才兴起。他要写的是总体都往下走，所以他需要让甄贾这两家构成一个隐喻关系。

曹雪芹特别善于做类似的影射，包括人物形象的设置。比如薛宝钗，就有袭人来做她的影射；有林黛玉，就会有一个晴雯。甚至还有一些戏子，也是在给主要人物做影射。每个人都会有自己的一个副本，副本代替正本完成一些正本不能做的情节。曹雪芹整个体系的设计大概是这个样子，所以我们还是要把"真假"的关系上升到解读《红楼梦》的钥匙的高度。

而这个影射最重要的设置就是两个宝玉。甄宝玉的设置相对于贾宝玉来说也很重要，因为甄宝玉在后半部的情节中是一个弃"恶"从"善"、回归"正道"的"宝玉"，所以他是"真"宝玉；而贾宝玉还是那个"古今不肖无双"的混世魔王，从而也就是"假"宝玉。当然谁是真谁是假，不同时代不同读者有不同的看法，但不管怎么样，这两个人做了不同的选择。改了的甄宝玉实际上就是屈服于世俗、放弃了自己的理想和信念的宝玉。这又是一种影射。

我们多次说过，理解《红楼梦》的关键就在于理解贾宝玉，但是贾宝玉是一个说不清楚的形象，他究竟是一个什么样的人？作者在书中对贾宝玉的判断也经常出现矛盾，作者经常说一些贾宝玉的坏话，读者会认为那些话是说着玩的，是开玩笑的、假的，是游戏笔墨；但是也未必。因为从整个家族史来看，作者在刚开始就说他要忏悔，就说他平时见的这些女子都非常厉害，而他自己庸庸碌碌，一事无成，潦倒半生。为什么前面要加这个叙事的入口？实际上那个"我"就是石头，而石头和贾宝玉有非常奇妙的联系。因为贾宝玉是神瑛侍者下凡，神瑛侍者住在赤瑕宫，"赤瑕"就是红玉的意思，"瑛"也是一种玉。玉也就是石头，"木石前盟"的"石"也指这个石头。那么"我"是石头，也是作者。从某种意义上讲，"我"就是贾宝玉，他对贾宝玉的嘲笑和讥刺也有可能是一种自我忏悔的表示。在这种情况下我们怎么去理解贾宝玉？作者就设计了一个甄宝玉，让我们把他作为贾宝玉的一个映衬形象来看。当然我们现在看到的后几十回不是原稿，但基本上能够看到贾宝玉和甄宝玉最后的发展是不一样的，虽然他们两个在做梦的时候性格很像，但是最后甄宝玉是真宝玉，贾宝玉是假宝玉。这样他就把隐喻体系又开拓了，让你发现贾宝玉所走的路可能是非常独特的，刚一开始性格相同的那个甄宝玉，他也许不用忏悔了，但他是不是又失去了什么？他失去了对于生命的美的感受，贾宝玉要想保持自己对乌托邦、对大观园的保护、对生命的尊重，就要和社会决裂，最后就要走向悬崖撒手的历程。这个设计也是特别精巧的，我们从整个结构的设计来考虑会好很多。

四、为什么要从甄士隐和贾雨村等人引入整个故事？——中国小说中的"兴"

问：我觉得《红楼梦》前三回的几个人物，不仅承担了引入的任务，而且也有自己的故事，甚至有特别的细节。比如娇杏，还有前后呼应，写她"偶因一回顾"的故事。包括甄士隐的女儿甄英莲，后来也有出现。但甄士隐和贾雨村这两个人物，我觉得特别奇怪，为什么要从他们两个引到整个故事？

甄士隐和贾雨村既是功能性人物也是情节性人物。刚一开始是把他们当功能性人物来用的，负责引入。我们需要解释的是，为什么需要引入？这涉及中国小说和西方小说的不同。中国小说一定要有功能性人物，这跟中国人的思维有关。中国的小说，都要有一个人去把小说的情节拉到他想拉的地方，比如大家熟悉的《儒林外史》。《儒林外史》一开始写王冕，这个王冕我们暂且不谈，因为是"楔子"。他是放到前面来，故意把中间那些人比到泥潭里，他做了一个高标。接下来正式的情节开始之后，先讲周进，然后讲范进。周进和范进两个人都叫"进"，都是功能性人物。"进"，就是要把问题引进，把故事拉进来。这个是从哪来的？从《水浒传》来的。《水浒传》开头两个人物——"王进""史进"，也是用以引入故事。《儒林外史》和《水浒传》的差别很大，但实际上它学《水浒传》的地方很多。比如《儒林外史》一个人的故事讲了几回，然后换一个人，和《水浒传》一样。《水浒传》有"武十回""宋十回"，还有鲁智深、林冲每人讲几回，《儒林外史》就是这么讲的。只不过《儒林外史》是从头到尾都这么讲，而《水浒传》讲到七十回的时候，大家都上梁山了，开始一起讲，在这之后我们明显感觉到艺术性的下降，就不好看了。

这两部小说是这样，别的小说是不是呢？大家回想一下，凡是有野心的中国小说，前面总是要"引"，不会一开始就讲主体内容。这跟中国人的性格有关。这个思维来自哪里呢？我们看《诗经》，有"赋""比""兴"，这就是"兴"。中国小说在这一点上特别重视，一定要有一个引子。虽然我们说这个引子跟中国的文化有关系，但实际上还可以找一个近的根源，就是说书艺术。我们反复地讲，中国的章回小说是从说书来的，说书就一定要有引子。就连戏曲艺术都有引子。所以，一般的元杂剧为什么都是一个楔子加四折？就是因为四折是故事的四个逻辑环节，在这四个逻辑环节里有一些瑕疵，没办法补齐，就必须拿楔子来补。举个例子，一张桌子四条腿，如果腿不一样齐桌子就会晃，这时候拿个小木片往下一插——这就是楔子的作用。实际上这个楔子就是一个引子。很多人会认为元杂剧是戏曲艺术的初始阶段，可能还比较原始，但是很多明清传奇都是有楔子的。不管是《牡丹亭》还是《桃花扇》《长生殿》，前面总会有一两出是没用的，就是用来交代问题的。有一个先声，做一下铺垫，由副末开场，先告诉你我们接下来要讲什么，然后再接着进入主体内容。但是话剧就不会，西方古典话剧几乎没有这样的开场，不会先上一个人说"我这部戏叫《哈姆雷特》，告诉你主要讲什么。这方面中西方差别是非常大的。

《红楼梦》很谨慎。越是有野心的小说越谨慎，越不直接谈，越要铺垫，这就有点儿像古诗。我们看《红楼梦》里面贾宝玉写《姽婳词》的时候，贾环和贾兰也分别写了一首，他们写的两首诗很普通。因为贾环写了一首七绝，面对这么复杂的叙事性成分，七绝是无法展开的，所以只能尽量去虚化它，"此日青州土亦香"，没有实质性内容。贾兰选了一个五言律诗，但是依然不够，根本撑不开。贾宝玉很聪明，他选了歌行。歌行很长，要求刚开始就要铺垫，所以他开头几句全都是在铺垫。他铺垫下去的时候连贾政都着急了，说再铺垫下去，没法转。于是贾宝玉才转笔写。大家可以自己感受一下，古诗一定要铺垫，不能上来就说你想说的东西。不用说古诗，大家可以试着写一下七言律诗和五言律诗，前两句也不能把你想说的都给说出来，一定要铺垫。这是我们整个中华文化的一个思维习惯，需要铺垫。《红楼梦》很注意这一点，你会看到它前面反复在铺垫，先是用一个大的神话套路来铺垫，然后又用"甄""贾"两个人来铺垫，甚至用"真""假"两个字做了一个隐喻体。在整个《红楼梦》里面这两个字无与伦比地重要，只是大家没注意看。比如风月宝鉴，在治贾瑞的病的时候，道人告诉他说只能看反面，不能看正面。贾瑞一看反面，吓得他把镜子扔了。然后再看正面，发现王熙凤在里面招手让他进去，他就觉得很好，于是只看正面，最后因此看死。他的家人很生气，认为是妖物，要把它烧掉，道士来抢镜的时候说是贾瑞自己不会看，让他看反面，可他非要看正面。这个情节到底有什么意义？它为什么要写这个情节？去看一下脂砚斋的批语就知道，曹雪芹在这里其实很明确地告诉大家，这个作品要看反面，不能看正面。因为这部作品还有一个异名叫"风月宝鉴"。风月宝鉴虽然是道士拿给贾瑞看的那面镜子，但实际上小说的名字也叫《风月宝鉴》。第一回里面给小说起了一堆名字，是什么意思，大家有没有想过？空空道人改《石头记》为《情僧录》。"东鲁孔梅溪则题曰《风月宝鉴》。后因曹雪芹于悼红轩中披阅十载，增删五次，纂成目录，分出章回，则题曰《金陵十二钗》。"甲戌本还有九个字，别的本子都没有，"至吴玉峰题曰《红楼梦》"，这本书又回到《红楼梦》这个名字上。这一段就有这么多名字，作者最后选择的到底是什么，我们不知道。作者为什么要写一堆名字？如果是西方小说，每个名字肯定都有意义。中国小说，按照我们的阅读惯例好像不知道有没有意义，因为中国人的名字本来就复杂，一个人会有十几个名字，清代词人朱彝尊的字号加起来就有好几十个。实际上，作者就是要告诉你这个小说曾经叫"风月宝鉴"。所以他后面牺牲贾瑞，甚至不惜损害王熙凤的形象，就是为了这一点。

我们大家能不能感觉到，作者一定很喜欢王熙凤这个人？王熙凤这个人是好还是坏，到底是不是心如蛇蝎，放高利贷、对下人作威作福什么的暂且不论。很多人对她有不同评价，这个可以理解。《红楼梦》里评价最复杂的可能就是王熙凤。我们看作者写王熙凤的笔触，把自己当成作者，切身地去体会一下，就会发现作者一定是非常喜欢王熙凤的。连评点者都很喜欢王熙凤，脂砚斋的批语常常就说"阿凤"。那作者为什么写贾瑞和王熙凤这件事，导致我们对王熙凤的印象变差呢？贾瑞会打王熙凤的主意这件事本身就给王熙凤的形象造成影响。薛蟠看见林黛玉之后就"酥了"，只有这么一句，他震撼于林黛玉的美，他不会去"想"，因为这个形象是神圣不可侵犯的。但是贾瑞看见王熙凤之后就会有别的想法，就证明王熙凤本身可能也有问题——"苍蝇不叮无缝的蛋"。作者不惜把王熙凤的形象降低，而且后面折磨贾瑞的手段其实也很上不了台面，为什么非要有这么一个情节呢？就是为了告诉人们这部书要从反面看。

为什么要有引子？其实到这儿还没引完，直到第六回才真的明白。林黛玉都已经进贾府了，按道理是可以正常展开情节了，但是他在第六回突然说："按荣府中一宅人合算起来，人口虽不多，从上至下也有三四百丁；虽事不多，一天也有一二十件，竟如乱麻一般，并无个头绪可作纲领。正寻思从那一件事自那一个人写起方妙，恰好忽从千里之外，芥荳之微，小小一个人家，因与荣府略有些瓜葛，这日正往荣府中来，因此便就此一家说来，倒还是头绪。你道这一家姓甚名谁，又与荣府有甚瓜葛？"作者又荡开一笔，写起刘姥姥来了。就好像在很多小说中看到的，大人物出场前总会有很多铺垫，层层叠叠，最后才千呼万唤始出来。《红楼梦》也是这样，叙事非常隆重，前面反复地铺垫，直到第六回结束以后才算真的进入。进入故事之后，还把刘姥姥的线索往前延伸了一下。第六回"刘姥姥一进荣国府"，进来之后送宫花，周瑞家的送宫花又串到智能儿、甄英莲她们。这几个线索都还是反复在提。从严格意义上来说，其实还是到第八回"比通灵金莺微露意　探宝钗黛玉半含酸"才真的进入贾府。

五、北静王送贾宝玉的鹡鸰串有什么寓意？——对《红楼梦》政治隐喻的一种猜测

问：为什么贾宝玉路谒北静王时，北静王要送他一串鹡鸰串？

这个问题本来是无法回答的，因为作家选择一种物象一定有非常复杂的原因，有些原因来自作家的生活经历，无法追寻与还原。事实上，如果这里送的不是鹡鸰串而是玉如意，我们或许仍然会问：他为什么送玉如意？

不过，这个问题恰好可以让我们稍微"过度解读"一下。前边我们一直在说，整个《红楼梦》的开端一直在掩盖着什么，那么掩盖的究竟是什么呢？我们可以在这里猜测一下。

在第十四回，北静王来路祭，贾政觉得很不好意思，因为对方是王爷，所以在那里谦虚。北静王说祭奠是一个由头，他主要想看看贾宝玉，即"衔宝而诞者"。然后贾政像献宝一样把宝玉献出去了。北静王说："名不虚传，果然如'宝'似'玉'。"贾政说："犬子岂敢谬承金奖，赖藩郡馀祯……"这个"祯"字其实是很奇特的。我们知道，曹雪芹出生于康熙末年，童年时是在雍正时期，雍正名胤禛，需讳"禛"字，然据张惟骧《历代讳字谱》可以知道，雍正初期是连同音之"祯"字也须避讳的，如当时人

魏廷祯（较曹雪芹年长五十岁，然去世仅较曹雪芹早八年）即改名为魏廷珍。所以，这里如此正式地说出此字（整部《红楼梦》中仅此一现）不能不说是一个不寻常的现象。如果认为这有点深文周纳的话，我们再联系上文所说《红楼梦》一书中的真假二字的大文章更可看得清楚，即其全书以真、假二字结构，故以"贾"代"假"为核心来写，而将代"真"之"甄"写为暗线——在雍正时期，"真"更需要避讳，为此曾将仪真县改为仪征县，将真定改为正定。如此两相结合，则或可知作者并非无意。

那么，在曹家的痛史与雍正有如此密切关系的背景下，再来看他写北静王说"今日初会，仓促竟无敬贺之物，此系前日圣上亲赐鹡鸰香念珠一串，权为贺敬之礼"。"鹡鸰"一词在古代是有特殊含义的。我们在说"鹡鸰"之前，先说一下北静王。此人名水溶，这个名字取得非常奇怪，因为就在曹雪芹创作《红楼梦》时，一定知道乾隆皇帝的六皇子名叫永瑢，即后来大名鼎鼎的《四库全书》的总裁官。曹雪芹给这个北静王起的名字与当时的皇子名极其相似，或许也不是无因的。

然后，我们再来看"鹡鸰"。《诗经·小雅·常棣》中说："脊令在原，兄弟急难。"脊令就是鹡鸰，后世即以"鹡鸰在原"比喻兄弟友爱之情。联想雍正夺嫡的历史，知道其对自己的兄弟非常残忍，鲁迅先生在《准风月谈·"抄靶子"》一文中说："雍正皇帝要除掉他的弟兄，就先行御赐改称为'阿其那'和'塞思黑'，我不懂满洲话，译不明白，大约是'猪'和'狗'罢。"这里是否故意用以上这些线索来表明对雍正皇帝的不满呢？我们自然不能断定，但这些细节也表明这些偶合都并不那么简单吧。

六、贾母后来就不疼林黛玉了吗？——如何看待后四十回

问：第九十七回中，贾母看过黛玉的病之后说："孩子们从小儿在一处儿顽，好些是有的。如今大了懂的人事，就该要分别些，才是做女孩儿的本分，我才心里疼他。若是他心里有别的想头，成了什么人了呢！我可是白疼了他了。"这个话说得与前八十回的贾母截然不同，这能否体现作者的原意？

这个问题本身可能并不好回答，但却可以让我们借以说一说对后四十回的态度。

首先，从常识层面说，后四十回并非原作者曹雪芹所写，所以，一般读者在阅读后四十回时，会有一个惯性思维，就是觉得写得不好，是狗尾续貂。尤其是很多人的结局都与前八十回的设定不符，更让人觉得续书者或出于对原书脉络之不察，或基于自己展示的需要而写出了违背作者原意的结果。比如探春、巧姐的结局和判词有出入。根据判词，探春应该是出嫁后就不再回贾府了，但是结局是和丈夫回京了；巧姐的结局原是村妇，后四十回里嫁给了乡里富贵人家。

不过，也有一些学者或读者认为后四十回中有些情节写得还不错，又觉得这些好的情节可能是曹雪芹原稿。其实，这种态度是

不对的，《红楼梦》一百二十回是一个整体，这是一个客观事实，无论如何不可以先入为主地把它割裂开，其实有些对后四十回的苛评是有心理暗示的，未必是事实。此外，以好坏来评判后四十回情节是否为原作者所写，也是混淆真与美的误判。

就问题中所引这段话而言，就很难判断。这句话说出来，我们每一个读者都觉得很心寒。但是这段话写得好不好，或者是不是原作者的意思，就是另外一个概念了。实际上我个人觉得，后四十回里也有一些地方写得很好，就包括第八十二回林黛玉做的那个梦，在梦里边贾母跟她说的那些话。这是否合于曹雪芹原意不好确定，但是那段话确实达到了它的艺术效果。因为我们都知道，林黛玉在整个贾府里的地位，最值得凭仗的就是贾母，如果贾母来跟林黛玉说那样无情的话，那么从小说的叙述来看，就是林黛玉自己也知道，整个局面已经不可挽回。而且那段话还写得很到位，她哭着拉着贾母，不让贾母走，贾母后来说"我倒被他闹乏了"，话也说得非常冰冷。

所以这就跟现在学界对于后四十回的看法有关了。我们常常有意无意地提到高鹗如何如何，这个提法是有问题的，要小心。因为我给大家推荐的人民文学出版社出版的红研所校注本，署名就是无名氏续。起初学术界认为是程伟元续的，后来随着研究的深入，我们发现，不是程伟元续的，他只是个"搬运工"，是个刊刻者。另外，还有很多线索可以供我们用来推测，尤其是所谓的梦稿本，就是杨继振藏本的发现。那个本子里边有很多涂改的痕迹。那个涂改的痕迹中，被涂掉的文字基本都是脂砚斋本的正文。被涂掉之后，旁边添出来的文字恰恰都是程本的文字。所以现在红学界一般都认为这个梦稿本，是一个由脂砚斋本到程本的过渡本。这个本子是被人改过的，在这个本子中间就有红笔写的四个字，叫"兰墅阅过"。兰墅，就是高鹗。所以从这个角度，红学界又一致认为，后四十回是高鹗改的。但是随着研究越来越深入，发现也不一定是高鹗，高鹗很可能只是一个整理者。而程伟元说的有可能是对的。程伟元在他的亲戚处发现了一部分稿子，后来在鼓担上又发现了另一部分稿子。这些稿子都非常凌乱，所以他请高鹗来给他整理后用活字排印出版了。

那么这个整理的原稿，到底是曹雪芹的原稿，还是另一种续书，我们不好说，因为有很多红学家认为后四十回有原稿的部分。这当然没有办法去确证了，因为我们现在找不到他的原稿。我们现在看到的梦稿本，其实不是程伟元说的那个本子。因为他说的原稿，指的就是后四十回。他指的是他在一个地方得到了一部分，在另一个地方得到了另一部分。但是我们现在看到的所谓的梦稿本，就是一个一百二十回本。而且我刚才说的增删的情节，主要是前八十回。所以，这个脂本到程本的过渡，到底是一个什么样的情况？其实很难去下定论。所以我们在说这些话题的时候，最好不说程如何，高如何，就说后四十回怎么样。

问题中提到的那段话写得也还很到位的，当然贾母会不会那么说，我们其实不好说了。实际上，我个人觉得大家对贾母可能也有误解。从第一回到第八十回，我们一直觉得贾母是一个很慈祥、很和蔼、很仁爱的老太太，对贾宝玉和林黛玉也真心关爱，而且是他们两个人的守护神。所以我们对她的感觉特别好。但实际上就前八十回也能看出来，贾母应该也是一个很厉害的人。只是她年龄很大了，她不用厉害了。厉害这个事情，有的时候是被逼的，你被逼得要厉害，如果不被逼的话，也就表现不出来。

比如对尤二姐，贾母刚开始对尤二姐还是蛮喜欢的，觉得二姐看起来很贤惠，而且长得也不错，皮肤很细、很白。在中国人的审美里边，白是一个很重要的标准。俗话说"一白遮百丑"，就是这个意思。但是后来下人说尤二姐不好，贾母立刻就觉得，她要是那样的话，也不识好歹。她立刻就能改变看法。而贾母的看法，实际上就代表了整个贾府的看法。这是可以想象的，贾母如果觉得这个人不行，那立刻整个家族就都会觉得这个人不行，就不会对这个人有好脸色。但这个人到底怎么样，我们读者看书也能了解。包括袭人和晴雯，如果有人在贾母面前说这两个丫头对宝玉怎么样不好，她可能会立刻说她们怎么这么坏。

也就是说我们可能一直把贾母美化了。如果刚一开始，她是特别喜欢她这个外孙女的，也希望她外孙女能陪他的孙子，那么，后来她的倾向变了，她对林黛玉会不会说出这些话来？从逻辑上讲是非常可能的。至于真实的情况，我们不知道。也就是说贾母给我们展示的形象，并不是我们一直以为的那个形象。另外，王夫人等人其实都是这样。他们在该做决定的时候，杀伐决断是没有问题的，不能绝对地说完全是个仁慈的人。

这里还涉及最后几十回的处理，看谁走在谁前面了。林黛玉死在谁之前谁之后，学术界都有争论。林黛玉到底死在整个贾府被抄之前还是被抄之后？如果死在被抄之前，那么情节发展的模式一定和她死在抄家之后不一样。因为我们都知道，贾府后来一定要经历一次大规模的被抄家。这件事反复地被暗示，是肯定的。曹家是这样的，所以贾府肯定也是这样。而且前面还为了这个做了一次预演、彩排。说自己家先抄一遍，看一下哪儿演得不合适，再来。后面这个大规模抄家的情节，一定会对很多的主要人物造成干涉。所以，主要人物在抄家之前和抄家之后到底是什么状态，当然很重要。所以这一小段我倒觉得写得很不错，只是它的情节发展是不是这个样子，可能不太好说。

总之，就全书来说，我们仍然只能把后四十回当作全书的一部分来看。或许有一些地方写得不尽如人意，正如《水浒传》中有一些回数其实也并不好一样，但我们不会太在意。

第二部分 《红楼梦》中的经济问题

一、冷子兴对荣国府的评价客观吗？——贾府的死而不僵

问：冷子兴演说荣国府的时候，为什么评论贾府"如今生齿日繁，事务日盛，主仆上下，安富尊荣者尽多，运筹谋画者无一；其日用排场费用，又不能将就省俭，如今外面的架子虽未甚倒，内囊却也尽上来了"？

"冷子兴演说荣国府"是《红楼梦》非常重要的一部分。作者在第一回遮遮掩掩地交代全书来历之后，第二回却仍没有立刻进入贾府展开叙述，而是安排这样一个人对贾府进行一个深悉底里者的全面描述。脂本系统中，此回开头有一大段总评（庚辰本是排为正文的，其实，或许与第一回前那两段文字一样，也很可能是正文）是这样说的："此回亦非正文本旨，只在冷子兴一人，即俗谓'冷中出热，无中生有'也。其演说荣府一篇者，盖因族大人多，若从作者笔下一一叙出，尽一二回不能得明，则成何文字？故借用冷子一人，略出其文，使阅者心中，已有一荣府隐隐在心，然后用黛玉、宝钗等两三次皴染，则耀然于心中眼中矣。此即画家三染法也。"这段标明了演说荣国府在全书层次上的意义，而此后的开篇诗说"欲知目下兴衰兆，须问旁观冷眼人"，则清楚地说明这里用姓"冷"之人来演说荣国府绝非偶然，而是表明一种冷眼

旁观的客观。

不过，很多读者若不细心阅读，会觉得这个所谓的"客观"评价似乎不准确，倒不是我们更相信贾雨村"峥嵘轩峻""翁蔚洇润"的望气之谈，而是在我们的阅读感受中，似乎贾府一直都声势煊赫，鲜花着锦、烈火烹油。但实际上这正是冷子兴所说的错觉。

根据中国的传统，一般家族中，个人的荣誉与爵禄都不会被允许由子孙永远承袭。从这个角度来说，确实如我们一般所了解的，欧洲有贵族传统，而中国并没有。在中国，只有极少的时代中极少的人，拥有"世袭罔替"的爵禄，其余大部分只及其身，无法荫庇后人，还有一部分爵位可以世袭，但并非"世袭罔替"，而是每传一代都要减去一等。这也正是《孟子》所说的"君子之泽，五世而斩"的意思。《红楼梦》中的贾府正是这样，从宁、荣二公开始，传至贾代化、贾代善，再传至第三代贾敬、贾赦，连贾政都没有袭爵资格，是皇帝开恩，才给了他一个官做。到贾宝玉这一代，就真的什么都没有了。无爵自然也就无禄，但整个贾府的排场还在那里摆着，也没有人出来做官以振兴家族，可以想象有多尴尬。

就一般的古代家族而言，这个矛盾其实也有解决的惯例，就是由一个人出来参加科举考试，进入仕途，重新让自己的家族进入爵禄的高阶，从而让祖先的荫庇继续为家族保驾护航。从荣国府来看，这个历史的重担就落在贾宝玉身上了。所以贾宝玉这个形象在这一点上跟哈姆雷特有相似的地方，他被历史放在一个要肩负重大责任的位置上，但是他自己又不愿意肩负这个责任。这个责任就是走科举之路。但他偏偏是一个"混世魔王"式的孩子，不愿意走科举这条路，因为他有自己的理想。很多红学家认为贾宝玉是一个近现代的人，不是古代人，他不认同古代社会那一套价值规范。但他又偏偏出生在整个家族的船快要沉没、指望一个人重新掌起舵来的时候。这时候他要放弃对家族的责任，古代人对贾宝玉的态度跟我们就完全不一样。我们看的时候不能理解为什么贾政那么生气。其实这就跟父母让孩子写作业，不让他们看闲书、做闲事是一样的。

所以在这个时候，他的祖先——在小说的逻辑里面，他们是有魂魄的——当然会觉得整个贾府就败在贾宝玉手上是不应该的，所以希望警幻仙姑能够开导他。用什么开导呢？这就与宁、荣二公对贾宝玉的理解有关了，他们希望用情色来开导。从这一点上讲，贾府的两个祖先也把贾宝玉看错了。贾政已经理解错了，他在贾宝玉抓周的时候就觉得贾宝玉是个淫鬼色魔。贾府的祖先托警幻仙姑去告诉贾宝玉什么是男女的情爱，希望他能参破情爱，不要沉沦在情爱中，不顾家族的重大使命。他们给贾宝玉一个"兼美"，兼得林黛玉和薛宝钗的美，让他们发生男女之间的情事，希望通过领略情事让他发现那不过是空幻一场，超脱出来，还回到家庭中来。我们也看到他们的做法最终归于失败。这是因为他们把"症"辨错了，所以"药"用错了。贾宝玉喜欢女孩子，但这种爱却并非来自色欲，而是来自对女性的尊敬，而其本质又来自他对生命的尊敬，因为他把对生命的热情和理想都寄托在女孩子身上。

警幻仙姑说他是"意淫"——我们现在已经把这个词污名化得很厉害了——其实也不是很到位。大家仔细看脂砚斋的批语，其中有很多评价贾宝玉的段落，写得相当好。从这一点上讲，脂砚斋确实是曹雪芹的知己。贾宝玉这个人没办法评判，连警幻仙姑的评判都不太对。贾宝玉和女性在一起交往，不是为了获得一种柏拉图式的精神上的满足。他是觉得自己的人生价值无处安放，他对世俗的一切都不喜欢。而所有的男性都有世俗的地方，女性则因为是在家族里生活，不面对社会。所以，贾宝玉把他的价值寄托在女性身上，而且是放在未结婚的女性身上。他说"女孩儿未出嫁，是颗无价之宝珠；出了嫁，不知怎么就变出许多不好的毛病来，虽是颗珠子，却没有光彩宝色，是颗死珠了；再老了，更变的不是珠子，竟是鱼眼睛了。分明一个人，怎么变出三样来？"为什么这样说？我们很多人会认为是结婚之后的女性年老色衰了，结婚之前的女性青春靓丽。其实不是的，在贾宝玉看来，结婚之后的女性会世俗，但是姑娘们就不会，晴雯她们都很好。贾宝玉就是以女性来寄托自己，这也可以说是作者对生命的体验。

二、贾母也感到钱不充足了吗？——经济滑坡的暗示

问：第五十回《芦雪广争联即景诗　暖香坞雅制春灯谜》中，薛姨妈到贾母房中，说原本想摆两桌粗酒请贾母赏雪，听闻身子不好未敢惊动。王熙凤开玩笑让薛姨妈把预备酒席的银子交给她准备。此时贾母说道："既这么说，姨太太给他五十两银子收着。我和他每人分二十五两。到下雪的日子，我装心里不快，混过去了。姨太太更不用操心，我和凤丫头倒得了实惠。"这话当然是贾母的幽默了，但是否也有贾府经济衰落的因素？

这个细节我们可以从两个层面去理解。因为它是笑谈，有一个角度就是纯粹的笑谈。我们多次说过，中国古代的小说和戏曲都有戏谑的因素，所以它一定要找一些戏谑的东西。比如《金瓶梅》里面就有大量的笑话，很多笑话也可能没有深意，只是为了调节气氛。这是我们叙事文学的一个传统，因为在我们的叙事中文学娱乐性是核心，所以一定要有笑话。那么我们就可以单纯地把这当作笑话。

但就《红楼梦》来说却不那么简单，仔细想想，整个《红楼梦》里面有很多笑话，大大小小、多多少少都有点寓意，和《金瓶梅》还是不一样的。所以我们还有第二个角度，就是它可能有深

意，至于这个深意解读到什么程度，可能要考虑。我个人觉得这个笑话更大的意义是在显示贾府经济情况的窘迫。贾府的经济情况，在前边论述"冷子兴演说荣国府"时已经提出了，但是贾雨村有异议，冷子兴又反对他的说法，说到"百足之虫，死而不僵"，这样的大家族不会一下子就死净，肯定得慢慢地来。他们两个到底谁说得对，作者没有给出判断，《红楼梦》的复杂性就在这里，作者总是给我们抛出问题，但是不给我们解答。《红楼梦》的魅力也正在这里，它像生活一样，抛出问题但是永远不给解决，要我们自己去判断、解决。所以其实我们一直是在带着这个问题看贾府，但是前几十回我们一直没看出来，尤其是作为普通读者，只会觉得贾府的生活是贵族的、豪华的、非常了不起的，连一个茄子还有好多只鸡去配，然后才变成了茄鲞，普通人是无法想象的。这个菜虽然在当代看来无所谓，但是对于古人来说还是很难的。由于地域和文化的影响，千百年来我们中国人都是以植物性食物为主的，肉食终究还是昂贵的、贵族化的，所以古文中有"肉食者鄙"，鄙不鄙我们先不管，但一定和普通人拉开距离了。在古代吃肉就是不容易的，直到今天我们还说"吃肉的""喝汤的"，"吃干的""喝稀的"，这就有区别。今天对我们来说更贵的食物其实是青菜。因为花几十块钱买几斤猪肉回来能吃好多顿，不太容易一顿就吃完，消化不了，但是几十块钱买的青菜却很快就可以吃完，青菜一炒就没东西了。但是我们的语言体系没有跟上物质生产的变化，只要说到好的东西还是肉的，还是大鱼大肉，说营养不良还是"面有菜色"。

　　话说回来，对于贾府我们一直没判断出来它真实的家底，但是会逐渐地发现有问题，作者很小心，把贾府的窘况一点一点地，而不是一下子写出来。刚开始让你知道王熙凤在放高利贷，我们还有借口，会觉得王熙凤是一个善于理财的人，还可以理解。其实这个解释已经有问题了，一个钱很充足的人是不会这样的。《红楼梦》要一步一步地把这点突出出来，告诉你贾府不行了，它不是一下子表现出来的，而是一遍一遍地确认。我个人认为这里贾母和薛姨妈的对话也是一种暗示。前面的情节给王熙凤过生日凑份子也是这样，其实并不需要那个情节，直接过就行了，但是非要凑个份子，贾家人自己还说那是模仿小家子，说的时候还故意要显示一下只是为了有趣。而事实经常是钱越少的人越表示不在乎钱，这是一个惯例，尤其是中国人，因为中国人爱面子。我们现在也一直认为这是中国人的一个缺点，一个中国人在哪走路摔一跤，他起来之后可能首先要看一看周围有没有熟人，没有就无所谓了，拍拍土走人。其实这不是我们的缺点，当然也不算优点，就是一个特点。因为中国是一个熟人社会，我们更关切的是自己在别人眼中的形象，社会化程度更高。西方社会化程度其实还是蛮低的，所以他们不在乎，摔了就摔了，站起来就走人。他们在课堂上说错了就说错了，展示出自己的无知也无所谓，反正他们就是不知道；但是在中国不会，老师问一个问题一般大家都低头，因为怕出错。其实这个没关系，只是中西方文化不一样。中国人还是在意这一点，正因为在意，我们中国的社会稳定性强，直到现在也是。

所以，这里贾母开的这个玩笑，绝不只是一个小幽默，其实是有着贾府经济滑坡的大背景的。当然，我们不只是通过贾母这么简单的一句话就确定了这么重大的判断，事实上还有其他细节来佐证，我们会在接下来的问题中再阐述。

三、凑份子过生日只是为了好玩吗？——贾府经济的窘迫状态

　　问：第四十三回《闲取乐偶攒金庆寿　不了情暂撮土为香》，我看了很多遍里面的情节，还是不能理解。以贾府的地位，为什么给王熙凤过生日还要"凑份子"？还有，贾母先说出二十两，薛姨妈说也出二十两，这两个人定了以后，邢夫人、王夫人就说十六两，依次按四两为单元降低，这个有什么必然的惯例或逻辑吗？另外，凤姐说老太太身上已有宝玉和黛玉的两份，薛姨妈也有宝钗的一份，她的意思是说宝玉和黛玉二人的份子已经在贾母的二十两以内吗？还是说不在二十两以内，还需要再给？还有凤姐说："老祖宗只把他姐儿两个交给两位太太，一位占一个，派多派少，每位替出一份就是了。"与前边的话似乎有些矛盾。

　　这个问题提得特别好，而且特别复杂。我们在讨论的时候，可以进一步展开来说。

　　首先，对于整个《红楼梦》来说，如果从经济的角度来理解，很可能会有"探骊得珠"的效果。如果对古代的贵族生活有了解的话，我们都能够感觉到一点，就是在整个《红楼梦》的表面的纷争之下，甚至是宝黛钗的情感纷争的下面都隐藏着经济的内容。我们平常读通俗小说作品比如武侠小说的时候，经常会发现里面

的人物，根本不需要考虑钱的问题，没钱了就去打劫大户。他们是不会没钱的，除非作者有意要写这个侠客落难，故意让他身上没有钱，又让他坚持某种原则而不去抢钱。回想一下金庸、古龙的小说，里面几乎没有人缺钱，每个人都会有很多钱，但这实际上是脱离人类社会的想法。在人类社会的生活里面，经济是基础，没有经济基础就没有上层建筑。我们很多人容易浮在生活的表面上，看到很多表面的东西，但是当你接触社会越来越多、生活经验越来越丰富的时候，会发现生活中有很沉重的东西拉着你。那个沉重的东西，说穿了其实就是经济问题，或者说大部分都和经济问题有关。《红楼梦》在这里就做得非常好，它似乎是在写我们生活的表面部分，就是宝玉要娶姐姐还是娶妹妹的故事，可就是这么一个情感问题，在《红楼梦》里实际上也已经演化成了经济问题，只是没有特别明确地去写，但是不明确地写不代表没有写。

在这个例子里边，贾母就说笑话要给熙凤做生日，说要仿效小户人家的样子来凑份子，那么这个凑份子的情况，就把贾府的经济说得很清楚。我们总觉得贾府这么富裕的人家不会为了几两银子怎么样，好像这是一个无所谓的事情，是吧？在武侠小说里面我们看惯了侠客们动不动几百两、几千两银子送给别人，就觉得这个没什么。但是看这一回你就知道，贾府其实也不是这样的。

我们先说细节的地方，书中人物算账的办法似乎都是以四两为一个单位来加减。比如贾母和薛姨妈是二十两，邢夫人、王夫人是十六两。我们看原文：

> 贾母先道："我出二十两。"薛姨妈笑道："我随着老太太，也是二十两了。"邢夫人王夫人道："我们不敢和老太太并肩，自然

矮一等，每人十六两罢了。"尤氏李纨也笑道："我们自然又矮一等，每人十二两罢。"

果然是以四作为单位加减。我们今天的计算习惯一般以五为单位，因为五可以凑整，可以凑成十这样的整数。那么以四为单位到底是什么意思？另外，感觉"四"这个字在古代是一个不吉利的数字，为什么喜欢用四呢？我们现在是以十进制为习惯，觉得十进制以五为单位很方便，都是整数。其实对于古人来说不是这样的，五在古人那里不是一个整数。古人的进制更可能是四。中国古人首先看到了这个三维世界是一个四方的世界，然后看到我们中国生活的这片大陆又是一个四季非常分明的大陆。我们可能在全世界都是四季最分明的地方。所以"四"这个数字对于中国古人其实非常重要，包括我们的五行，除去中间一个土，其他的金木水火是四种元素；我们也经常说四灵麟凤龟龙之类。甚至我们的小说也是如此。我曾经统计过，中国古代的小说回数都是有特殊寓意的，一般来说都是四的倍数或者扩大为十二的倍数（一年四季，每季有三个月，一共十二个月，所以十二也是中国文化中的整数），比如一百回或一百二十回，也有可能是六十回，甚至有可能是六十四回。因为它是四的十六倍。我们的格律诗也是这样的，有四句或者四联；元杂剧有四折。所以四这个数字在中国古代是一个基础的哲学数字，到处都用。甚至就《红楼梦》来说，总共便是一百二十回，里面有金陵十二钗，又有四大家族，宝玉房中有四个大丫头，贾府有"原应叹息"四春。所以在这里众人依次减四两就是这个道理的反映。

在这个细节里，贾母先说她出二十两，薛姨妈笑道"我随着老太太，也是二十两了"，薛姨妈按道理应该跟邢夫人、王夫人差不多，但是她为什么是二十两呢？这里面有一个问题，就是客人是尊贵的。虽然她跟王夫人是姐妹俩，按道理她俩应该是一样的，但是她在贾府和王夫人在贾府的地位肯定是不一样的，因为她是客人。她自己也了解这一点。所以贾母说完她立刻就接着说，她知道不能等邢夫人、王夫人先表态，如果邢夫人、王夫人说她们十六两，她再接就不好往上加了，她得先说，才合于她的身份。邢夫人、王夫人也比较聪明，立刻说"我们不敢和老太太并肩，自然矮一等，每人十六两罢了"。其实整个荣国府的财政大权都由王夫人掌管，别说十六两，一百六十两她也没问题，但是她不能拿多了，她拿多了就超过贾母了，会显得不合适。关于这一点，大家也许有这样的经验，若有朋友结婚，按我们的习俗要给红包，这个数额也是有讲究的，不是想拿多少拿多少，必须与亲疏、尊卑等关系匹配才好。这样一来，邢夫人、王夫人减了，尤氏、李纨自然也要往下减到十二两。贾母说李纨是"寡妇失业的"，寡妇和失业在这里联系起来蛮有趣的，看来嫁人是她们的职业。李纨的收入只有月例钱，没有任何别的来源，因为她没有权力，什么都不做，也没有贾珠来顶上。王熙凤或者尤氏她们肯定是有的，因为贾珍、贾琏他们肯定在外面有各种各样的进项。所以贾母要替李纨出。王熙凤非常机灵，赶快说她要替李纨出。

不过，这里就出现一个问题，就是宝玉和黛玉的要如何出。其实仔细看会发现并不存在矛盾，这里的宝玉、黛玉、宝钗等人都是要出一个普通份子的，所以凤姐才会说"老太太身上已有两份呢，这会子又替大嫂子出十二两"。从这个说法可以看出，"十二两"非常明显是在贾母二十两之外的，所以前边的"已有两份"

自然也不在二十两之内。所以后边凤姐要说"二位太太每位十六两，自己又少，又不替人出，这有些不公道。老祖宗吃了亏了"，于是要两个太太分别代替迎春、探春各出一份。

这个故事到这里还没有结束，还有赖大母亲的细节。在凤姐说两位太太的事后，赖大母亲站起来说"这儿媳妇成了陌路人，内侄女儿竟成了个外侄女儿了"，这个话说得很厉害。这个话在这样的场合一般是不能说的，作者非要把这句话放在这儿说，其实是有原因的。在前面元妃归省以前，赵嬷嬷到王熙凤的屋子里去，就有一段"内人""外人"的话，王熙凤在那里开玩笑说"可不是呢，有'内人'的他才慈软呢，他在咱们娘儿们跟前才是刚硬呢！"然后赵嬷嬷就不敢接茬了。因为这是很敏感的话，赵嬷嬷就赶快装糊涂说："奶奶说的太尽情了，我也乐了，再吃一杯好酒。"她就在那儿打岔。这个赖大之母，她当然是有点儿身份的，因为她的孙子已经做官，她也是封君了。但是她到了贾府当然也还是个下人。只不过贾府向来对下人比较尊重，给她位置坐。这个话说出来对于王熙凤其实是很不合适的，在这儿我个人觉得是作者想去对王熙凤的处境做一些渲染。之后，赖大之母又说"少奶奶们十二两，我们自然也该矮一等了"，接下来她肯定是想八两了，对不对？但贾母说"这使不得。你们虽该矮一等，我知道你们这几个都是财主，分位虽低……""分位"这个词，红研所校注本《红楼梦》2008年第三版之前的版本中，都据戚序本把庚辰本的"果位"改为"分位"，第三版才又改回来。我个人认为"果位"是对的。果位本来是佛教的用语，就是成了正果之后的地位，但也是一个俗化的词语，就是指地位。其实"分位"也指社会等级，但直接说"分位"对于贾母来说是不是有点太过于露骨？她说果位要含混一些，舒服一些。说"果位虽然比他们低，但是钱比他们多，你应该和他们一例"，大家能不能体会到里面这种社会交往的分寸感？在凑份子这个过程中，拿钱的多少和地位是有关系的，不是说你有钱就想拿多少拿多少。中国传统文化是一种等级文化，在社会性的礼尚往来过程中，如果有人不想拿多，但地位与关系在那里，就应该达到某个数目；另有人想拿多也不行，如果实在想多一些，也只能私下给，在礼数上是不可以超过比他地位高的人的。

我们大家没注意《红楼梦》里面对赖大家的描写，其实他们家是有钱的，但是地位低，所以她不能拿太多。这里面贾母就让她拿多。让她拿多，实际上一方面因为是王熙凤的生日，钱多一点肯定更方便；但是另外一方面也是尊重她，就是让她拿多，她肯定也高兴。

那么，这个凑份子是不是就如贾母说的只是依照小家子的样子玩的呢？尤氏对这个很忌讳，第二天丫鬟说凑份子的事，她就说："小蹄子们，专会记得这些没要紧的话。昨儿不过老太太一时高兴，故意的要学那小家子凑份子，你们就记得，到了你们嘴里当正经的说。"之所以不愿意说，其实是觉得这个词道出了贾府经济窘迫的实情。我们看尤氏对凤姐说的话与做的事就知道了，她说："我把你这没足厌的小蹄子！这么些婆婆姼子来凑银子给你过生日，你还不足，又拉上两个苦瓠子作什么？"凤姐也说："他们两个为什么苦呢？有了钱也是白填送别人，不如拘来咱们乐。"这个"有了钱也是白填送别人"是有含义的，马道婆魇魔法的事平息后小说虽然没有细述，但肯定已经真相大白，扎小人、八字都弄出来了，所以王熙凤是知道的。这里也是说反正那钱被别人骗去也是骗去，不如让她们用来享乐。当然，从这个细节也可看出那两个姨娘肯定是不愿意出这个份子的，因为她们也没有钱。不只如此，后面还有更明白的细节。就是后来算细账时，王熙凤把钱封好就给尤氏，尤氏问："都齐了？"王熙凤"笑道"："都有了，快拿了去罢，丢了我不管。"这个话就很不清楚了，按道理交割钱财，要一五一十数清楚，因为当面交割清楚是最好的。这里直接就囫囵地让尤氏拿走，说明她还是想混过去。但是尤氏很精明，也可能对王熙凤很了解，说"信不及"，要当面点一点。果然少了李纨的十二两银子，那一份是王熙凤要出的，所以尤氏说："怎么你大嫂子的没有？"王熙凤就说："那么些还不够使？短一份儿也罢了……"从这个话我们就能看出来，其实在整个贾府，金钱方面完全没有我们想象的那么从容。王熙凤说出口的这十二两银子，首先要卖面子，让老太太觉得她懂事，让李纨领她的情；同时她里外都要赚，一个蛋糕两头切，外边卖了面子，里面还不想出这个钱。尤氏看她这样，也做好人，立刻把平儿叫来了，要把平儿那一份还给平儿。她为什么要给平儿呢？因为在整个荣国府里边平儿是掌权者。我们在整个小说里面应该能感受到这一点，真正的掌权者其实挺难，从刘姥姥一进大观园开始就慢慢能感受到。因为王熙凤是一个主掌者，而王夫人只是名义上管家，其实根本不管事。王熙凤主理贾府，具体操作的人则是平儿。这个具体操作很重要，从刘姥姥一进大观园就可以看出，要不要给刘姥姥钱，王熙凤先问平儿，问平儿怎么做，有没有先例。平儿就说以往如何如何。当然她也去问周瑞家的，因为周瑞家的更了解情况。但是这个事情平儿也得有发言权，越往后我们会发现平儿的发言权越重。比如抄检大观园前后，贾宝玉每遇到事都是去请平儿来摆平。

那个时候当然王熙凤的身体也不太好了。但是平儿的权力很大。这一点其实还原到我们生活里面也能感受到。很多的权力是跟执行有关的。很多人掌握了权力，但是他们不负责执行。因为执行是一个很烦琐的事情，所以他不愿意做。不愿意执行的时候权力肯定出现真空，这个真空一定会被人填补。所以尤氏赶快把平儿的还给她，平儿肯定是要推辞了，但是尤氏非要给她，她也没办法，就只好收下。之后，尤氏还依次还了鸳鸯、彩云的，甚至把王熙凤榨来的周、赵两位姨娘的也还了，那两人开始"不敢收"，后来才"千恩万谢"地收下了。这些例子都可以让我们感受到贾府在经济上的窘迫状态。

当然，除这个情节之外，例子还有很多，比如月钱的分发问题，作品中就有好几次提到；再比如在抄检大观园之前柳五儿的那个事情，厨房的一个职位都磨了半天，互相怎么样——那里面都是有进项的……这些都是贾府"百足之虫，死而不僵"的征兆。

四、忠于贾母的鸳鸯为什么偷当东西？——家族经济脉络的一个旁支

问：第五十三回贾蓉说："前儿我听见凤姑娘和鸳鸯悄悄商议，要偷出老太太的东西去当银子呢。"鸳鸯不是一向忠于老太太吗？李纨还说要不是鸳鸯，老太太的东西不知教人偷了多少去。她为什么会有这样的行为？

这个问题看得很细了。王熙凤和鸳鸯偷偷当贾母的东西，这在小说里面提了多次，反复在渲染，是想说明什么呢？主要还是想渲染整个贾府的经济状况越来越走向拮据的境地。但除了这个事情之外，可能还有另外的寓意。那就是整个家族的经济脉络里有一个旁支。贾府里面最有钱的人是谁？应该是贾母，因为贾母有自己的体己钱，从某种意义上讲是贾母的丈夫，甚至贾母的公公那一代流传下来的，这个是不能算入官库的。这一点在古代其实是正常的，连皇宫里都是这样。我们经常说全天下都是皇帝的，其实皇帝有皇帝的钱，朝廷有朝廷的钱。朝廷的钱是国帑，由六部、宰相去分配，皇帝也不能随便就从中拿一部分到自己那儿去。历代正史有时记载，如果天下灾荒，皇帝会减膳，自己省一些钱，甚至要妃子也减膳，省了钱交给朝廷，那是要腾给国库的。所以，

这两项是要分开的。整个贾府煊赫上百年花的一直都是老底，都是家库也就是公共的钱，贾母的钱应该是没有动的。而且贾母的钱几乎只往里进，出去的少，因为逢年过节都会得到赏赐，比如小说里写到她八月初三生日，皇帝就会赏赐，赏赐的东西还挺多，多到什么程度？贾母刚开始还感兴趣看看，说这个是金如意，那个是玉如意，看到最后看腻了，说不看了都收起来，等什么时候闷了再拿出来看。她每年生日都获得赏赐。中国古代很讲究这种礼节，除了生日之外，四时八节贾母都会得到赏赐，所以她的东西很多。当然她也可以赏给别人，但是她赏人，比如见秦钟，或者给尤二姐一个见面礼，都是象征性的，所以她相当于没有出只有进。她的这些东西当然都不是硬通货，但是可以换硬通货。所以王熙凤才和鸳鸯偷偷把贾母一箱子一箱子的东西拿出去当，比如如意、玉饰、金钗之类的。

贾母的钱是最多的没问题了。而且贾母已经年龄很大了，我们见到她时已经七十多岁了，到后面已经上八十岁，她肯定在多年以后要归天，这是家族中所有人都关注的一个事情。赵姨娘为什么要陷害王熙凤和贾宝玉？就是因为王熙凤掌管着整个荣府的现在的国库的钱，而贾宝玉未来肯定要继承贾母的一大笔钱。这是一个经济问题，不是情感问题。情感问题是可以谈判的，你不爱我，那咱们谈谈到底爱不爱；经济问题在贾府里就是你死我活的斗争，所以赵姨娘就想用马道婆的魔魔法把这两个人干掉。她说得很清楚，如果把贾宝玉干掉了，那么钱都是她们的，马道婆要多少她就可以给多少。现在马道婆要她只能给烂布头，因为她只有这个。不过，偷当这个情节绝非写贾母钱多，而是要写作为荣国府的实际管家，王熙凤已经无法支撑荣府正常的运作了，所以不得不出此下策。事实上，王熙凤通过鸳鸯偷出贾母的东西去当，自然是为了贾府的运行。若非如此，鸳鸯这样一个忠心服侍贾母的可依赖的人也不会伙同王熙凤来偷贾母的东西。

五、腊油冻佛手被王熙凤昧下了吗？——扯不开栓的当家人

问：第七十二回里有一个外路和尚孝敬来的腊油冻的佛手这个物件，围绕这个还写了一些情节，是否有特别的含义？

第七十二回，鸳鸯去看司棋，顺便来看一下王熙凤，但王熙凤正午睡，她就坐下与平儿说闲话。这时贾琏回来了，一看鸳鸯在这里，非常客气。先说这是"今儿贵脚踏贱地"，又说："姐姐一年到头辛苦服侍老太太，我还没看你去，那里还敢劳动来看我们。正是巧的很，我才要找姐姐去。因为穿着这袍子热，先来换了夹袍子再过去找姐姐，不想天可怜，省我走这一趟，姐姐先在这里等我了。"话说得非常客气。然后才提这个佛手："因有一件事，我竟忘了，只怕姐姐还记得。上年老太太生日，曾有一个外路和尚来孝敬一个蜡油冻的佛手，因老太太爱，就即刻拿过来摆着了。因前日老太太生日，我看古董帐上还有这一笔，却不知此时这件东西着落何方。古董房里的人也回过我两次，等我问准了好注上一笔。所以我问姐姐，如今还是老太太摆着呢，还是交到谁手里去了呢？"鸳鸯是个很精细的人，立刻说还了回来，连还回的日子都记得，而且是打发了谁来还的也记得，这一下确凿无疑是还了。里屋的平儿正拿衣裳，听见之后，忙出来回说："交过来

了，现在楼上放着呢。奶奶已经打发人出去说过给了这屋里，他们发昏没记上，又来叮登这些没要紧的事。"你听平儿这个语气，就知道想让这个事儿赶快过去。贾琏如果当时说去楼上看一看，大家可以想象一下，楼上到底有没有。贾琏听说，笑道："既然给了你奶奶，我怎么不知道，你们就昧下了？"平儿道："奶奶告诉二爷，二爷还要送人，奶奶不肯，好容易留下的。这会子自己忘了，倒说我们昧下！那是什么好东西，什么没有的物儿。比那强十倍的东西也没昧下一遭，这会子爱上那不值钱的！"这几句话意味很是丰富。至少有两个方面的用意，一来是用于过桥，引起下边的话题；二来，也是更重要的，借这个佛手来说明贾府的经济状况。

如果只是用于过桥铺垫，那不用说这么多。在这里贾琏之所以说她们怎么不告诉他就昧下了，也肯定不是随便打趣，肯定有类似的事情。那王熙凤为什么要昧下这些东西？这个原因可能很复杂。一方面是整个贾府的经济问题，我们反复讲它在走下坡路。另外，王熙凤有没有秘密的事情呢？王熙凤一直在放高利贷，这个事情也是不能让人知道的。第十六回也有类似的一个细节，贾琏两口子久别重逢，正在说话，听到外面有人说话。凤姐问是谁，平儿说"姨太太打发了香菱妹子来问我一句话，我已经说了，打发他回去了"，引起贾琏的感慨，说"那薛大傻子真玷辱了他"，又引发了王熙凤的一通议论。那么我们一般读者就会认为，它是一个过渡。但实际上不是，因为贾琏走了之后，王熙凤就问："方才姨妈有什么事，巴巴的打发了香菱来？"平儿才说："那里来的香菱，是我借他暂撒个谎。奶奶说说，旺儿嫂子越发连个成算也没了。"原来是旺儿嫂子送高利贷的利息来了，这个时候又不敢让贾琏知道，所以平儿才故意说是香菱来了，是编了个谎。显而易见，这里不是为了引到香菱上去。当然了，放高利贷的事情实际上贾琏知不知道，我们读者可能也会有疑惑。毕竟任何秘密的事情都会有人知道的。在第七十二回里平儿的表现，跟在第十六回里其实很像，也是赶快出来说话，说了之后就想把这个事情带过去。当然接下来贾琏和王熙凤都没问那个佛手到底怎么样了，很可能这里是有猫腻，那这个猫腻到底是什么？不知道，也许她们把这东西当了，因为她们里边实在扯不开栓了，这是一种可能。也可能是王熙凤想给自己昧下一个东西。虽然平儿说前面好十倍的东西都没昧下，这会子不会爱上那不值钱的，但事实并不是这样，相信读者都知道的。她们这么说，未必就代表不在乎，这个很难说的。王熙凤倒是有一点是比较傲人的，就是她们王家原来很富，所以她倒什么都看不上眼，觉得自己什么都见过，你这个算什么。但实际上她真的看不上这点东西吗，尤其是在贾府当时的经济情况下？也不好说。所以这里边的猫腻，很可能和王熙凤的经济账有关。但是最后归结到什么程度，却不好说。因为后四十回对贾府总体抄家和王熙凤东窗事发，到底是怎么写的，我们也无法判断。

就在这一回里边，就有另一个例子来佐证。凤姐说前一天晚上，忽然做了个梦，说来可笑："梦见一个人，虽然面善，却又不知名姓，找我。问他作什么，他说娘娘打发他来要一百匹锦。我问他是那一位娘娘，他说的又不是咱们家的娘娘。我就不肯给他，他就上来夺。正夺着，就醒了。"王熙凤做这个梦也很奇怪，有暗示、隐喻的作用。因为如果没有叙事的某种意义的话，不会特意在这里写这么一个梦。而且这个梦刚刚说完，一语未了，人回："夏太府打发了一个小内监来说话。"贾琏听了，忙皱眉道："又是什么话？一年他们也搬够了。"凤姐道："你藏起来，等我见他。若是小事罢了。若是大事，我自有话回他。"贾琏便躲入内套间去。这里凤姐命人带进小太监来，让他椅上坐了吃茶，因问何事。那小太监便说："夏爷爷因今儿偶见一所房子，如今竟短二百两银子，打发我来问舅奶奶家里……"

这个话跟前面那个梦很相应。这一小段其实蛮有趣的，因为这一小段之前，我们还不知道，夏太府之类的人在贾府这儿到底会怎么样。我们现在才知道，贾府的开支其实比我们想象的大得多。它不只是内部的小开支，还有各种各样名目的外部开支。你看夏太府这个，明显就是巧取豪夺了。以前要过的一千二百两银子还没还过来，现在再要二百两，这个也肯定是不还的。虽然太监反复地说要还，但实际上肯定是不还的。那像这样的钱到底是从哪来的？贾琏还说："昨儿周太监来，张口一千两，我略应慢了些，他就不自在。将来得罪人之处不少。这会子再发个三二百万的财就好了。"这两个情节打开了一个口子。冷子兴演说荣国府的时候，一直说贾府衰败了，但是我们也不知道它到底是怎么衰败的。而这两个地方透露出更严峻的情况。前面凤姐做了个梦，说有一个太妃要钱。今天夏太府又来要二百两，前面还要过一千多两。接下来贾琏又说前一天周太监来要，而且要一千两。贾府真的是应接不暇，用冷子兴演说荣国府的话来说，就是只有出的项，没有进的项。因为这时跟他们早期不一样，早期他们的官位做得都很高，那么收入也很高。但现在他们都是靠吃老本，那肯定不行。所以，把这个细节和腊油冻的佛手联系起来，很可能有刚才说的那些意义。

当然，这个腊油冻的佛手其实也要过渡到下面的情节中去。

下面紧接着，贾琏就说"好姐姐，再坐一坐，兄弟还有事相求"，然后便骂小丫头："怎么不沏好茶来！快拿干净盖碗，把昨儿进上的新茶沏一碗来。"我们一看就知道，贾琏一定有事要求鸳鸯，要不然的话，说话不会这么客气。当然这个不只是客气，还夸赞了一下，说别人都没有鸳鸯这样的胆量和见识，那么求别人不如求她。原来他是要跟鸳鸯说借当这样的事。要说出这个事，中间不能太突兀，所以需要前边有个引子，那么，那个佛手就算是个引子吧。不过，借当这件事要说明的，其实与前边的佛手一样，都是贾府已经有了很重的经济危机了。

六、贾赦为什么称赞贾环的诗？——大房派与二房派的斗争

问一：《红楼梦》在介绍贾琏时说"长名贾琏"，但作品中却一直称他为琏二爷，为什么？

问二：在第七十五回的时候，贾赦为什么那样称赞贾环的诗？

通过以上两个问题正好可以细细讨论一个埋藏在作品中的线索，所以我们一起来说。

《红楼梦》处处都有陷阱，处处都有耐琢磨的东西。《红楼梦》的情节是冰山上的一角，其实冰山下面还隐藏了大量的东西，那么是作者真的想了这么多，把这些东西都放在水面下，还是说他就是按照曹家的真实情况去写的，有些东西本来就在下面呢？比如琏二爷这个事情，他不需要写琏二爷，直接说琏大爷也可以，为什么要说个琏二爷？作者没有任何交代，当然，很多人推测也许贾赦曾经有个大儿子，甚至有人给这个作品中并未出现过的大儿子起了个名字叫"贾瑚"——这倒是非常恰当的名字，因为《论语》中提及宗庙之礼器"瑚琏"，故可与"贾琏"的名字相匹配。但这毕竟是猜测，不可当真。事实上，一个家庭中的兄弟姐妹排行方式可能是很偶然的事，比如或许当初宁、荣二府是在一起排的，

所以贾珍为长，而贾琏便是琏二爷了，但后来又可能因某种原因不再合排，于是宝玉就单独接在贾珠之后而称宝二爷。所以这个排行也无法深论。

不过，如果这个推测成立，宝玉没有与贾琏一起排行，就会看出某些蹊跷来。按一般逻辑来说，可能贾赦与贾政之间不太和睦。这倒不只是从排行来推测的，从另外的地方亦可看出，比如贾政住在荣府的正房，而贾赦却住在偏厦，按理贾赦居长，且袭了爵，应住正房才对；而且，荣府的主掌大权也不在长房的邢夫人那里，而在次子的王夫人手上，也是非常奇怪的现象。当然，作者仍然没有给我们解释，但周汝昌先生便曾推测，这或许与曹雪芹的生活经历有关。

当然，《红楼梦》很少写贾赦与贾政二人的交往，所以我们似乎看不出二人关系如何，但有些情节却可以从侧面透露出痕迹。比如在第七十五回中秋吟诗，这个例子很典型，让每一个人写首诗，然后贾环、贾兰、贾宝玉都写了，我们知道按照一般的惯例一定是那两个人写得差，贾环写得尤其差，贾宝玉写得好，这是没问题的，但是在这一回竟然不一样。虽然贾环写得依然差，贾政刚刚批评了他，但贾赦竟然"要诗瞧了一遍，连声赞好"，还说："这诗据我看甚是有骨气。想来咱们这样人家，原不比那起寒酸，定要'雪窗萤火'，一日蟾宫折桂，方得扬眉吐气。咱们的子弟都原该读些书，不过别人略明白些，可以做官时就跑不了一个官的。何必多费了工夫，反弄出书呆子来。所以我爱他这诗，竟不失咱们侯门的气概。"又"回头吩咐人去取了自己的许多玩物来赏赐与他。因又拍着贾环的头，笑道：'以后就这么做去，方是咱们的口气，将来这世袭的前程定跑不了你袭呢'"。连贾政听说后都赶快说："不过他胡诌如此，那里就论到后事了。"这一段描写是很奇怪的，那么我们要怎么看呢？

我们还是回到贾府的大格局上来看这个问题。贾府有两种主要的势力，一种势力我们可以把它叫作长房派，另一种势力叫二房派。长房派就是贾赦这一派，二房派就是贾政这一派。从开头看到现在，我们知道一直是二房占上风的，大房不受待见，贾母就根本看不上贾赦这一房。邢夫人在贾母跟前也说不上话。贾母本来就不喜欢贾赦这两口子，再加上鸳鸯的事情就更不喜欢了。贾母话说得很清楚了，说大家看她不顺眼，好不容易有个丫头能伺候她，还想把这个丫头弄走之后来算计她，这些话都是冲着贾赦说的。不过，这里边还有一个很复杂的话题，就是王熙凤。王熙凤是大房派的长媳，所以理应是大房派的，但是她现在代替二房来掌管荣国府，成了二房里得力的中坚力量。这就很有问题了。如果我们把"党争"的思想加进去就会发现，他们相当于两党的党争。那么王熙凤从大房党投奔了二房党，就有点儿像小红从怡红院跑到了王熙凤那里。小红跑到王熙凤那里之后，整个怡红院的丫鬟们怎么看？我们都看清楚了吧，怡红院的丫鬟说她就知道攀高枝，说她有本事飞出去再也不进怡红院来，认为她是叛变。因此邢夫人对王熙凤也是很不满的，但在王熙凤很有实力时她也没有办法，所以在抄检大观园的时候，立刻就抓住机会将了凤姐一军，那一下子给得很狠，我们从抄检大观园的细节就能看出来。所以有没有这两个党呢？可能真的是有的，是在斗争。在这两个党中间王熙凤是一个很尴尬的角色。其实还有人更尴尬，就是赵姨娘和他的儿子，他们当然属于二房党，但是他们属于二房党里的一个支派，是不被二房党人待见的。主掌二房的王熙凤本来是大房党的，都不喜欢贾环。对贾环说的最狠的一段话是王熙凤说的："为你这个不尊重，恨的你哥哥牙根痒痒，不是我拦着，窝心脚把你的肠子窝出来了。"这种话连贾宝玉都不说，贾宝玉对贾环说的话都挺好的。从这里能听出来，王熙凤直接把自己当成了二房党的核心成员，没有把自己看成大房的一边。

为什么作者要特意写贾赦的话？有红学家写文章说大房派和二房不得势的庶子派联合，这就是一个联合的信号，这个联合在后四十回里会兴风作浪，会有很多情节。很多探佚学的研究都指向了这一点，认为贾环在后来贾宝玉和林黛玉的事情里面起到了非常重要的作用，当然是负面的作用。这一点，在脂批里面，在《好了歌》的注解里面，在判词里面，也都有隐约的透露。所以贾赦和贾环他们可能联合起来共同对付二房嫡子派，其实这就是贾府的政治斗争。这个斗争究竟是为了什么呢？看看第二十五回赵姨娘对马道婆所说的几句话就明白了，她提起凤姐说："了不得，了不得！提起这个主儿来……明儿这一分家私要不都叫他搬送到娘家去，我也不是个人。"商量魇魔法时说："你若果然法子灵验，把他两个绝了，明日这家私不怕不是我环儿的。那时你要什么不得？"看来，这个"政治"斗争的实质不过是"经济"斗争罢了。

七、林家的钱哪里去了？——拮据的贾府可能有了"润滑油"

　　问：林黛玉的父亲去世，贾琏带着她去奔丧。她作为林如海唯一的孩子，应该继承了家产，但黛玉跟宝钗总说自己一针一线都是拿别人的，后来生病更说自己无依无靠。这里排除林黛玉的性格原因，我还是觉得有点奇怪，林黛玉自己应该是有一定的财产的，但这里就真的像寄人篱下一样。这是为什么？

　　这是红学界被很多人讨论过的一个话题。

　　首先，我们需要追问的是：林如海到底有没有钱？林如海做的官是巡盐御史，这是非常有钱的肥差，所以肯定是有钱的。那么，是不是林家旁支的人把林如海的家产谋去了呢？从小说中来看肯定也不是，因为林家似乎也没别的人。

　　那么，在贾琏带着林黛玉回去处理林如海的丧事之后，林家的家产应该都在林黛玉这里。但林黛玉回来时只带了一些"土仪"——土特产分给大家，其余什么都没有。依然是我们熟知的那个"一贫如洗"的林黛玉，连吃燕窝都要薛宝钗来支援，林黛玉自己也不好意思，以她那样要强的性格，但凡有一点钱也不至于这样。尤其是刚一开始她跟薛宝钗还没有达成妥协之前，她肯定是不愿意拿薛宝钗一点东西的，所以她是真没钱。那钱哪去了呢？

有一句话泄露了天机。

第七十二回中贾琏跟王熙凤说："这会子再发个三二百万的财就好了。""再"这个字是很有讲究的，人的语言有时候比思维更真，因为你在说的时候，心里一定有这样的想法。我们人的理智会故意地把一些东西隐瞒，但是语言有时候隐藏不住。红学界很多人认为这个"再"字意味深刻，同时也有一些人认为这是过度解读。因为"再"这个词在我们的语言里面有时候也没有"再"（"又一次"）那个意思。汉语的造句有时候需要补一些词，而这些词本身没有实际意义。比如，赞扬一个人长得美，我们一般就会说"你长得很美"，而不会说"你长得美"。因为"长得美"，嘴上少一个字，很别扭。我们就要补一个"很"，或者"非常"，这里其实不代表"better""best"的意思，跟英语不一样，我们只是补足它。所以《红楼梦》里这句话很多红学界的人认为它有深意，也有人认为没有，我们也没有一个最终的标准去判断它。但是按照常理推断应当有深意，因为林如海家肯定很有钱，林黛玉却没有钱，那钱去哪儿了？

刚开始冷子兴演说荣国府的时候，就说贾府"内囊却也尽上来了"。作者很聪明，他在刚一开始讲贾府的时候，就安排一个刘姥姥来打秋风，结果刘姥姥忍耻上去说了半天话，王熙凤说："若论亲戚之间，原该不等上门来就该有照应才是。但如今家内杂事太烦，太太渐上了年纪，一时想不到也是有的。况是我近来接着管些事，都不知道这些亲戚们。二则外头看着虽是烈烈轰轰的，殊不知大有大的艰难去处，说与人也未必信罢。"刘姥姥听到这儿心里凉了半截，而接下来王熙凤又说："可巧昨儿太太给我的丫头们做衣裳的二十两银子，我还没动呢，你若不嫌少，就暂且先拿了去罢。"刘姥姥才又喜出望外。这一段其实就是作者想告诉我们：贾府没钱了。

但是我们接下来看到五六十回贾府都运行得很好，没出什么问题。但五十多回以后开始走下坡路，确实运行不下去了。第五十三回乌进孝进租时就说："那府里如今虽添了事，有去有来，娘娘和万岁爷岂不赏的！"这时候贾蓉等也说了："纵赏银子，不过一百两金子，才值了一千两银子，够一年的什么？这二年那一年不多赔出几千银子来！头一年省亲连盖花园子，你算算那一注共花了多少，就知道了。再两年再一回省亲，只怕就精穷了。"可知是指望不上。也正是在这里，贾蓉对贾珍说了"凤姑娘和鸳鸯悄悄商议，要偷出老太太的东西去当银子呢"的话。

小说开头，通过刘姥姥事，已经告诉读者荣府很拮据了；到第五十几回，荣府甚至已快"精穷"了；但接下来荣府还是又维持了数十回的繁华生活。这时候我们不禁要问：那贾府过下去的"润滑油"是哪来的？合理的推测，应该是林黛玉家的钱起作用了，只是林黛玉不知道而已。当然，这只是我们的推论，并不能当严密的学术研究。

第三部分 《红楼梦》的情节脉络

一、宝玉的婚事由谁做主？——木石前盟失败的根本原因

问：木石前盟失败的根本原因到底是什么？

对于整个《红楼梦》发展流程来说，我们普通人看到的最关键的情节就是贾宝玉娶姐姐还是娶妹妹。娶妹妹是命中注定的生死之约，但最终却以悲剧告终。相信这也是很多读者对《红楼梦》最主要的印象。然而，这个天作之合的爱情的失败其实却有着更加客观、现实甚至是本质的原因，我们可以稍作分析。

首先，贾府对贾宝玉的婚事有什么看法，值得我们考虑。但这一点作者并没有清楚地写出来，需要我们透过很多情节的棱镜来推测。

荣国府中位次最高的人是贾母，而执掌权力的人是王熙凤，我们如果知道这两个人的态度，便会对宝黛二人之事有深入了解的机会。王熙凤对林黛玉似乎是非常好的，第一次见面就问了一连串的话，那个出场非常精彩，但是大家有没有注意到：她那一连串的话是问林黛玉的吗？不是的，她是说给贾母听的，所以根本不需要林黛玉回答。"妹妹几岁了？可也上过学？现吃什么药？在这里不要想家，想要什么吃的、什么玩的，只管告诉我；丫头老婆们不好了，也只管告诉我。""一面又问婆子们：'林姑娘的行李

东西可搬进来了？带了几个人来？你们赶早打扫两间下房，让他们去歇歇。'"其间根本没有给林黛玉留一点时间来回答。她就是想让贾母知道她的热情罢了，所以她后面对林黛玉的热情到底是真的假的，我觉得不好判断。我们对于《红楼梦》里的每一个人的表现，尤其像王熙凤这样复杂的人，都很难做一个简单判断。因为每次读《红楼梦》，我的感慨就是《红楼梦》的情节就像我们真实生活中的情节一样，没有办法判断。真实生活中我们每个人都处在这个困惑里面，就是自己没有办法判断，哪怕一个人信誓旦旦地跟你说"我爱你"，这个时候你怎么办？你问他他说的是真的吗，他肯定说是真的，但是你相信吗？不知道，你要自己判断，每一个人都需要自己去判断。

王熙凤的话虽然无法判断，但在作品中她却几次表现出了要撮合贾宝玉和林黛玉的倾向，这是因为王熙凤看上林黛玉了吗？可能不是的。那么，如果她没有看上林黛玉，她不认为林黛玉是理想的宝二奶奶的人选，她为什么要做这样的表示呢？她也并没有压力需要做这样的表示。我们认为，正如前边一串的问话是表演给贾母看一样，她的撮合也很可能是她推测到了贾母的心意。小说里也多次说她就像贾母肚子里的蛔虫一样，我们读者不知道贾母怎么想，就去看王熙凤怎么想，知道那很可能就是贾母的想法。

在第二十五回，王熙凤对林黛玉开了一个非常直白甚至有些粗俗的玩笑，她说："你既吃了我们家的茶，怎么还不给我们家作媳妇？"而且还更进一步地说："你别作梦！你给我们家作了媳妇，少什么？"并指宝玉说："你瞧瞧，人物儿、门第配不上，根基配不上，家私配不上？那一点还玷辱了谁呢？"开这样的玩笑，不是王熙凤没有分寸感，而是表明她摸到了贾母的想法。事实上，就在四回之后，贾母便提出了给贾宝玉的择偶标准："不管他根基富贵，只要模样配的上就好，来告诉我。便是那家子穷，不过给他几两银子罢了。只是模样性格儿难得好的。"这基本就是按照黛玉的情况说的，也可以算作凤姐猜到贾母想法的明证吧。

不过，我们费了很大力气去推测贾母的想法，或许走偏了路，因为在宝玉的婚事上，最有发言权的是父母，而他的父母中，更为关键的人是王夫人。那么，王夫人会选择谁？这个事情要仔细考量。作品中明确地说王夫人是一个"天真烂漫，喜怒出于心臆"的人，容易被人指使，并没有自己的主见。王善保家的和她说两句话，她就立刻要抄检大观园，如果是一个胸有城府的人，比如王熙凤，都未必做这样的决定。所以，抄检大观园就体现出了王夫人这种态度，她治家是一个像小孩子一样喜怒无常的状态。那么，她是如何看待林黛玉的呢？整部作品中，王夫人与林黛玉交往极少，我们甚至无法了解她们交往的方式，所以似乎无法回答这个问题，但作品其实给我们提供了答案。

对于黛玉，从刚开始我们就没觉得王夫人有多么喜欢。这个有没有可能和我们日常生活中的经验有关呢？在中国古代的家庭关系中，最难相处的是嫂子和小姑，这已经是公认的千古难题了。不幸的是，王夫人与林黛玉的母亲贾敏就是这个关系，所以，王夫人不喜欢林黛玉倒非常符合古代家庭关系的一般逻辑。当然，这也并非随便猜测。在抄检大观园时，王善保家的趁机告倒晴雯时，王夫人说："上次我们跟了老太太进园逛去，有一个水蛇腰、削肩膀、眉眼又有些像你林妹妹的，正在那里骂小丫头。我的心里很看不上那个狂样子，因同老太太走，我不曾说得。后来要问是谁，又偏忘了。今日对了坎儿，这丫头想必就是他了。"后边对着晴雯直接说："我看不上这浪样儿！谁许你这样花红柳绿的妆扮！"这里说得很清楚，说眉眼像林黛玉，而且正在骂小丫头，也像黛玉的做派。王夫人既说"看不上那狂样子"，又说"看不上这浪样儿"，似乎都可以算是对林黛玉观感的爆发或迁移。

事实上，还不仅如此，如果我们更多地从经济的关系和亲属的关系来看，就会发现在王夫人的心中，黛玉就更没什么优势了。而薛宝钗与王夫人之间有亲戚关系，薛家又有钱，王夫人倾向于金玉良缘恐怕是自然之理吧。

二、宝钗为什么开宝黛的玩笑？——贾府诸人对黛玉婚事的看法

问：第二十五回，宝玉病好之后，黛玉念"阿弥陀佛"，宝钗说："我笑如来佛比人还忙：又要讲经说法，又要普渡众生……又管林姑娘的姻缘了。"这里，宝钗应该是已经看出来，宝黛之间有超出一般兄妹的关系。不知道大观园里有多少人看出来。

真实生活中，一个事情达到什么程度很难把握，有的人很敏感，隐隐约约感觉得到，而有些不敏感的人，即便别人已经公布了他们也不知道。所以，我们看到，大观园里很多人都知道宝黛二人的关系，甚至连仆人都知道了，但能了解到什么程度，也很难说。很多人总是有一种隐约的感觉，而且总是被打断。有一段时间，大家的猜测很集中，很明确。但是过一段时间这个猜测又消泯下去了。像王熙凤说吃茶，已经说得很明白了，后来贾母又说到对宝玉娶妻的别的标准，再后来贾政又和王夫人提过宝玉的婚事，却又放开了。前面已经说他们两个很好了，中间又插进史湘云，第三十一回"撕扇子作千金一笑　因麒麟伏白首双星"，回目很值得探讨。红学界有很多人写文章探讨，因为麒麟肯定不是白写的，连林黛玉都怀疑，她觉得宝玉看多了的才子佳人小说，都是在小玩意儿上生出一段感情来，所以担心。当她去看的时候，

果然发现贾宝玉非要把麒麟拿来。这个情节过后，还让史湘云专门给她的丫鬟讲阴阳，讲了半天，丫鬟好像什么都不懂，实际上古代的丫鬟完全不懂阴阳吗？而且丫鬟问着问着就把事情问到人身上了。这就又出现了一个新的人选，和麒麟有关。但回目中的双星又如何理解呢？是牵牛织女吗？这是往后映射的，是后四十回的伏脉，所以，我们不能很好地找到那个结合的点。

　　整个贾府里的人对宝玉的婚事怎样去判断，并不是统一的，或者说并不明确。大家只是在揣摩上意，但是上意也会变化、走样。有一段时间，大家觉得比较明确了，就起哄，包括薛宝钗，她也会起哄。这一点大家应该能理解，你本来是一个备选者，风向变着变着，你已经不可能了，你也有可能成为起哄者。后来在薛姨妈说林黛玉的婚姻大事时，我们发现风向有点儿变化，薛宝钗不起哄了，她开始用别的话去说了，甚至会说"真个的，妈明儿和老太太求了他作媳妇，岂不比外头寻的好"这样极不合适的玩笑话。薛宝钗这么一个滴水不漏的、与人为善的、不会犯错误的人，说这样的话，大家不觉得突兀吗？连她妈妈都觉得突兀，连忙说："连邢女儿我还怕你哥哥遭踏了他，所以给你兄弟说了，别说这孩子，我也断不肯给他。"然后薛姨妈还拍着胸脯打包票，要帮助林黛玉操心婚事。因为林黛玉很尴尬，没有人帮她操心，她不能自媒，又没有父母来做主，所以她只能等别人选择，但是别人那里的情况又很复杂。宝二奶奶是个很复杂的职位，不只是贾宝玉的妻子那么简单，实际上承担了整个家族的复杂责任，不是贾宝玉一个人能决定的。虽然林黛玉只看重贾宝玉，并不看重被集中了很多期望和权势的地位，但"匹夫无罪，怀璧其罪"，这个位置本身就带有危险性。这样，那边也不能定，这里也无法定，林黛玉就一直在飘摇的状态。这个状态也是林黛玉一直忧愁多感，甚至小性儿的原因。读她的诗，能读懂《红楼梦》的人能理解。不懂《红楼梦》的人会觉得林黛玉好像有毛病，她很小气，对于和她八竿子打不着的事，都要哭、生气，甚至吐血。而且她在诗里写"一年三百六十日，风刀霜剑严相逼"。可是很多读者说看不出来呀，她在贾府生活得很滋润呀，当个大小姐，贾母又很疼爱她。这样看来，林黛玉是不是个受虐狂？当然不是，一是她特别敏感，二是她一直处于不稳定的状态。她的未来不得不去依赖贾府的选择。她不得不想各种各样的事情。我们看她初进贾府就知道了，她每走一步路都要多想，连喝水都要多想，生怕走错了一步路，让人耻笑了去。读者对贾府格局最初的理解就来自林黛玉，因为她看得很细，和别人看得不一样。她到贾政房里，看到一溜半旧的小布墩，就知道那是谁坐的，王夫人把她往炕上让，她就不去坐，因为她知道那是贾政的位置。这些只有林黛玉能够想得到。所以前面宝钗说让林黛玉给薛蟠作媳妇的话是一个很大的打击，很大的干扰。而薛姨妈打的包票，给了她很大的期望。但是这个希望后来落空了，因为薛姨妈再也没有提起过。看到那里，我们读者也挺高兴，想着薛姨妈会不会去和王夫人说一下呢。所以，我们一定要明白，《红楼梦》是生活的复原，很多事没有一个明确的答案，我们和剧中人一样，谁也不知道他们进行到什么程度了，或者说有决定权的人考虑到什么程度了。《红楼梦》伟大的地方，很大程度上就在于此。正因为这样，我们才会有更多的主观性的投射。也正因为如此，红学变成了一门不可为的学问，因为，很多问题也只能是自己猜测。

三、旧手帕中有什么苦心？——宝黛证心的一个关键点

问：第三十四回宝玉送黛玉旧手帕，应该如何理解？应该深入地思考、联想得多一点儿呢，还是仅仅理解为情感的象征？林黛玉收到之后，想："宝玉能领会我这番苦意，又令我可喜。我这番苦意，不知将来如何，又令我可悲。"苦心和苦意到底仅仅是情感层面的，还是有别的寓意？

这是个老问题，但也是个难问题。说是老问题，因为红学界很多人讨论过。为什么又说是难问题呢？因为这个答案只有宝黛二人知道。我们的解读，都不过是推测罢了。

大家读《红楼梦》的时候也能感觉到，宝黛二人之间的很多纠葛，旁人是很难掺和的，不明白他们在干什么。因为他们互相都在证心。这个可以理解，我们现在的青年男女在谈恋爱的时候，也在互相证心，因为每个人都想知道对方对自己是不是真心的。但问题是，对方怎样才能表明是真心的呢？如果他告诉你是真心的，你就会相信吗？而且，他在表白的时候，也不知道你是不是相信他，或者说他也不知道你是不是知道他不知道你是不是相信他。这是人最大的问题，就是《三体》中提到的猜疑链，因为人不可能知道别人到底在想什么。当然了，人有时候也不知道

自己在想什么。有时候你对别人表白真心喜欢对方，你真的喜欢吗？可能自己也不是非常确定。所以，感情的互证是最难的。在《红楼梦》里，宝黛二人也都一直在互相试探对方的真心，当然要拿假情意去试探，但试探来试探去，还是不能确定。但无论如何，在试探的过程中，这一回是一个关键点，在这一回，宝黛取得了一定程度的共识。

说到这里，我们也要稍微拉回来一点儿，有些读者觉得他们好像太多事儿，这个事情不是很简单吗？没那么简单。因为他们不能直接说出来，不像现代男女恋爱能直接说出来，现代人即使直接说出来，对方都未必相信。宝黛都不能说出来，只有一次贾宝玉好不容易说出来，"诉肺腑"了，结果还错抓住了袭人的手。在贵族家庭里，男女之间是不可以谈个人之间的感情的。古代的婚姻必须是家族婚姻、社会行为，自己选只能选妾，不能选妻。为什么古代对于"自择"这么紧张？因为自择代表一个人对自己行为的全盘规划，这是对礼法的一种颠覆。男女之间没有办法直接沟通，只好用各种办法去试探，去交心。而此时，宝黛是第一次互相明白了对方。小说聪明的地方，同时也是最让读者纳闷的地方在于，它不写出来二人具体明白了什么。只说送了一个手帕，林黛玉就明白了，但是读者没明白。问题在于，这个问题不能让读者明白，不能写出来，因为写出来的反而都是难明白的。在生活中，我们也有这样的经验，你和一个人，只要关系到一定程度，双方只需要一个眼神就什么都知道了。这种状态很难达到，一定是长时间在一起，去了解对方才能达到。但是，被问到为什么如此默契，却说不出道理。所以，这种感觉作者不写也是有原因的。一是写不出来，二是写出来就落了"言筌"。人类之所以有文化，和动物不一样，是因为有语言，但正如钱锺书所说："语言是交流的，但也造成阻隔。"人类中存在巴别塔困境。正是因为有语言，所以交流反倒有问题，因为交流依赖语言，而语言是可以虚饰的。我们人类很多问题来源于此。如果没有语言，行动是不能隐藏的，不会假的。我们很多人喜欢用语言对别人好，尤其是年青一代的孩子们，也会对父母说"我爱你"，父母听了也挺舒服，但是用处不大，因为真正的喜欢是要用行动表达的。语言能表达的是浅层次的。说到这里，好像把问题搁置起来了，其实不是，我们可以再做一些探索。

这个意思说穿了很简单。首先，手帕这个东西是不能随便送人的，是私密的东西，就像贾宝玉和蒋玉菡互换过的大红汗巾子一样。它有独特的寓意，在古代文化传统里的人一看就明白了。现代的人不容易懂，送手帕有什么了不起，也不值钱，而且还是旧的。连晴雯也这样说，但我们也看到，此时的贾宝玉也少见地自信，他和黛玉的沟通达到了一定的境界。以前，宝玉在黛玉面前没这么自信。这一次，双方都在一个语境里了，林黛玉也确实明白了。另外，旧手帕带有重申旧盟的意味，宝黛关系一直用木石前盟来概括，而木石前盟总体来说还是旧盟，它是朴素的，所以用旧手帕。木石前盟是朴素的，但宝玉和宝钗之间的可能性是不朴素的。所以，在贾宝玉各种各样的选择里面，也可以用朴素不朴素来做一些判定。

但是，这个意思也未必是他们沟通之后确定的意思。我们读小说常常会有一个误区，就是以为书中的各种情节、意思都应该是明确的，但实际上我们知道，生活中没有什么是明确的。我们之所以有之前的误解是因为被坏小说洗脑了。就像在《红楼梦》

中的一些细节，都是复杂韵味的集合，就好像，有一个很特殊的人，在一个特殊的时期送给你一个东西，你心里好像打翻了五味瓶，但那到底是什么味道？只能朦胧地、笼统地感觉到，用语言说不出来。这种状态也许正是林黛玉接到手帕时的感觉。也许主体是明朗的，但你要让她说是怎么回事，她说不上来。

四、为什么只写一次"云雨情"？——宝玉喜欢女子的原因

问：为什么作者在贾宝玉那么小的时候就设置了"初试云雨情"的情节？

《红楼梦》里的贾宝玉性格上有非常奇怪的表现，在第二回作者便借冷子兴之口说"那年周岁时，政老爹便要试他将来的志向，便将那世上所有之物摆了无数，与他抓取。谁知他一概不取，伸手只把些脂粉钗环抓来。政老爹便大怒了，说：'将来酒色之徒耳！'"并引出贾宝玉的名言："女儿是水作的骨肉，男人是泥作的骨肉。我见了女儿，我便清爽；见了男子，便觉浊臭逼人。"这种表现似乎暗合了贾政的判断，所以冷眼旁观的冷子兴也觉得贾宝玉不过是"色鬼"罢了，虽然贾雨村不同意这种"淫魔色鬼"论，但他的话似乎也并不能服众。事实上，我们每个读者在阅读此书时也都面临着这个解读难题，那就是如何看待贾宝玉的这种表现。

其实作者也怕我们会误解。小说就怕读者误认为他喜欢女性是因为他是一个花痴，或者说是一个在色欲上有过度追求的人。所以小说在刚一开始的时候，第六回，贾宝玉还很小的时候，就让他和袭人"初试云雨情"，而且之前让他在梦中和"表字兼美"（就是兼了薛宝钗和林黛玉之美）的一个人有了"儿女之事"。我们大

家知道"兼美"是不可能的，因为一个是诗性的美，一个是当时封建社会能够培养出来的淑女之美，这两个美是两个极端，但是在宝玉梦中可卿就"兼美"，要和宝玉去经历这种云雨之事。警幻仙姑也说了，说宁荣二公托她让贾宝玉来了解这样的事情，让他知道色欲是什么样子，不要因此而堕入魔道。但是这样的事整个《红楼梦》里面就这一次，后面就没有了。

对此，作品也写到贾母的表现。在第七十八回，贾母跟别人说笑时说："别的淘气都是应该的，只他这种和丫头们好却是难懂。我为此也耽心，每每的冷眼查看他。只和丫头们闹，必是人大心大，知道男女的事了，所以爱亲近他们。既细细查试，究竟不是为此。岂不奇怪。想必原是个丫头错投了胎不成。"这肯定比我们读者看得更细了，她最后却没办法解释，只能说"原是个丫头错投了胎不成"，她只能这样打马虎眼，事实上是取消了问题。其实，这些描写都表明了一件事，即贾宝玉喜欢与女子交往并不是因为好色。那究竟为何呢？这一点我们在论述贾宝玉形象时再进一步探索。

五、宝钗一直住贾府合理吗？——古代的宗族关系

问：薛宝钗常住在贾府，是不是违背常理？

薛姨妈带着全家人在贾府住了很久，到底奇不奇怪？其实小说中间也多次提到她们住在贾府的问题。我们回想一下，她刚一来的时候并没打算在贾府住，是贾府出于各种原因热情地留客，最后把她留下来。王夫人和薛姨妈是姊妹，几十年不见，薛姨妈就说"我和你姨娘姊妹们别了这几年，却要厮守几日"，作者也说"姊妹们暮年相会，自不必说悲喜交集，泣笑叙阔一番"，可见开始是符合常理的。更何况"薛姨妈正要同居一处，方可拘紧些儿子；若另住在外，又恐他纵性惹祸"，所以一拍即合。

不过，一般来说，人都有惰性，只要住下去了，再改变这种状况可能就会比较难了。当然，作者也考虑到薛家常住的不妥之处，于是把她们安排在梨香院，与大观园之间有门相隔，平常门也会锁上，再加上经济上独立自主，所以倒也算正常。对于薛姨妈他们住在贾府这个事情，其实我们从古今的差异出发比较好理解。这种情况我们现在看起来觉得有点儿奇怪，但是在古代很正常。如果有人千里迢迢来到京城做什么事情，游玩或者做别的事情，他同宗同族的亲戚有接待的义务，有的时候会成年累月地接

待，都是很正常的。古代的很多小说都有类似的情节，比如《离魂记》里王宙到了他舅舅家，就在那儿住下来，一住就是很长时间：刚到的时候他跟倩娘还都是小孩子，"后各长成"，然后两人产生了爱情，到底多少年我们都不好说了，难道把那里当作家了吗？也可以说这是小说凑情节的需要，也许会夸大，但是我们要知道，那一定是有社会真实的可能性的，因为我们现在写一个都市爱情剧，就不太可能写一个外甥到他舅舅家一住住了好几年。为什么不太可能？因为古代宗族制非常关键，只要是同宗同族的，从某种意义上讲就是一家人。在亲戚家住了很长时间，这很正常，因为他有这种宗族关系在。如果一个族的族长，跟别的族去通谱，也意味着两家要互相照应。这也跟中国所谓的人情社会有关，任何事情只要有人在某个位置上就好办理，所谓的"有人"指的是什么意思？一般来说都是同宗同族的或者有姻亲关系的，不是亲就是戚，总而言之要有这样的关系才好去办事，大体上还是宗法的影响。我们现在打破了宗法，都是以家庭而不是宗族为单位，家里的收支都是自负盈亏，自己去计算的，和叔叔、伯伯、姑姑、姨母家都不会统一考虑收入和支出的问题了。

当然，我们也明白，提出这个问题并不是要给贾家和薛家算经济账，而是想知道，林黛玉是因为母亲去世，所以住到了贾府，后来又因父亲也去世，所以才常住贾府；但肩负金玉良缘之责的薛宝钗又是为什么能心安理得地常住贾府呢？或许在这个意义上，我们除了说作者就是这么设定的之外，只能从上述角度来理解了。

六、贾琏与王熙凤相爱吗？——古代夫妻关系的实质

问：看贾琏与王熙凤的情节，觉得不太好评判。一方面，从两个人时不时的对话可以看出还是有些相敬如宾的感觉，甚至贾琏还有些怕王熙凤，可能感情也是不错的；但另一方面，两个人之间又互相提防，最后甚至会你死我活。他们的关系究竟怎样？

这个问题很有意思。不过，用我们今天对夫妻感情的评判方法来看琏、凤二人，其实是不妥当的。古代的夫和妻之间是一种伦理关系，同时也是一种社会关系，其本质并不是简单的私人情感关系。所以贾琏与王熙凤的关系似乎无法仅从情感的角度来评判，他们之间也不会用我们今天常见的爱情话语进行沟通，那样的话直到现在传统的中国人都说不出口。我们这几代好很多了，但我们的上一辈人在婚姻中就不可能互相说那种话，因为那违背他们对婚姻的看法。现在的婚姻是以爱情为基础的，但我们不要以为这是放之四海而皆准的千古真理。

所以，我们不要拿现在的眼光去看古人的生活。杜甫和他妻子感情很好，这个感情一定不是我们现在说的爱情，实际上是一种伦理关系。他对他的妻子的感情就像对他的爸爸妈妈姐姐妹妹一样，已经亲人化了。很多人说中国古代人不给妻子写情诗，是古

代男人蔑视女人的地位，其实不是这样，只是因为夫妻之间是一种伦理关系。这种关系是由整个儒家文化固定下来的，非常重要，是第一位的。一个年轻的男子如果不娶妻子的话，他自己的道德观就接受不了，倒不只是情感需求，觉得自己二十多岁确实需要去找个女朋友了，他不是出于这种考虑。他只是觉得自己要是不娶妻子，就没有办法向列祖列宗交代。整个社会逻辑就要求他在这个时候娶一个妻子来延续后代。时代变换之后，我们很难理解当时人的思维，但实际上确实是这样。

古代人有没有情感需求呢？有，他可以从别的途径去弥补，所以这是两个层面的问题。也正因为如此，大家一定要注意，贾宝玉和林黛玉之间的爱情，其实和我们想象的也并不完全一样。他们的爱情带有很大的伦理成分。所以我们在《红楼梦》里看到贾宝玉和袭人有云雨情，但是和林黛玉之间什么都没有，非常干净，这和我们现在的爱情观其实也不完全一样。当代的爱情，比如在西方论爱情的著作中，还是要强调心灵和身体的合一，如果只偏重一方面，一定是有问题的。如果两个人都是柏拉图式的爱情，一直在心灵层面，他们以后是一定会有问题的。但是《红楼梦》里就是这样，贾宝玉和林黛玉全是心灵的交流，因为他们之间是伦理关系。所以在这一点上，我们用现代人的思维去考虑贾琏和王熙凤的关系是没有道理的。

这里提到的另一个话题反而挺好玩的，就是贾琏似乎挺怕王熙凤的。小说里对这一点给了一个解释，我们似信非信。贾琏说王熙凤吃醋，却偏不许他吃醋，平儿对贾琏说道："他醋你使得，你醋他使不得。他原行的正走的正；你行动便有个坏心，连我也不放心，别说他了。"贾琏老在外面拈花惹草，他回来见到妻子当然会心虚，怕她，这是本能的。就好像一个坏蛋在街上想要抢劫，肯定心虚，做坏事的人都是会心虚的。所以在中国你看见有人做坏事一定要大声地叫出来。偷钱包的被人叫破自己肯定就吓坏了，因为他心虚。再回到我们的这个话题。平儿说的是对的，贾琏自己做坏事当然心虚，因为他知道自己做的事是社会不容的，是不对的。王熙凤没做这些事，当然就不心虚。这是平儿的解释。但是平儿的解释是不是真的，我们不知道。因为我们不知道王熙凤到底有没有做那种坏事。从小说的描写看来会很复杂，大家觉得王熙凤做坏事了吗？这可能是一个会引起争议的话题，我们放在下一个问题中来讨论。

七、"养小叔子"指的是谁？——王熙凤到底持身正不正

问：第七回焦大骂"爬灰的爬灰，养小叔子的养小叔子"，"养小叔子"指的是谁呢？

我们前边刚刚讲过贾琏与王熙凤的关系，并且说在这个关系中，贾琏因为拈花惹草，所以做贼心虚，而王熙凤似乎行得端、走得正，所以理直气壮。但事实上，这个判断或许还要更复杂。之所以这样说，就是因为焦大骂的这句话。

焦大所骂的"爬灰"，我们会在秦可卿的相关章节中讨论。那么，他说的"养小叔子"指的是谁呢？甲戌本此语之下有四个字的墨笔评语，是"宝兄在内"，可见，评者认为此指宝玉与王熙凤，但我们在整部《红楼梦》中看不到这样的迹象，这也完全不符合作者对贾宝玉的人物设定。其实，这里很可能是指王熙凤与贾蓉，只不过，贾蓉并非王熙凤的小叔子，而是侄子，或许焦大骂人时正如前边说"红刀子进白刀子出"一样是"醉人口中文法"。

之所以这样说，是有痕迹可循的。刘姥姥一进荣国府时，跟王熙凤说了半天，正说最关键的话时，贾蓉突然来了，王熙凤也就忙止住刘姥姥："不必说了。"贾蓉是来借屏风的，借完他正要

走的时候，有一段描写：

> 这里凤姐忽又想起一事来，便向窗外："叫蓉哥回来。"外面几个人接声说："蓉大爷快回来。"贾蓉忙复身转来，垂手侍立，听何指示。那凤姐只管慢慢的吃茶，出了半日的神，又笑道："罢了，你且去罢。晚饭后你来再说罢。这会子有人，我也没精神了。"贾蓉应了一声，方慢慢的退去。

关于这一段中的出神，如果没有用意，作者为什么要写？因为没有任何意义，完全可以像阑尾一样割掉。事实上这是有原因的。这一段情节前面还专门写王熙凤很漂亮，在整个小说里面，其实很少写王熙凤长得怎么样的。在这里偏偏写她"粉光脂艳，端端正正坐在那里"，通过刘姥姥看她也非常漂亮。这里写她"出了半日的神"，有丰富的潜台词。所以后面焦大骂"养小叔子的养小叔子"，或许指的就是王熙凤。贾宝玉恰恰问到她，她立刻就厉声斥责，王熙凤对贾宝玉说话从来没有这么严厉过。道理当然冠冕堂皇，但其实正指到王熙凤的心病。此外，在王熙凤戏弄贾瑞的时候，也让贾蓉来执行，这个过程其实是很私密的，她让贾蓉来参与，显然在与性有关的问题上并不避讳贾蓉。

当然，我们虽然做了这些比较合理的推测，但细读《红楼梦》，却还是不得不承认平儿对凤姐的评价，就在是男女关系上，似乎确实挑不出王熙凤的问题来。那究竟是平儿的话有误还是我们前边的推理有误呢？我个人觉得，很可能是作者对自己的原有设定进行了改动，一如对秦可卿的相关情节进行改动一样。

我们了解一下红学研究就会知道，学界很多学者认为《红楼梦》很可能是二书合成的，一个是《石头记》，一个是《风月宝鉴》。《风月宝鉴》是曹雪芹写的，带有大量的风月笔墨。王熙凤和贾蓉的故事或许是《风月宝鉴》中的故事，其他如"秦可卿淫丧天香楼"、贾琏和多姑娘的故事等，也都是《风月宝鉴》里的。"秦可卿淫丧天香楼"这个故事就让《石头记》的情节时间出现了瑕疵，有一年不知道怎么塞进来，那一年中发生了"贾天祥正照风月鉴"的故事。后来贾琏在外面有不清不白的事情的时候，时间又发生问题，也是因为把《风月宝鉴》的故事插到《石头记》里，作者没有去调整时间。

　　王熙凤到底持身正不正这个问题我们只能分析到这里，因为作者似乎是想给她一个这样的情节，但是到最后也没有发生这样的事。我想，很可能是作者在接受脂砚斋建议删去秦可卿淫丧天香楼之事后，也顺带把王熙凤的相关故事删去了。

八、为什么薛蟠说"舍表妹之过"？——王熙凤的嫉妒心

问：第六十六回里，薛蟠听贾琏说娶了尤二姐又将尤三姐说给柳湘莲为妻的事之后大喜，说了一句"早该如此，这都是舍表妹之过"。这是什么意思？

其实往前文看一下这句话就好理解了。前面贾琏"便将自己娶尤氏，如今又要发嫁小姨一节说了出来，只不说尤三姐自择之语。又嘱薛蟠且不可告诉家里，等生了儿子，自然是知道的"。明白了吗？薛蟠说的"舍表妹"就是王熙凤。薛蟠的母亲姓王，是王熙凤的姑姑，所以王熙凤便是薛蟠的表姊妹——当然，他们二人谁年龄大些似乎不太清楚，薛蟠第一次出现时说"年方十五岁"，而冷子兴演说荣国府时只说贾琏二十岁，娶了王熙凤，却没有说明王熙凤的年龄。从这句话来看，或许薛蟠比王熙凤大一点，所以他称之为表妹。

贾琏娶尤二姐的由头是什么呢？当然，本质原因自是好色无疑，但他也一定是有个由头的，那就是无后。王熙凤没有生出儿子，在古人对娶妾的设定中，没有儿子是一个重要条件，甚至休妻的"七出"第一条即是"无子"。王熙凤是一个醋老虎。大家一定要注意，我们经常用当代人的眼光去看《红楼梦》，比如看王熙凤吃醋，当代

人都会不同意作者的判断，而认为吃醋当然是应该的。这是我们当代人的观念。古代判定一个妻子是不是贤良，吃不吃醋、嫉妒不嫉妒是一个重要标准。你不嫉妒不吃醋，才是一个贤妻，我们无法判断古人对错，只能说我们现在认为这样不对。如果现在你要求一个妻子不要吃醋；一个丈夫出去花天酒地、到处乱来，还让妻子鼓励他，当然是不对的，我们要唾弃。我们现在不允许办女德班就是这个原因，因为它已经不符合我们当下的文化了。但是不能因为它不符合当下的价值观，我们就说这在古代也是不对的，千万要小心这个逻辑的反推。所以在小说里面我们会反复地看到，包括在贾宝玉评判王熙凤的时候，偶尔都会露出这样的意思：王熙凤这个人什么都好，就是嫉妒心太重。在古人看来，甚至包括曹雪芹看来，吃醋都并不是一个优点。她甚至连平儿的醋都吃，在古人看来更不是优点，平儿是贾琏的妾，是名正言顺的，但是很长时间里平儿和贾琏之间并没有夫妻之实，就是因为有王熙凤在那里。其实平儿很为难，一方面她要应付贾琏，因为贾琏是个好色之徒，这一点贾宝玉已经说得很清楚，贾琏只知道作践脂粉，不知道去尊重女性；另外一方面她更要应付王熙凤。为什么很多人说平儿是整个小说里最难做的一个人，原因就在这里，因为她要应付的这两个人都很难应付。

你看贾琏的逻辑很清楚，他"又嘱薛蟠且不可告诉家里"，因为他说他娶了尤二姐，但实际上这个事情还没有说出去，还是在暗中进行的；同时他又要告诉薛蟠为什么，所以他接下来说"等生了儿子，自然是知道的"，生儿子就可以告诉，因为有儿子了。所以薛蟠说得很清楚，说"早该如此，这都是舍表妹之过"，意思是说，对不起，这都是我妹妹吃醋害得你想娶个妾来传后人也要这样偷偷摸摸。

九、为什么王熙凤会说出冰冷无味的笑话？——大家族的巅峰与下坡路

问：第五十四回中凤姐有点反常，在合家团聚的情况下正言厉色地讲了一个不合时宜的冷笑话，为什么？

我们还是来看正文，必须往前走一点：刚开始，贾蓉夫妻捧酒一巡，然后凤姐看着贾母十分高兴，便笑道："趁着女先儿们在这里，不如叫他们击鼓，咱们传梅，行一个'春喜上眉梢'的令如何？"贾母很高兴，那就赶快来。这之后令传到凤姐手里，大家看这一段："众人听了，都知道他素日善说笑话，最是他肚内有无限的新鲜趣谈。今儿如此说，不但在席的诸人喜欢，连地下服侍的老小人等无不欢喜。那小丫头子们都忙出去，找姐唤妹的告诉他们：'快来听，二奶奶又说笑话儿了。'众丫头子们便挤了一屋子。"从这段话我们就知道王熙凤的嘴在整个贾府是有名的，不管是上面还是下面的人都知道，一听她要讲笑话，大家都很高兴很期待。前面王熙凤讲了很多笑话，作者没有去做众人期待的铺垫，都讲得非常好，但是这一次做了很充足的铺垫，一堆人挤在屋子里等着王熙凤。然后传梅，当然首先是要传到贾母手上的。击鼓传花说起来是偶然，实际上我们大家都知道，肯定有人给暗号，

所以就到了贾母手上，贾母就说了一个。贾母的这个笑话，说十个儿子娶了十房媳妇，然后有一个特别会说话，后来孙悟空如何如何。这个笑话到底是想说什么，很多学者也曾经写过文章探讨。实际上贾母有没有偏心在整个小说里边到处都能反映出来，从她对贾赦和贾政的说法都能看出来。她是有偏心的。另外，我们前面讲过，贾赦是老大，贾政是老二，但贾政住在正房，贾赦住在偏房，按照古代的逻辑这是不可能的。在这种情况下，她说的这个笑话，也可能是作为对这个问题的一个反映。但我个人认为还不只是这样，它的效果还在于要引出凤姐接下来的话，凤姐知道这个首当其冲的肯定就是她自己，因为伶牙俐齿讨婆婆喜欢肯定是说她的，所以她赶快跳出来说："幸而我们都笨嘴笨腮的，不然也就吃了猴儿尿了！"她说这话明显是所有人都不同意的，但是她自己一定要解嘲。她说完之后，"尤氏娄氏都笑向李纨说"，为什么要向李纨说？这就牵扯到李纨和凤姐之间的关系，我们暂且不说。这两个人都对李纨说"咱们这里谁是吃过猴儿尿的，别装没事人"，她们不能直接指着王熙凤说，对李纨说是给王熙凤听的。薛姨妈想把它往开拉一拉，但这个拉又加重了痕迹，薛姨妈说："笑话不在好歹，只要对景就发笑。"意思就是不管好不好，这个说的是实情，当场就有。

说完了又击起鼓来，小丫头子想听凤姐说笑话就给女先儿说清楚，然后让凤姐拿到了。凤姐拿到之后大家都很高兴，都说"这可拿住她了。快吃了酒说一个好的，别太逗的人笑的肠子疼"。大家对她的期待值都很高。凤姐"想了一想"，大家注意前面凤姐说笑话，从来都不会先想一想。她逗贾母的时候说过很多非常聪明的话，包括贾母赢钱的时候"那里头的钱就招手儿叫他了"之类的话都是手到擒来，都不用想。要想一想，按道理就一定会是一个很好的，结果她说："一家子也是过正月半，合家赏灯吃酒，真真的热闹非常"，接着，祖婆婆、太婆婆、婆婆、媳妇、孙子媳妇、重孙媳妇如何如何说了一堆，真好热闹。说到这儿，大家都说"听数贫嘴，又不知编派那一个呢"，大家一听就觉得她要编派人，因为前面的笑话明显是落到她身上了，她"想了一想"是想把这个转移。尤氏笑道："你要招我，我可撕你的嘴。"——尤氏一听立刻就这么说，是有原因的。王熙凤和尤氏其实一直不太对付，我们很多人以为她和尤氏关系挺好，其实这是不可能的。试想，她和秦可卿关系很好，秦可卿死的时候她去协理宁国府主持丧事，为什么要她主持？因为尤氏不出来主持。尤氏为什么不出来主持？因为秦可卿和贾珍之间有不清白的关系，尤氏作为贾珍的妻子，她怎么可能去主持秦可卿的丧事？所以在小说里写尤氏那时候病了，而且莫名其妙，前不着村后不着店，没有任何铺垫就说她病了，实际上就是因为她肯定不愿意。这个时候她不愿意，就是要让贾珍不好做，就是要斗这个气，但是王熙凤把这个事平定了，所以她一定不喜欢王熙凤。再加上我们在小说里能看出来尤氏虽然是宁府的执掌者，但她是一个比较弱势的人，没有王熙凤那么强势。在这种相处模式下，大家知道比较弱势那个人一定会在各个方面让着强势那个人，但是心里一定会有怨言，只是没地方发泄。关于这个怨气的表现接下来还会有更重要的情节，只不过在这儿还没出现。就是尤二姐。尤二姐直接被王熙凤害死，后来尤氏对王熙凤的态度变化很大，我们都能看得出来，这个我们之后再说。总而言之尤氏跟王熙凤肯定是不对付的，我们看表面会觉得她们两个好像还挺好，但大家一定要小心，不要看表面。其实我们在生活中也是这样，有时候看到妯娌两个人经常不见面挺想得慌，见了面说东道西还好像很亲热，但实际上内里到底怎么样，可能只有她们两个人知道。看《红楼梦》也是这样，一定要看它藏起来的话，所以尤氏立刻就说"你要招我，我可撕你的嘴"。凤姐起身拍手笑道："人家费力说，你们混，我就不说了。"贾母笑道："你说你说，底下怎么样？"凤姐儿想了一想，笑道："底下就团团的坐了一屋子，吃了一夜酒就散了。"她为什么又想了一想？前面"想了一想"，后面也"想了一想"，这四个字一模一样，作者在撰写的时候没词用了吗？她前面想了一想，说了这么一大串，然后尤氏说"你要招我，我可撕你的嘴"，她又想了一想就说大家喝了一夜酒就散了。其实后面这句话如果真的是她原本就要说的，不用想直接说就完了，所以她原本一定不是想说这个。她为什么改变呢？我们根据逻辑来推，读到这儿大家就明白了，她一定是在编派尤氏，但是尤氏说了这个话之后，她"想了一想"，就是在揣摩要不要把这个想法说全了。她想完觉得最好不要，为什么？她以前是不在乎尤氏的，想说就说了，但是到了第五十多回形势已经不一样了，王熙凤已经逐渐地感觉到力不从心了。我们其实能看出来，王熙凤慢慢地感觉到，周围那些开始的时候被她不当回事人，渐渐地对她来说也很重要，她不能再随便去讥刺一个人从而给自己四处树敌了，所以她想了想结果，还是更世故地把这个故事给结束了。结束的效果怎么样，我们看作者的话就明白了，作品原文说："众人见他正言厉色的说了，别无他话，都怔怔的还等下话，只觉冰冷无味。"

这个冰冷的故事当然是不能满足大家的，不只是我们读者，屋子里坐的一堆人也不能满足。她自己也觉得不好意思，刚才没把大家逗笑。可以想象，王熙凤这么一个人，她努力要说一个笑话，肯定大家哄堂大笑才是对的，没达到这个效果她自己也不满意。别人虽然没说她刚才那个不好，但是"史湘云看了他半日"，湘云是比较心直口快的，这个"看"已经很明确地表达出当时其他人的情绪了，所以王熙凤又重说了一个。她说"再说一个过正月半的。几个人抬着个房子大的炮仗往城外放去，引了上万的人跟着瞧去……"，这个说完之后，凤姐说"这本人原是聋子"，最后的结局给揭露出来，但接下来大家也没有像以前那么热闹，就是大家"听说，一回想，不觉一齐失声都大笑起来"。这是一个很朴素的话，虽然也说了大家都大笑起来，但我们知道这是一个套语，为什么这么说呢？我们看前面很多次王熙凤讲笑话，包括"这一吊钱顽不了半个时辰，那里头的钱就招手儿叫他了"之类的，周围人都有复杂的反应；还有她去调笑刘姥姥，让刘姥姥说"老刘，老刘，食量大似牛"，那个时候大家都笑得不可抑制，每个人都有不同的笑法，一定要写出来。但是这里就简单说大家都齐声笑起来，就完了，没有了。接下来，就是"（众人）又想着先前那一个没完的，问他先一个怎样，也该说完"，也能看出来大家没满足。如果这个笑话神完气足，像写作文后面有一个豹尾，大家就不会想起前面那个了。所以大家只是哈哈笑一下，因为就别说王熙凤了，在日常生活中，只要有人讲了笑话，说两句之后大家也应该礼貌性地笑一下。听别人的笑话有的时候真是凑趣的，因为人家既然说个笑话，那听的人就得笑一下，不笑对不起讲笑话的人。大家在这里不满足就会想起前面那个并要求她说完，王熙凤就把桌子一拍说"好罗唆，到了第二日是十六日，年也完了，节也完了，我看着人忙着收东西还闹不清，那里还知道底下的事了", "咱们也该'聋子放炮仗——散了罢'", 这个话到这里结束了。

我们再回过头来看, 她第二个笑话为什么说得那么无味? 是因为她前面想了一想, 她要说一个有味的笑话, 但那个笑话没说出来, 临时要顶上一个。大家也都应该有类似的生活经验, 如果你在与众人交流时有一个非常好的想法, 但刚刚被别人先说了, 你临时要换一个, 一般来说都会比较难出彩, 所以从小说的逻辑来看, 这个情节是这么来的。

第一层的问题我们都说清楚了, 但问题还没完, 最重要的是第二层的问题。王熙凤说的这两个笑话其实带有强烈的象征意味。鲁迅先生在《中国小说史略》中评《红楼梦》时说"悲凉之雾遍被华林, 然呼吸而领会之者, 独宝玉而已"。根据很多红学家的看法, 五十多回是《红楼梦》里边贾府的顶峰, 顶峰就意味着要走下坡路, 下坡路其实正是从这两个笑话开始的。我们看《红楼梦》的人也能感觉到, 贾府或者说整个小说最热闹的地方就是第四十回"史太君两宴大观园　金鸳鸯三宣牙牌令"、第四十九回"琉璃世界白雪红梅　脂粉香娃割腥啖膻", 还有第五十回"芦雪广争联即景诗　暖香坞雅制春灯谜", 这几回是《红楼梦》的顶峰。尤其是第四十九回, 贾宝玉刚一开始想早早地举行诗会, 但是大家都说雪还落不住, 还不大, 等明天吧。结果等到第二天他醒来一看窗外大明, 就非常后悔, 说要早知道天晴了还不如昨天举行呢, 今天天一亮太阳一出来雪都没有了——相信我们都有过这种感觉, 即便是北方人, 好不容易碰到一场大雪, 那一定要玩玩打雪仗什么的——但是他出去一看, 外面的亮并不是天晴, 而是大雪的反光。连上天都凑贾府的趣, 让贾府心想事成。紧接着王熙凤说的这两个笑话在第五十四回，从这里开始贾府一件事接一件事地开始有不如意，很多事都慢慢地做不了了，一直堆积到第七十多回抄检大观园。我们看《红楼梦》总是被里边那些细节牵着走，这个过程中我们没有发现《红楼梦》一个一个小的细节组成了大情节，实际上《红楼梦》一直在这么做。它的结构就精巧在这里，不是写东家吃饭西家吃饭就会成为世界名著的。比如第三十三回"不肖种种大承笞挞"里边贾宝玉挨打，那一回我们看到贾政和贾宝玉的矛盾达到了一个不可化解的地步，贾政甚至要把他打死，就当没有这个孽子。已经冲突到这个程度了，但是这个程度不是突然来的，前面三十回其实一直在往上叠加。前面贾政对贾宝玉各处都不满，只是刚开始小的不满还犯不上发一场大火，因为还要顾虑到贾母及王夫人，而且好像也没到那个地步，但是几个事情一步一步地走到一起，累加到了三十多回出现一个大的变化。"抄检大观园"这样一个巨大的变化能够一次就写到吗？也是一步一步去写的，包括下人开始赌博，前面也没有写，其实前面肯定也有赌博，但是前面不写，好像下人都很守规矩。到后来王熙凤的控制力逐渐弱了，下人就开始不守规矩了，连夜赌博门也不关，就会有小偷小摸、作奸犯科的事情，比如司棋和潘又安的事。如果大观园防范很严的话，潘又安是不可能进去的，连小厮都进不去，一个大男人怎么可能进去？还有绣春囊，到底是谁的小说里没有明说，但是里边的人猜测很可能是潘又安和司棋他们的。如果不是防范有疏失的话，怎么会有人进去还把绣春囊遗落，后来引起了抄检？它都是一步一步写过来的。这个一步一步，以《红楼梦》的惯例，前面要有一个总的帽子，要有一个预示，就是这两个笑话，它们冰冷无味就是预示整个贾府要走向冰冷无味的下坡路。

十、"双悬日月照乾坤"该怎么解读？——史湘云的签词

问：在第四十回中，史湘云行的酒令里说到了"双悬日月照乾坤""日边红杏倚云栽""御园却被鸟衔出"等，到底应该怎么解读？

这个问题非常复杂，很难有确切的回答，因为在"金鸳鸯三宣牙牌令"里面每个人都说了一堆的酒令辞，都要按照骨牌上的花色去说，所以它本身有很多的限制，但每个人都说了，而且写得很详细。我们按照对《红楼梦》的一般理解，这里一定会有用意，就看是往深处求还是往浅处求。往浅处求很简单，比如刘姥姥说的，就符合她的身份，"花儿落了结个大倭瓜""大火烧了毛毛虫"，那是她作为农庄户对于生活的理解，到了贾母又是另外一个身份，又不一样。但是红学界认为林黛玉和史湘云说的这几句都有引申的可能，对此当然有不同的看法。有人认为表示了史湘云的婚配中有两位男性存在的这种照应，由此招致非议，最后形容她孤独寂寞的人生苦况。这也是有可能的。

说到这里我们就稍微说一下史湘云这个人。她其实也是一个比较奇怪的人，她是金陵十二钗正册之一，按道理应该很重要，但是她又是十二钗里面最晚出现的。其他人都已经出场，经过很多

故事了，她才出来，而且她出来之后也不像其他人一样一直在大观园，她时不时地来一下又走掉。有很多回里根本没有她，我们也搞不清她什么时候走了，什么时候又来了。有时候她走书中没解释，大家玩了一会儿，接下来的情节中不见她了，我们才知道她回去了。但是脂砚斋在批语里面说："宝玉所厚者，唯颦、云而已。"也就是说脂砚斋认为宝玉最喜欢的人是黛玉和湘云，所以湘云的形象肯定是很重要的。即便不通过脂砚斋的批语，仅通过作品来看，我们也能感受到这一点。作品把史湘云写得相当好，诗才也很好，性格也很好，是非常宽宏大量、霁风朗月的一个人，不去计较一些小的东西，不像林黛玉那样。再加上又有麒麟的信物，我们也会觉得后半部可能会有她的一些故事。

对于史湘云的结局学界有不同猜测，有人认为她先嫁给卫若兰后又嫁给贾宝玉，又有人认为她没有嫁给卫若兰，而是直接嫁给了贾宝玉，但最后守寡，因为贾宝玉出家。但是，说贾宝玉出家、她守寡又带来一个影响——大家都知道贾宝玉是在薛宝钗入门后出家的，怎么又有史湘云呢？所以这一派的人就认为贾宝玉有两次出家。为了把情节给弥缝好，就要让他出家两次。但是这个说法也有它的道理：贾宝玉曾反复地说林黛玉要怎么样了他就出家，后来就是史湘云和林黛玉羞他，说他都说了多少遍了，记得他出家的次数，这是前面故事里原有的话。这个话有没有预示后来他就是这样的呢？也有可能，我们不知道哪些话是预示哪些话不是。但是，研究者如果找到这个好像也能去佐证，所以不管学者怎么看，史湘云这个人一定很重要，但这几句酒令是不是有寓意，我们不好确定。

周汝昌先生认为，"双悬日月照乾坤"影射的是历史上真实的政治斗争。周汝昌当然对《红楼梦》有非常复杂的体系性的看法，他认为我们现在看到的《红楼梦》是乾隆皇帝借势利导伪造出来的，是一个假的、被乾隆皇帝篡改过的文本，篡改的目的是消弭它原本复杂的排满的政治情绪和暗喻。那么由这个来生发，他又认为曹雪芹写作《红楼梦》本身是为了影射一个历史事实，就是我们知道的康熙废太子胤礽的儿子，他后来要起兵反叛。"双悬日月照乾坤"，"乾"指的是乾隆，"坤"指的就是废太子的儿子，这句话暗示的是这一段历史斗争，有点求之过深，我们先不管它。笼统地来看，湘云说出这个酒令一定是有原因的，但这个原因到底怎么去判断，因为没有后四十回来揭示，还真不好说得太确凿。

十一、芳官唱曲的用意？——宝、钗、湘故事的隐喻

问：在"寿怡红群芳开夜宴"的时候，宝钗掣出了一个牡丹花签，上面写的是"任是无情也动人"，然后让芳官唱曲。芳官本来要唱一个祝寿的曲子，但是被驳回了，于是唱了《赏花时》。这支曲有没有什么用意？

这一点我在一篇小文章《十二金钗归何处》中提到并讨论过，芳官唱这个曲子到底是对芳官有作用，还是对宝钗有作用？在这里，芳官想唱一个祝寿的比较欢快的曲子，结果大家不让，"众人"都说打回去，不要唱这个，老套，动不动就"寿比南山、福如东海"没意思了，非要她细细地唱一个好听的。但是好听的曲子往往都带有悲哀的情调，现在的流行歌曲也是，一首能打动人并长时间被人记住的歌曲，一定不是欢快的。真的能打动人的都是那种要沉进去的忧伤。诗也是这样，这就是我们经常说的"穷而后工"的逻辑。为什么会这样？因为人生在世的本色，本就不是快乐，所以钱锺书先生在《论快乐》那篇文章中说"有限的快乐哄得我们过了一生"，说得很忧伤，但事实就是如此。忧伤的、沉重的东西能拽住你，如果不沉重的话你会飘起来，要是在生活中飘久了人就有问题了。所以，这叫"生命中不能承受之轻"，我

们能承受重但不能承受轻。有句俗话说"没有受不了的罪，只有享不了的福"。一个人再穷再痛苦，别人觉得自己到他那样就干脆自杀算了，但是他活得好好的。你觉得一个人一个月挣五千块钱才勉强能活，但是还有人只挣五百块也活下去，说不定人家每天还弄瓶小酒喝喝；只挣五十块，勉强能活下去；就算不挣钱，靠要饭也能活下去。人没有受不了的罪，因为这是底色，底色本来就在，但是让一个要饭的突然中了六合彩，他两三年过去之后就崩溃了，精神失常了，或者杀人越货了……反正各种坏事都会出来。之所以会这样，是因为人生活在这个世界上，核心要义是和整个自然去做某种妥协，或者说去做某种斗争，你所有悲哀的情绪都来自自然与社会，来自你与自然和社会的冲突，所以不快乐是本来面目。我们的任何创作都是这样，欢乐的东西都不会太长久，钱锺书那篇文章说，所有的语言的"快乐"都和"快"有关，因为快乐都会很快。你希望快乐慢一点，但是不可能，慢一点的叫痛苦。你对一个问题没有做准备，老师突然点你起来让你回答这个问题，这一分钟你会觉得像一个世纪一样长。我们知道时间是客观的，但实际上它也是主观的。

所以大家要听一个更好听的，在曲辞和演唱上更有味道的，芳官就唱了一个《赏花时》。这个曲子的重点在哪？我觉得在最后一句"错教人留恨碧桃花"，这句是《赏花时》在这里出现的目的。因为贾宝玉不论最终和史湘云还是薛宝钗结合，这一句都能解释。他和宝钗最后的结局就是"琴边衾里总无缘"，虽有夫妻之名但无夫妻之实，所以判词说"金簪雪里埋"；另外，在红学界的推论里面史湘云和贾宝玉应该也有缔结婚姻的可能性，但最后也是"悬崖撒手"，也没有结果。所以"错教人留恨碧桃花"是不是有这种可能——意思就是"错过的"？大家有没有注意到1987年版电视剧《红楼梦》的结局是怎么拍的？史湘云被卖到船上当歌妓，看见岸边有一个人在打更，等更夫过来仔细一看，原来是宝玉。两人就要相认，宝玉要扑下去，结果那个船就走了。这是红学界研究的结果，探佚学告诉我们后来宝玉和湘云两个人在一起，但最后也要分开，当然这是一个猜测。不管怎么样，史湘云和贾宝玉一定有故事，但这个故事什么样我们没有办法推测，所以把这个曲子放在这里一定是有原因的。

十二、袭人对晴雯不满吗？——晴雯之死的真相

　　问：第七十七回晴雯被王夫人撵走之后，宝玉心中难过，说了很多话替她辩解，甚至言下之意还有怀疑袭人的意思。袭人听了这番痴话又可笑又可叹说："真真的这话越发说上我的气来了。那晴雯是个什么东西，就费这样心思，比出这些正经人来！"这段话当然我们都明白，虽是为了劝解宝玉不要太过伤心，却未必不是潜意识中的真心话。按道理说，袭人是一个贤良的人，但从此处看，她对于晴雯是否早有不满？和晴雯的悲剧有没有关系？

　　这个问题我们要分好几个层面来看。第一个最关键的层面就是在《红楼梦》里边，抄检大观园是前八十回里的一个高潮，也是前面几十回一直在铺垫、烘托而起的高潮。抄检大观园最大的牺牲品就是晴雯，这也是因为晴雯是林黛玉的替身、影子。实际上，晴雯之死从某种意义上也影射了林黛玉的悲剧结局。

　　当然，晴雯本身不只是作为一个影子存在，她作为大观园里的一个丫鬟，可能是众多读者最喜欢的一个形象，所以这个形象的悲剧对我们每一个读者的冲击都是非常大的。我们碰到一个案件之后，会想凶手到底是谁。尤其这个案件的牺牲者还是一个让大家如此喜欢的形象。那么究竟谁是凶手呢？对于晴雯的死，贾

宝玉是最痛苦的，我们来看贾宝玉的看法。他回来之后就说："咱们私自顽话怎么也知道了？又没外人走风的，这可奇怪。"其实那些"同日生日就是夫妻"之类的话，小说的作者在前面也没有引述过，我们读者都没有看到过，但是王夫人竟然知道。那么这个话出来之后，贾宝玉就在猜疑到底是谁说出去的，他还说："怎么人人的不是太太都知道，单不挑出你和麝月秋纹来？"又说："只是晴雯也是和你一样，从小儿在老太太屋里过来的，虽然他生得比人强，也没甚妨碍去处。就是他的性情爽利，口角锋芒些，究竟也不曾得罪你们。想是他过于生得好了，反被这好所误。"听起来是在怀疑袭人。所以很多读者，尤其是反对袭人的读者，就拿这个理由来说，连宝玉都怀疑是袭人，一定是袭人告的密。

但究竟是不是呢？首先，要简单地解答这个问题，自然是否定的，因为作品已经说得很清楚了："原来王夫人自那日着恼之后，王善保家的去趁势告倒了晴雯，本处有人和园中不睦的，也就随机趁便下了些话。王夫人皆记在心中，因节间有碍，故忍了两日，今日特来亲自阅人。"也就是说首先是王善保家的，然后还有"本处"的。为了证明这一点，作品还特意写王夫人问"谁是和宝玉一日的生日"，"本人不敢答应，老嬷嬷指道：'这一个蕙香，又叫作四儿的，是同宝玉一日生日的。'"则这个老嬷嬷竟然知道蕙香与宝玉一天生日，而且在本人不敢答应时由她来指证，可知把蕙香供出去的一定是这个老嬷嬷了。而且在把芳官赶出后，"一语传出，这些干娘皆感恩趁愿不尽，都约齐与王夫人磕头领去"，都已经写得如此直白，还需要追问是谁告密的不成？

当然，这里说的是简单解答，其实还不能算完。因为那些婆子们要想知道这些话，也必定要有人透露给她们。所以，贾宝玉所怀疑的，与其说是谁告密给王夫人的，不如说是谁透露给别人的。其实，袭人已经回答了这个问题，在贾宝玉追问谁走了风声时，她直接说："你有甚忌讳的，一时高兴了，你就不管有人无人了。我也曾使过眼色，也曾递过暗号，倒被那别人已知道了，你反不觉。"这就相当于直接说出了答案，就是"你"。其实宝玉前面说"咱们私自顽话怎么也知道了？又没外人走风的，这可奇怪"，他这个没有外人走风，指的一定就是"内人"走风，在贾宝玉的语境里，一定不包括自己。但是袭人直接就判定为宝玉了。有趣的是宝玉根本就没接这个茬，他自己的话一直在脑海里，根本就没听见袭人的话，他接下来的话还是根据前面的逻辑来说的，他说："怎么人人的不是太太都知道，单不挑出你和麝月秋纹来？"他没有理会袭人的话，而袭人呢？"听了这话，心内一动，低头半日，无可回答"，也没有什么可说的，因为她在嫌疑的位置上。我们大家都会理解这一点，你在嫌疑的位置上，你说什么话其实都未必有说服力。所以只好说："正是呢。若论我们也有顽笑不留心的孟浪去处，怎么太太竟忘了？想是还有别的事，等完了再发放我们，也未可知。"所以这个问题一定要找答案的话，倒很可能是贾宝玉自己造成的。

再回到袭人在宝玉痛惜晴雯时说的话："真真的这话越发说上我的气来了。那晴雯是个什么东西，就费这样心思，比出这些正经人来！"有人觉得这个话不是一个贤人所说的，其实这也要放到历史语境里去。虽然在《红楼梦》里面把袭人和晴雯写得很好，我们每一个读者也很喜欢她们，但实际上在封建社会的等级里，她们的地位是非常低的。贾宝玉说一串的话，真的是让袭人觉得不妥当。作者把丫鬟放在薄命司里边，也还是比较器重的，但这器重也有限度，十二正钗里面就没有丫鬟了。虽然这几个丫鬟都很重要，但是不在十二正钗里，连副钗都不算，她们在又副钗里。副钗是香菱，香菱起码是官宦的千金，虽然最后沦落为丫鬟或者妾，但起码她的出身不平凡。所以曹雪芹的观念跟我们当代人并不一样，当然我们也不能因此说他竟然把人分等级，不平等、不博爱了，这也没有意义。所以袭人有这种观点也很正常，而且这种观念可以进一步延伸。其实别处也大概说过类似的话，贾宝玉说到用花妖去比人，袭人说怎么比，比着她也不能比着晴雯，这个意思也是对的。因为在他们的等级里面，袭人等级要更高，所以这也是合理的。又有人认为她对晴雯早有不满，这只能是推测了。这个话我们就没有办法去探讨，因为没有任何的线索来佐证，这就有点儿像说薛宝钗对林黛玉是不是早有不满，我们似乎也没有办法去讨论。这两个问题是很像的。从性格上来讲，我个人倾向于没有。因为袭人和宝钗她们都是属于心胸很宽大的人，我相信我们身边也有这种人。这种人在做任何事情的时候都会以弱势示人，不是说她笨、不好，而是说她总在考虑这件事里面自己是不是做错了，是不是做得不够好，是不是影响了别人。这种思考有两种表现，一种是特别不自信，从小就是在比较自卑、比较压抑的环境下长大，一直害怕去和别人冲突；另一种是很自信很好，但是他会尊重别人。这两种外在表现都一样，但是内在的逻辑不一样。我们希望每个人都是后一种，因为前一种人的心理能量终究要释放，所以之前的压抑要么是以自己的性格扭曲为代价，要么就会导致最后的爆发，总而言之是不妥当，还是以自信来做支持才更好。所以我个人倾向于袭人没有对晴雯不满。

十三、贾赦为什么求娶鸳鸯？——"黄昏恋"的背后

问：第四十六回中，贾赦借邢夫人之口要纳鸳鸯为妾，是好色，还是如贾母所说是冲着贾母去的？

这一段确实是《红楼梦》中比较奇怪的描写。全书对鸳鸯没有太多正面描写，尤其对她的姿色没怎么提，所以似乎贾赦并非因为好色。但鸳鸯既然是贾母的几大丫鬟之一，姿色应该不会差，更重要的是，贾赦失败后，还是花钱买了个嫣红来，似乎又是支持"好色"之说的。不过，对此事，贾母说"我通共剩了这么一个可靠的人，他们还要来算计""剩了这么个毛丫头，见我待他好了，你们自然气不过，弄开了他，好摆弄我"，则又似乎并不是那么简单。

《红楼梦》里的很多地方我们都不太好把握。因为这些话就像生活中的话一样复杂难明。贾母这个话也是这样，到底是她真的看穿了，还是只是一时激愤之语，或者说是一个策略性的语言呢？策略性的语言，我们在贾政打宝玉那时候就见识过。她说贾政："我猜着你也厌烦我们娘儿们。不如我们赶早儿离了你，大家干净。"这个话的作用其实很明显，就是她看见贾政打她孙子，很心疼，但她没办法，因为管教儿子是贾政的本分，她也不能"越

俎代庖",所以她拿这话刺贾政。贾政当然受不了这个话了。贾母这个话,其实就是为了让贾政难受、不舒服,以达到迂回地为宝玉开脱的目的。那么她跟贾赦说这个话,是跟前面对贾政说的话一样吗?我们不知道。当然,如果贾母本来就认为贾赦是个好色之徒,就是喜欢上鸳鸯了,那奖给他一个丫鬟也没问题。她现在用这种方式,看来这不完全是好色的问题。她说贾赦是"政治"问题。如果从政治斗争来讲,这也是能说通的。古今中外的政治斗争,要想扳倒谁,都要先从枝节斩起。而这个所谓的政治斗争,其实与我们曾经提过的荣国府大房派和二房派的矛盾有关。这个矛盾一直就有,从我们进入《红楼梦》的世界,一直到最后就一直都存在。而且这个存在,我们刚开始是隐隐约约地感觉到,最后会发现在作品里把它清楚地写了出来。

那么大房、二房的矛盾又集中在哪里呢?其实就集中在对于贾母财产的继承问题上。为什么要摆弄贾母呢?因为贾母其实是有钱的,大房、二房就盯着那些钱。所以马道婆当时暗算王熙凤和贾宝玉的时候也有这个考量。贾母可能非常清楚,知道贾赦求娶鸳鸯也许有这个因素。

贾赦碰了钉子,还要维护自己的形象,还让邢夫人反复去说,而且还说出更狠的话:"他必定嫌我老了。大约他恋着少爷们,多半是看上了宝玉,只怕也有贾琏。果有此心,叫他早早歇了心。我要他不来,此后谁还敢收?此是一件。第二件,想着老太太疼他,将来自然往外聘作正头夫妻去。叫他细想,凭他嫁到谁家去,也难出我的手心。除非他死了,或是终身不嫁男人,我就服了他!若不然时,叫他趁早回心转意,有多少好处。"这个表达中"叫他细想"四字意味深长,那么,这件事背后到底有没有潜台词?

十四、《姽婳词》一节有什么作用？——对后四十回武戏的推测

问：第七十八回有关《姽婳词》一节到底有什么作用？

红学界关于《姽婳词》写过很多文章，很多人也在推测，为什么《红楼梦》这一回突然出现这么一个情节。其实我们很难确证它有什么用意，只能猜测。

第一个猜测是，它实际上是一个映衬。因为在这一回里面，贾宝玉要写非常重要的那个诔文《芙蓉女儿诔》。我们反复地说，中国的艺术，或者中国人的行事方式，一定要大风起于青蘋之末，要从最小的地方一点一点写起来，一定要给别人一个接受的过程，不能一下子突然就出来了。所以在这一回里面，因为要放出《芙蓉女儿诔》这个大招，在前面就一定要有铺垫。宝玉写的《姽婳词》是首古风，写得很长。其实在前面贾宝玉没怎么写过古体诗，在这儿突然写这么一首古风，很可能是要引出下文。它是对下面《芙蓉女儿诔》的一个引子，或者说一个铺叙。他写完这个之后，作者迅速地就转到《芙蓉女儿诔》上，一点儿都没犹豫。这么长的一首诗，写完竟然当事人都说写得好，然后就过去了。我们看情节就知道。他前面每写一句，大家还评。到最后，他写了很长，大家都不评了。直到念毕，众人都大赞不止，又从头看了一

遍，然后，贾政笑道："虽然说了几句，到底不大恳切。"因说："去罢。"三人如得了赦的一般，一齐出来，各自回房。写完就没了，没了之后，"众人皆无别话，不过至晚安歇而已。独有宝玉，一心凄楚。回到园中，猛然见池上芙蓉，想起小丫鬟说晴雯做了芙蓉之神，不觉又喜欢起来……"。这样迅速就进入写《芙蓉女儿诔》的情节了。

不但如此，接下来还说他自己的心理活动。他想了一想，"如今若学那世俗之奠礼，断然不可；竟也还要别开生面，另立排场，风流奇异，于世无涉，方不负我二人之为人……"。这段话，其实是有一个心理基因的，跟他前面做的古风一脉相传。这一点，只要往前翻翻就知道了。贾兰写了一首七言绝句，然后贾环写了一首五言律诗。这个五言律诗写完之后，贾政有夸他的话。众人也夸他说："怕不是大阮、小阮了。"那么贾政说"过奖了。只是不肯读书过失"，就都是铺垫了——贾宝玉的古风本来就是一个铺垫，但这个铺垫前面还得有两个铺垫，就是贾兰和贾环的诗。接下来就是宝玉，宝玉在写之前先发议论，他笑道："这个题目似不称近体，须得古体，或歌或行，长篇一首，方能恳切。"众人听了，都站起身来点头拍手，都说好。看这一段，大家就会知道，他实际上好像有这么一个创作的契机。这个契机有延续，要"别开生面，另立排场"，"远师楚人之《大言》《招魂》《离骚》《九辩》《枯树》《问难》《秋水》《大人先生传》等法，或杂参单句，或偶成短联，或用实典，或设譬寓，随意所之，信笔而去，喜则以文为戏，悲则以言志痛，辞达意尽为止，何必若世俗之拘拘于方寸之间哉"——这与前面的议论，便有隐约的联系。所以从这个角度讲，它可能是一个过渡。

我们把它看作过渡，当然没有问题，从情节上是合理的，从小说艺术方面讲也是说得通的。但是仅仅这么说，我个人觉得还是不符合《红楼梦》一贯的写法。《红楼梦》一贯的写法是什么呢？就是一笔当两笔用。《红楼梦》不肯做一次懈笔。他写这一个情节，一定不只是这一个意义，一定还有更复杂的意义在里面。这也是戚蓼生在序里边说的"绛树两歌、黄华二牍"。那么还有一个什么意义呢？在姽婳将军林四娘这个故事里边，贾政把这个故事还详细地讲了一下，然后才让他们写。我们看这个故事，整个故事的核心是流贼。恒王守城，忽然出现了流贼。恒王为流贼所戮，林四娘招呼一群女将，上阵杀敌，最后冰消玉陨。在《红楼梦》故事里讲流贼，到底有没有意义？这跟柳湘莲的故事其实是有呼应的。柳湘莲、冯紫英、薛蟠这些人，包括卫若兰，最后都有可能有武戏。冯紫英在铁网山打猎的时候，不小心被鹰捎了一翅膀，所以脸上有伤。他在那之前就对薛蟠和贾宝玉说，一定要说个重要的话，结果最后还没说。

脂砚斋在"训有方，保不定日后作强梁"那一句下面批"柳湘莲一干人"，证明这个强盗的故事应该与柳湘莲有关。强梁，就是强盗。此前我们看到薛蟠跟柳湘莲和解，是因为薛蟠要贩运货物，到太平州被强盗抢，然后被柳湘莲救了，救了之后他俩就和解了。实际上，看这样的桥段看多了，我们真的怀疑，那个强盗跟柳湘莲到底有没有关系。如果真的没有关系的话，柳湘莲为什么有这么大本事，一个人就把强盗赶走了，他们就和解了？这里边可能有很复杂的逻辑。当然我们也只能推测有，但至于是什么，就不好去说了，因为没有后四十回来做证了。我们只能说，起码根据脂砚斋的批语，强盗的故事肯定是有的。所以这里讲林四娘的故事，是不是在为后面的武戏做渲染、做铺垫？他先讲一个流贼的故事，后面就有强盗出现。强盗的出现，一定会对贾府的命运造成某种意义上的干涉。比如有强盗叛变，那么，南安郡王率兵去平叛，不小心陷落。陷落之后，探春等于是要和番远嫁了，甚至包括贾宝玉都要受很大影响，有红学家就认为，贾宝玉也曾经上马讨贼。其实这也是古代小说的通例，尤其是才子佳人小说里边，才子和佳人老是成不了，那么才子就一定要上马杀敌，去争取功名回来，回来之后，皇帝老儿也闲得慌，就赐旨完婚。前面那么多的坎坷，都被赐旨完婚抹平了。所以《红楼梦》对于才子佳人小说的冲破，到底能冲破到何种程度？它到底有没有可能让贾宝玉去杀敌？贾宝玉在前面也发过很多的"文死谏、武死战"的议论，甚至中间还让芳官作耶律雄奴，说"幸得咱们有福，生在当今之世，大舜之正裔，圣虞之功德仁孝，赫赫格天，同天地日月亿兆不朽，所以凡历朝中跳梁猖獗之小丑，到了如今竟不用一干一戈，皆天使其拱手伏头缘远来降。我们正该作践他们，为君父生色"。芳官也很生气，说你不去拿几个反叛来，在这儿怎样怎样……他为什么反复说这样的话？有没有可能，贾宝玉最后真的需要上阵？按逻辑是有的。因为他是公侯后代，他的祖先就有军功，他们家族本来就有武职的基因。所以流贼这个地方，很可能在后四十回有非常重要的影射意义。从这个角度来看《姽婳词》这一节，可能更合理。

当然，《姽婳词》这一节，如果你愿意更多地想，也未必不可以。我看到有些人写文章，说在林四娘的故事里边，先是男人去打仗，陷落了，然后女人再去接着打；那么，有没有可能预示着整个贾府的情况呢？

十五、探春、巧姐、袭人的结局符合原意吗？——如何理解薄命

问：在后四十回里，探春、巧姐和袭人的结局和判词有出入。根据判词，探春应该是出嫁后就不再回贾府了，但是结局是和丈夫回京了；袭人出嫁后的家境应该不是很好，但是后四十回里写她到蒋家后过的是正房少奶奶的生活；巧姐原是村妇，后四十回里嫁给了乡里富贵人家。这三个女子的结局应该是和判词出入最大的，续书者这样处理有什么特殊原因吗？

这个问题可以分两个层面来说。一个层面是，现在我们看到的后四十回的最后结局，与判词的出入到底大不大？第二个层面是，怎么去理解这种问题？怎么看待它？

就探春、袭人和巧姐这三个人来说，我个人认为，探春和巧姐的结局的出入是最大的。为什么说最大呢？探春的结局在前面反复地预设，反复地暗示。除了第五回的判词暗示之外，第六十三回在宝玉生日的时候，探春抽的签在暗示。第七十回，他们放风筝的时候，也在暗示。甚至到最后，南安太妃来，非要看看几个姐妹，把探春突出得很厉害，还是在暗示。

所以，曹雪芹对探春的设置是没有变化的，写作策略是没有变化的，跟第五回是一样的。她一定是要当王妃的，小说前八十

回都已经说了："莫非我们家还要再出个王妃不成？"不过，再根据前边判词里的设定"千里东风一梦遥"，这个王妃一定要远嫁。这指的是不能回来的远嫁。对古人来说，这种距离的遥远，确实是一个天然的阻隔，而且如果真的是和番远嫁这种方式的话，就不是简单的地域上的，还有政治上的问题。所以探春入薄命司，最核心的因素就是远嫁。我们现在之所以觉得她的结局出入大，就是不能理解这怎么能算薄命，因为我们不觉得远嫁是薄命。

大家知道吗？很多农村现在还有这样的习俗，就是女孩子吃饭的时候，亲人会看她拿筷子的方式，拿得离头近还是远。离头近的，被认为会嫁得近；离头远的，被认为会嫁得远。当然，父母都愿意女儿嫁得近，因为嫁得近，对女孩子来说是一个福气。在古代的整个社会系统里面，女子嫁得远，就一定是薄命的，因为她没有后援，会受到不公平的待遇。

这在古代是个事实，因为古代的整个生活逻辑就是这样的，女子的命运和家族息息相关，你的所有东西都是家族给你的。当然你的所作所为，也要为家族服务。我们现在没有了，因为都是小家庭，反正就夫妻两个人生活。他对你好还是不好，那主要取决于你们两个之间的关系，和别人没关系。他如果对你不好，那是因为你俩的关系没处好，不存在整个家族对你怎么样、他的爸妈对你怎么样，或者他的叔叔、伯伯、侄子、族长对你怎么样之类的事情。但是在古代，如果你嫁得比较近，就在邻村，而你的娘家是大户人家，那么夫家的族长等人，都要考虑你娘家的势力，不能随便想欺负就欺负你，他们不敢。是这么一个逻辑。那探春如果不是因为远嫁入薄命司的话，别的方面她有什么薄命的呢？没有。她跟迎春和惜春不一样，迎春嫁了一个中山狼，惜春去当了尼姑，那都是薄命的。后四十回里探春还能回来，就证明嫁得好像不是很远，而且让贾宝玉远远看见，好像她还过得挺不错的。这就完全违背了作者原来的意愿，所以探春的设定被违背了。

那巧姐呢？显然也是违背了。巧姐的巧，只是说她被刘氏救了，不是说她又嫁了一个好人。她在被救之前，很可能流落烟花巷，被救出来之后，很可能要嫁给板儿，因为前面他俩已经换了信物了。虽然在生活中，我们不认为那是信物。但在小说里，作者郑重地写了这个情节，那就是有意义的，所以她要嫁给板儿。板儿是一个什么都没有的农村人。前面为什么要写好几次板儿？就是给巧姐写她未来丈夫的。我们现在会觉得这没关系了，只要板儿爱她就行。但对古人来说，婚姻里根本不存在自由相爱这个命题，她嫁板儿就是一个悲剧，她就是一个薄命的人。怎么嫁到那儿去了？而且还要自己纺线，因为那个图上画的是一个美人在纺线，她自己要操作。但是后四十回小说里写的不是。刘氏把她接出去之后，把她当奶奶一样供着，然后把她嫁给当地一个地主的儿子，当了地主婆，也不用自己纺线。这肯定是完全不符合曹雪芹原意的，肯定是有问题的。

那么袭人的结局到底符不符合作者原意？我个人觉得，袭人是符合的。但是为什么现在有同学认为不符合呢？这和观念有关。她嫁给蒋玉菡之后，生活过得还可以。那么这是不是代表跟原来的设想不一样呢？我们回过头来看一下原来的设想。原来的设想写的是"堪羡优伶有福，谁知公子无缘"。这说得很清楚，她就是要嫁给蒋玉菡的，而且中间他们也换了定情信物了。宝玉把那个大红汗巾子绑在袭人的身上。最后她也确实嫁给了蒋玉菡，那就已经完全按照作者的设计来了。整个结局的走向是按照原始的样子走的。

那为什么说她也是薄命的呢？这就涉及我们和古人观念的不同。我们现在可能觉得：嫁给一个大明星不是挺好吗？但古人认为优伶、戏子，是处于被人玩弄地位的人，地位非常低。袭人嫁给这样的人，她在人前是抬不起头的。蒋玉菡再有钱，也没有地位，古人和我们当代人不一样的地方就在这里。古代人更重视的是门第。有很多人门第很好，没有钱，但是他们也趾高气扬，也觉得自己很了不起。其实说穿了，我们现在也明白，钱不能解决幸福问题。人的幸福感归根结底来自人，来自自己和别人的关系。钱只是人际关系中的一个部分，它之所以起作用，也正因为它是一个部分。但这个作用，无法夸大。钱只是我们能支配的物质的一个象征。当然，你的钱越多，能支配的物质越多。但是支配的物质越多，你就越幸福吗？不是这样的。所以我们要警惕这一点，因为这一点会影响到我们对于古代文化的很多层面的判断。

《红楼梦》在这一点上，当然不是有意要宣扬，但事实如此。也就是说蒋玉菡最后的物质生活好不好，是另一个层面的问题。这个问题不能影响最终的判断，就是袭人是一个薄命司的人。甚至她嫁给一个商人都比这好，因为明清两代，商人的地位其实已经慢慢提升了。中国古代虽然说士农工商，把商放在贱民的那个位置上，但到了明清两代已经好多了。但是戏子跟商人还不一样，戏子一直都被人看成是低人一等的，甚至在人们看来简直就不是人了。袭人嫁给一个这样的人，只能说能够过正常的家庭生活，但是整个社会性的承认是没有的。而人的幸福感，更多地来自社会性的承认，而不是自己满足。

所以，可能这三个人的情况还不完全一样。

第四部分 《红楼梦》中的人物

一、怎样理解宝玉爱红？——《红楼梦》的女性尊崇

问：第四十三回祭金钏的时候，茗烟说"你在阴间保佑二爷来生也变个女孩儿"，这句话读起来很是奇怪。另外，这也让我想到之前说宝玉爱吃胭脂，也同样让人不能理解。究竟应该怎样理解这些情节呢？

我们看《红楼梦》时，总是觉得每个地方写得都好，所以中国社会科学院的杨义先生曾经在一本书里说《红楼梦》是人书和天书的融合，意思是仅凭人力是写不出这么一本书的。它的每一个细节都非常好，这个地方就是。

茗烟这个形象，我们在前面看过他的很多事情，他是一个很普通的小厮，带有很多小厮身上的那种狗仗人势的市侩气。但是他对宝玉很了解，因为他一直跟着宝玉。那么宝玉在祭祀的时候，不能说他祭什么，就由茗烟代他说。茗烟说得都很清楚，跟宝玉的想法是一模一样的，只不过由茗烟说出来就不一样，因为他是一个带有市侩气的人。他代祝，说希望二爷来生变个女孩。这就牵扯到宝玉和女性的关系的话题。

我们先说比较浅的特点，就是宝玉爱吃胭脂这个话题。这个话题在不同的红学家那里有非常复杂的解读，比如很多索隐派就认为

吃胭脂是反清复明的一个标志，因为明朝皇帝姓朱，"朱"是红色。贾宝玉爱红爱得很奇特，一个男性爱穿红衣服，连鞋都是红的，甚至到了爱吃胭脂的地步，他住的地方也叫怡红院。贾宝玉爱红爱得这么厉害，一定要给人一个解释。这不像我们写一个小说，说一个人爱吃北京烤鸭，这不需要解释，他爱吃就是爱吃。说实话我对索隐派倒是没什么反感，我觉得他们还有一定道理。不管索隐派他们解释得对不对，但是做解释这一点我是赞同的。但话又说回来，要怎么解释？当然我们也不同意索隐派对这个问题的解释，那么我们应该怎么解释呢？

我们来讨论他对女性的看法，这也得回溯到清初对女性的看法。整个中国古代，笼统来讲，女性的地位都是比较低的、受压迫的，或者不受重视的，但从明代末年到清代初年，事情发生了一些变化，这时出现了很多才女。这当然有整个社会尊重女性的原因，这种现象也反映在了文学创作中。比如说清初的三大著名作品都在这一点上有体现。最早的《聊斋志异》中有大量的女性，而且不管是美貌，还是智慧，都比男性出色。里面几乎找不到比男性差的女性。反倒是男性，经常被写得不是痴就是傻。再比如《儒林外史》，直到现在每次看我都还是很感动的，比如杜少卿不纳妾的理论、尊重沈琼枝的做法等。这种尊重到了曹雪芹这里有集中的体现。在《红楼梦》里贾宝玉反复地说见了男的，就觉得浊臭逼人，男子是泥做的骨肉，女子是水做的骨肉。他不是一个性别歧视者，他只是把他对人生的理想全都寄托在女性身上。所以我个人觉得，吃胭脂这个特点当然可以有很多解读的角度，但更平实一些的话，就是想强化宝玉对女性的尊崇吧。

二、黛玉完全理解宝玉吗？——贾宝玉形象的复杂内蕴

问：如何理解宝玉、黛玉之间的关系？向来了解黛玉的宝玉为何会对黛玉说"凭他怎么后手不接，也短不了咱们两个人的"之类的话？第六十三回，芳官打趣，让宝玉上阵杀敌，宝玉也说天下太平等称颂的话，又该怎么理解？

我们看《红楼梦》，能感受到宝玉是一个非常敏感，又对自己所在意的东西喜欢逃避的人。所以他喜聚不喜散，在聚的时候不喜欢听到说散那些话题，说到散的话题他就伤感，对月洒泪，临风长叹。所以黛玉说："要这样才好，咱们家里也太花费了。我虽不管事，心里每常闲了，替你们一算计，出的多进的少，如今若不省俭，必致后手不接。"宝玉的回答听起来像是一个公子哥，富二代、官二代那种。虽然听起来像，但实际上不是，他是不想碰触这个话题，其实他也看到了。对于整个贾府这种衰落的征兆感受最深刻的就是宝玉。他是感受到了，只不过他不想讲，因为讲也改变不了，他只想尽可能地还在大观园里面，在乌托邦里面去延续他对于生命意义的探寻与对美的坚持。

所以我们在了解贾宝玉形象的时候，可能有些地方不好把握，因为他的维度比较复杂。比如，宝玉和黛玉之间互相的了解到底

怎么样？是不是平衡的？黛玉是不是完全了解宝玉，或者反过来讲，宝玉是不是完全了解黛玉？如果把《红楼梦》作为一部主要描写木石前盟和金玉良缘的小说的话，我们首先要面临这个问题，这很重要。因为如果他们两个谈不上互相理解的话，那么这部作品所描写的贾宝玉和林黛玉之间的感情纠葛，就和其他才子佳人小说没有太大的区别，因为他就是看她长得美嘛，正好一个才子一个佳人。当然，贾宝玉算不上才子，但那也是因为被才女比的。

我们先说贾宝玉对林黛玉的了解。

我们能够看得出来，实际上贾宝玉对林黛玉的理解还是很深透、全面的，他会照顾到林黛玉的每一个细小的情绪波动。林黛玉刚刚要做什么动作，他就会知道接下来的事情。他对林黛玉是相当了解的，而且相当体贴。不只是了解，很多事他都完全按照林黛玉的想法去做，哪怕那是他不愿意做的。比如，去制止史湘云说某些可能会伤及林黛玉的话。这种行动，贾宝玉其实是不想做的，因为他跟史湘云也是从小一起长大，相当于青梅竹马，虽然没有那么长时间在一起，但好不容易史湘云到贾府来了，他肯定还是愿意跟史湘云口无遮拦地交流，但是考虑到林黛玉的性格，他会去出面劝阻，虽然我们知道这个劝阻的最后结果是三败俱伤。但是不管怎么样，从各个方面，我们几乎无法找到林黛玉更重视的但贾宝玉却不知道的东西。比如，林黛玉最独特的一种感受就是她在贾府的窘境。这一点很多人可能会觉得贾宝玉未必能体会到，但实际上不是，贾宝玉能体会到。只不过他作为一个男性，不能像宝钗那么去做。宝钗思考的可能要更全面一些，贾宝玉作为贾府的人跟宝钗还不一样。宝钗对黛玉说黛玉要吃燕窝，不要问家里要，直接跟她要，她给送过来，这是可以的，但贾宝玉不能这么说，因为他是事中人，他什么都没有，他有的就是贾府的。而林黛玉所感受到的"一年三百六十日，风刀霜剑严相逼"，正是来自贾府。

至于贾府是不是真的这么对待她，这是另一个层面的话题。因为一个人的感受和他得到的真实待遇处在两个不同的层面。她觉得举步维艰，生活中处处是冷眼，处处是明枪暗箭，那就是她真实的感受，至于这是不是符合现实的情况，我们不好推测。我们不是林黛玉，没有在贾府生活，但是只要有寄人篱下的生活经历，就一定多少会有类似的想法。更何况，林黛玉是这样一个敏感的人。所以贾宝玉在"诉肺腑"的时候，说"我为你也弄了一身的病在这里"，这个话是什么意思呢？他年纪轻轻，才十几岁，有什么一身的病呢？我们可以推测，这应该是说他一直在帮林黛玉思考，帮林黛玉去避免很多问题，操心很多事情。毕竟他年龄并不是很大，所以在做这些事情的时候肯定会有影响，当然这个病更多的是精神上的。我们能够明白，这就有点儿像袭人在给王夫人进谏的时候说，心里一直想着这个事，其实心里有压力，宝玉也是这样。所以从这个角度讲可能是合理的。

但是反过来，林黛玉对贾宝玉到底了解到什么程度？如果不是抱着鸡蛋里挑骨头的态度仔细去挑细节的话，当然不会觉得他们两个有什么问题，林黛玉应该也理解贾宝玉。但实际上不是，比如金玉良缘对木石前盟的威胁，其实就是一种误解。我们读者都了解那是一种误解。贾宝玉每次碰到金玉良缘这个话题的时候都非常生气，都没办法。好不容易赌咒发誓让林黛玉回过来一点点，他一句话说错，林黛玉又生气了，甚至林黛玉还拿他的生气打趣他，说他又急了，他这么急就证明他在乎。那到底是不是在乎？我相信一般读者都认为贾宝玉是不在乎的。他为什么不在乎呢？可能和他性格中的很多层面有关，他不是想去追逐金钱、地位、社会承认，尤其是外界的承认，而压抑自己生命的真实感受，他不是这样。也正因为如此，他倾向于林黛玉。他在小说里有一句话可以视作爱情宣言，虽然那个话不是说给林黛玉听的，但是林黛玉也等于听到了，即"林姑娘从来说过这些混账话不曾？若他也说过这些混帐话，我早和他生分了"。这个话说得很清楚。对于为什么喜欢林黛玉不喜欢薛宝钗，他之前没有说过很明确的理论纲领，只是一直在那么做，但是不代表他没有考虑，这句话就是他宣布的纲领。我们听起来是一句很简单的话，但实际上蕴含了很复杂的潜台词。但这些内容林黛玉都知道吗？林黛玉未必知道。我们把林黛玉和贾宝玉的关系简单化来看，把它提纯，不考虑外在神话的叙事结构，也不考虑复杂的哲学阐释的问题，只从情节来看，当作一个爱情故事来看，你会知道他们两个在这一方面不对等。

为什么不对等呢？可能和男女两性本来的差别有关。女性更倾向于去捕捉细节上的证明，而男性更倾向于从宏观上把握。在这种问题上，可能男性、女性本来就很难完全互相明白，一般情况下都要等到结婚很多年以后才好一些，已经算不错了。当然这也不是什么负面的东西，男女两性在交往的过程中互相之间有误解，这本身也是幸福感的来源之一。如果一开始就互相了解，可能就不会产生那么复杂微妙的心态。但是通向互相理解的这个过程还是很痛苦的，因为你会发现双方的思维不在一个起点上。比如，我们经常看到电视、电影里有这样的桥段，女性反复要男性去证明对自己的爱，男性觉得这个不需要证明，但女性就要证明，哪怕让他立刻跳江给她看，他跳了就是爱她，不跳就不爱她。

反过来又有另外一个话题，女性认为爱一个人是没有理由的。她一方面需要证明，另一方面又认为不需要理由。比如，一个男性对一个女性说："我喜欢你是因为八条理由"，女性肯定接受不了：你喜欢我竟然是因为这八条理由，那要不是这八条理由你就不喜欢我吗？你就不应该这么说，你应该说你这个人无论什么样我都喜欢，女性觉得这是最好的。但男性不这么认为。一个女性喜欢一个男性，要是告诉他就喜欢他这个人，男性是不会满足的，男性还会希望她说出原因来，为什么喜欢，是不是因为他学习好，是不是因为他说话幽默等，他一定要有一个原因。男性经常从理性的角度把握。我们回到《红楼梦》来看，林黛玉一直在让贾宝玉证明。贾宝玉一直认为不需要证明，因为他一直坚持木石前盟。他反倒在不需要证明的时候证明，就是他在梦里面说梦话："和尚道士的话如何信得？什么是金玉姻缘，我偏说是木石姻缘！"他反倒不把这个话说给林黛玉，其实林黛玉需要这句话，但他不说，因为在他看来不需要，这是他内心的真实状态，他不需要把它拿出来。

另外，林黛玉也觉得她对贾宝玉已经完全付出了，但是贾宝玉没有对她完全付出，这也是我们现在男女感情交往中经常出现的一个问题。女性会认为她有话全都跟对方说，但是男性还有保留，她总会有这样的看法。贾宝玉是一个非常不男性化的男性，这不是说他女性化，而是说他不愿意向外去面对社会。在很多社会形态里面，一个男性总是要承担外向的去面对社会的责任，但是贾宝玉不愿意承担，所以他已经不算一个社会意义上的男性了。但是他毕竟还是一个男性，所以他在很多层面上还是要去应付的，他就有一部分不能放在林黛玉身上。这个不只是精力的问题，还有些思维的问题。这有点儿像什么？像男女朋友吵架了，这个男的要去见个人，那么这个女的就说："你既然去见他，不来见我，那他比我还重要吗？"大家想一想：这个判断从女性角度来讲对不对？也对，那个人只是他单位的上级嘛，自己可是他的女朋友。但是从男性角度讲是不对的，为什么呢？女朋友是很重要，但是不代表他要天天在她跟前，他还要去面向社会，要做很多事情。贾宝玉还要承担更多的社会职能，比如他要去见北静王，这能不见吗？冯紫英、薛蟠等人要请他喝个酒之类的活动他也都需要，这些活动不是占时间的问题，而是要在心里占一定的位置。女性更在乎的是这个位置。女性也会说："我不要你天天在我身边陪着，我没有什么要求，我只是要求你心里要想着我，心里只有我。"但那是不可能的，因为人的心理活动会有非常复杂的面积，在人的思维里面会把每件事情放在一个固定的区域里，只在这个区域里提取。

　　如何理解贾宝玉而不是林黛玉，决定了如何理解《红楼梦》，就是因为《红楼梦》是通过贾宝玉这个人去描写一个人对于社会和个人的看法。人类生活在世界上当然要社会化，我们的教育，我们的任何举动，甚至我们的动力都来自社会化，如果没有社会化的话，我们也没有动力去学习，去往上拼搏。但是人毕竟是个体的，所以人的很多纠结都来自社会和个体的撕扯。贾宝玉就是这样一个典型，他想保持自身个体化的东西，抗拒社会化渲染。这一点其实我们没有人能做得到，但是我们都喜欢。《西游记》前几回的孙悟空全世界没有人不喜欢，为什么？因为它把我们梦想的事情实现了，他想干吗就干吗，连死亡都不怕，谁都管不了他，这是我们所有人都向往的。那是完全个体化的，完全不承认整个社会的存在。而在现实中，我们做的任何事情都要受到社会的约束。当人成长到一定的年龄，就会跟社会达成很多妥协，从社会角度看，这算是教育的成功，人们不会突然做出非常奇特的有悖于社会的事情来。但是从哲学意义上来讲这是挺悲哀的，人的个体被切割得差不多了，棱角都被切掉了。这是出于社会稳定性的需要，否则每个人都四仰八叉地到社会上去，和谁也处不来。虽然这也很正常，但这个正常在每个人内心深处都会留下痕迹，这也是俗语"成长如蜕"的意思。为什么成长就像蜕皮一样痛苦？因为"蜕"就是要你逐步地放弃自己坚持的很多东西，跟社会妥协，社会要求你做什么，你只好慢慢地去适应它，而不是让社会来适应你。所以肯定是痛苦的。我们之所以说《红楼梦》的很多内涵都由贾宝玉来决定，原因就在这儿，因为他在坚持自己，在跟社会做抗争。恰恰他所对抗的那个社会又带给我们复杂的阐释学上的意味，因为那是在封建社会的末期。我们的封建社会到了明代，就已经开始有非常多的束缚整个社会往前发展的东西，到了清代更是如此。曹雪芹凭借杰出的才华塑造了贾宝玉这么一个人，这是一个适逢其会的人，他正好在这个节骨眼上。后世的所有读者对他所处的封建社会都有一个先入为主的看法，再加上贾宝玉这个人正好就站在转关的环节上去向社会挑战，所以我们会给这个形象以复杂的阐释，而这些东西林黛玉都没有，她没有外向社会那个层面去阐释的各种东西。

我们就举最通俗的例子，她看到贾宝玉看着一个美丽的女孩子发呆出神，会吃醋，会拿手绢打他一下，会觉得他就是花痴，有自己在这儿，他还看别人。在这一点上她没有完全理解贾宝玉。贾宝玉在看这些美丽的女孩子时，不是花痴或色鬼，甚至都不完全是在欣赏一种美——那是一种单纯的对美的欣赏的愉悦，是一种艺术性的欣赏——而是在进行一种哲学性的欣赏。他喜欢女孩子，却不喜欢出嫁了的女孩子，为什么？不只是因为美的问题，很多人比如王熙凤出嫁之后也很美，但是这些美和社会的东西融合了，在贾宝玉的心目中就变质了，因为他所坚持的就是要抗拒社会，不要被社会渲染，那才是美的。他之所以喜欢大观园里那些女孩子，不是因为她们外表美丽。在他的眼中这些女孩子都是美的，那实际上她们外表到底美不美呢？我们读者都认为大部分是美的，但真是这样吗？未必。大观园的女孩子美不美由谁来评判，或者说是用什么标准来评判的呢？这是一个很复杂的话题，就好像让一些观众评价一个电视剧里边所有的女演员，可能有些观众就觉得所有的女演员都很漂亮，但有些观众就认为只有一两个漂亮。

这个判断不完全是审美标准的问题，实际上还是世界观的问题。因为有些人更愿意从积极方面去判断别人，所以他们看每一个人都会去看这个人闪光的地方，这是每个人都会有的，比如有些人的眼睛长得非常好看，有些人的眉毛非常好看，甚至有些人笑起来很好看，他们只要一笑，你就觉得世界很灿烂。贾宝玉就是这样的，他觉得大观园里所有的女孩都是美的。贾宝玉没有说麝月不美，实际上在别人的眼中麝月可能是一个很普通的女孩子，没有那么漂亮，甚至袭人其实也很普通，但是在贾宝玉看来也是美的。因为他把美抽象化了，这个美不只是我们说的那种漂亮，宝玉在这些人身上寄托了他抵抗社会的那种想法。但是这些人一结婚就变了，一结婚就必须面对开门七件事，必须考虑社会的、经济的问题了，所以在他的心目中就不美了。但这些问题林黛玉了解吗？她其实未必了解。当然，我们可以从神话结构来看，林黛玉不需要了解，因为林黛玉的夙愿就是用一生的眼泪来报答他的灌溉之恩。但是不管怎么样，他们两个的观念可能没有我们以为的那么统一。

再回到我们原本的问题上，我们去看贾宝玉是怎么想的，他和林黛玉之间到底有没有这样的分裂，可能就有更深的了解了。林黛玉在这个时候说的这个话，可能还真的只是形而下的，就真的是考虑后手不济的问题。贾宝玉的对答看上去是一个浪荡公子哥的对答，但实际上他的潜台词可能更复杂。甚至包括芳官的话，芳官打趣说宝玉上阵杀敌，宝玉说天下太平就应该称颂。这个话我们也要从复杂的层面去理解，就是《红楼梦》从第一回刚开始就反复讲的丝毫不干涉时事，而且在关键的时候都是称颂。比如，林黛玉和史湘云联句的时候，联得越来越悲，然后妙玉就出来了，不让她们再往下联了，接着她来联，联到最后就称颂。再比如，元妃归省的时候林黛玉和薛宝钗写的都是颂圣诗，有些读者对她们那两首诗很不满意，尤其是林黛玉那首诗，他们觉得林黛玉和薛宝钗都在奉承元妃，简直辱没了她们才女的名头。其实，我们读者不要给她们的形象拔得太高，这诗只能说很贴合她们的身份，又贴合当时的情景，就已经很了不起了。而且作者还有意识地说了林黛玉其实是很不满的，觉得这样的诗不能支撑她的才华，所以就随手写了一首，也不是有意营构。

所以，宝玉说的各种各样的颂圣的话，不能完全去阐释他的形象，也不能作为他性格的注脚，因为那都是有独特的环境的。

三、黛玉的眼泪为什么少了？——宝黛情感的平衡期

问：第四十九回中黛玉说："近来我只觉心酸，眼泪却像比旧年少了些的。"眼泪少了这番讨论，是否暗示这几章是宝黛关系变化的另一个层次呢？

这个回答是正确的。我们可以从两方面理解，一方面是按照生活经验来理解，眼泪少了一些，听起来还是很凄哀的。虽然眼泪这个东西本来是很凄凉的，但是眼泪多起码表明生命力量充沛，生命力还在，情感也是充沛的。但是最后都没有泪了，欲哭无泪，就有时不我待、青春老去的感觉。但是如果从整个《红楼梦》的发展过程来看，我想另一个角度可能更合理，宝黛两个人的感情在这几回开始进入了一个相对平稳的阶段。他们两人吵架大部分都是在这之前，而且都是莫名其妙，特别像狗血剧里边男主角做了一件事，女主角产生了误会很生气，男主说"你听我解释"，女主说"我不听"！本来是一个很简单的事情，用"那个女的是我姐"一句话就解释清楚了，但她就是不听，因为只有这样才能让矛盾升级。男主说"你不听我解释就算了"，女主就会说"你竟然不跟我解释，她到底是谁"，然后男主终于张开嘴要解释了，她可能还是不听。林黛玉剪香囊也是，其实很简单，她只要问一下她

给宝玉的香囊哪去了就可以。她看到宝玉身上的物件都被分给别人了，一生气就要剪。其实宝玉把香囊贴身放着，只要她问一下哪去了，他拿出来给她一看，岂不是感情增进的一个契机？但她就不这样，为什么呢？其实不只是宝黛二人，所有人都是这样的，因为在感情的初期每个人都急于求证，急于佐证自己的感情被对方认可，所以这种事情也有生活逻辑，也是正常的。这个过程是必须经历的，等感情到了一定程度互相之间就会形成某种默契，达成默契之后就进入一个平稳期。设想一下，如果男女朋友两个人坐在那里一言不发，我们对他们怎么判断？有两种判断，一种是，如果他们两个刚开始，我们就会觉得他们两个有问题；另一种是，如果他们两个已经在一起很多年了，我们会觉得他们俩很好。为什么呢？因为刚开始不能干坐着，会很尴尬，尤其是那个男的肯定会想赶快找出一个话题，否则就很难受；但是如果他们两个已经相处很多年了，非常熟悉对方，就不用说话了，这个时候话是多余的。初期才会尴尬，后期该说的就说，不该说的就不说，甚至该说的有时候都可以不说。宝黛这个时候就进入了第二个层次，比较平稳，泪少一些可能与此有关。

他们是怎么进入第二个层次的？两个原因：一个是林黛玉的变化，一个是贾宝玉的变化，这两个变化肯定会影响到他们的关系。林黛玉的变化来源于她觉得她最大的威胁消失了。在那之前，林黛玉为什么那么小气？为什么总是在不应该生气的时候生气？因为她一直感受到所谓"金玉良缘"的威胁。这个威胁一直存在，所以她一直很警惕，甚至宝钗到宝玉房里去她也要偷偷跟去看一看，按道理这不符合一个大家闺秀的做派，有点鬼鬼祟祟的。史湘云有个麒麟，她也得去看看，就怕万一扯出点儿什么事来。因为她太在意，既在意又不能有把握，得不到确证，所以她不够自信，也会小气。

在这个问题所提到的这句话前，刚好贾宝玉很聪明地问了她一个问题，说他看《西厢记》有一句话看不懂，让她帮忙解一解。林黛玉很聪明，一听就知道他想说的肯定不是《西厢记》的典故。宝玉说："那《闹简》上有一句说得最好，'是几时孟光接了梁鸿案？'这七个字不过是现成的典，难为他这'是几时'三个虚字问的有趣。是几时接了？你说说我听听。"他说的这句是唱词，其中"是几时"一定是衬字。林黛玉也很聪明，立刻就知道他问的是什么，接下来就老老实实地说："谁知他竟真是个好人，我素日只当他藏奸。"林黛玉对薛宝钗的评价"是个好人"指的是什么？一定不是说她随分守时，宽容待人，而是因为她们两个经过了一段交心的谈话，通过谈话，林黛玉忽然发现，宝钗可能对她没有威胁，她对自己可能是真心相待。所以黛玉接下来的变化是很大的。

我们再说宝玉的变化，他的变化就是在这几次开悟了。宝玉的开悟对于林黛玉来说影响很大，虽然宝玉没有明确地告诉黛玉他明白了他的情只能放在黛玉身上，但是我们大家应该都知道情人之间只要心态有变化，对方是能感受到的。他们一直都住在大观园里边，天天都在一起，互相揣摩互相斗争，所以这个变化很容易就能了解。在这一点上，宝玉的变化反过来也会影响黛玉的变化。所以宝玉在和宝钗、黛玉之间的关系里边，他刚开始真是费尽心机想摆平她们两个，但是越费心机越摆不平，后来他不太在乎原本也横亘在他心头的"金玉良缘"这个东西了，他放松之后黛玉也就放松了，所以两个人都有变化。黛玉眼泪变少了，从整个小说的描写过程来看，是可以接受的。

我们再细说一下黛玉的变化。我们可以找原文来看一下，第四十二回"蘅芜君兰言解疑癖　潇湘子雅谑补馀香"在"金兰契互剖金兰语"之前，但是这个时候我们能够感觉到薛宝钗和林黛玉之间已经开始有了一些变化的痕迹，只不过要到后面才收果实。这回的中间，宝钗找黛玉过去，一进门就说"你跪下，我要审你"。"黛玉不解何故，因笑道：'你瞧宝丫头疯了！审问我什么？'"宝钗说这个话是没有戒心的，黛玉说这话是有戒心的，宝钗只说要审她，黛玉却把这个话往外拉，"你瞧宝丫头疯了"是在给别人说，包括丫头——你们快看宝丫头疯了，她竟然要审我。"宝钗冷笑道：'好个千金小姐！好个不出闺门的女孩儿！满嘴里说的是什么？你只实说便罢。'黛玉不解，只管发笑，心里也不免疑惑起来，口里只说：'我何曾说什么？你不过要捏我的错儿罢了。你倒说出来我听听。'"黛玉这个话一听就是警戒心很强，把她平常对宝钗的猜测不小心说出来了——她心里一直觉得宝钗平常就是想把她的短处彰显出来，让她显得不如宝钗，所以这里直接就说"你不过要捏我的错儿"。宝钗这个时候心里确实没有芥蒂，虽然黛玉句句话都有防范，但是宝钗在进行正面的沟通，否则她在大庭广众下就说了。她说："你还装憨儿。昨儿行酒令你说的是什么？我竟不知那里来的。"这句话说完之后我们看黛玉的反应——可能很多读者都以为黛玉不是这样的人，但实际上黛玉很灵活，我们能够在这里看到她性格的丰富性——她一开始戒心很重，觉得宝钗在挑错，但是现在一想，果然她说了《西厢记》里的话，"不觉红了脸，便上来搂着宝钗，笑道：'好姐姐，原是我不知道随口说的。你教给我，再不说了。'"立刻就认错，示弱。我们一般印象中的黛玉就好像她的诗里面说的"孤标傲世偕谁隐"那么一个形象，但实际上她也会非常好地拿捏分寸，这里就是这样。宝钗当然也在刺激她，说："我也不知道，听你说的怪生的，所以请教你。"有点挤兑黛玉的意思，黛玉赶快就说："好姐姐，你别说与别人，我以后再不说了！"接下来，"宝钗见他羞得满脸飞红，满口央告，便不肯再往下追问，因拉他坐下吃茶，款款的告诉他道……"宝钗接下来这个做法是开诚布公地现身说法，意思就是自己原来也干过这事，所以这没什么大不了的，不是故意拿错。大家都应该有这种感觉，只有想去开诚布公地跟一个人交流，才会把自己的经历拿出来说。就好像如果有一个人找你哭诉说他失恋了，怎么样痛苦，你说"别痛苦，我也失恋了"，这是不一样的；但如果你光说没关系，天涯何处无芳草，那是没有说服力的，有说服力的是你和他站在一个战壕。但是宝钗又光明正大，站在同一战壕不是鼓励她看闲书，而是说她后来也觉得不应该看，做女孩的怎么怎么样，说的都是正大光明的道理，"一席话，说的黛玉垂头吃茶，心中暗伏，只有答应'是'的一字"。只答应"是"是对长辈的做法，宝钗在这个地方其实相当于做了黛玉的老师。宝钗说的都是正大光明的道理，让人没有办法反驳，虽然黛玉可能心里并不认可，但是也没有办法。

四、原作中会有宝玉和贾兰中举吗？——曹雪芹对社会大势的体察

问：贾宝玉最后中了举，中的是第七名，贾兰中的是第一百三十名，为何二者差距这么大？贾兰的名次是不是有点儿低了？

这个问题很有趣，也很复杂，我们也是分几个层面来说。

首先，一百三十名低不低？其实不低。当然宝玉的第七名是很高，但一百三十名也不低。对于第七名和第一百三十名，古人并不像我们现在这么看重。我们现在会觉得，第七名和第一百三十名差别很大，第一名和第二名都让我们感觉差别很大。古人不会觉得差别很大，原因在哪里呢？在于古代科举考试的录取率非常低，只要考上，就很了不起，就被认为是文曲星下凡了。至于多少名，都已经不在话下了。因为它太难了，所以就更重要。所以一百多名也无所谓。

大家有没有注意到？在古代，中没中状元，似乎也没那么重要。原因在哪里呢？最重要的是，古人对考试的概念和今人不一样，或者说我们的文化认知发生了巨大的偏转。这个偏转有非常重要的一个标识，但这个标识被我们所有的人忽略掉了，那就是

古人的考试都没有分数，而我们当代人的考试是有分数的。有分数就有非常明确的名次，这个名次是雷打不动的。你考一百分，就比九十九分高一分，这一分有可能就是一个山一样的壁垒。

这是古人把握世界的方式和今人不一样。我们现在的人把握世界，是以数字的方式来进行的。从小学到中学，人们肯定会被告知，数学很重要。重要到什么程度呢？数学是一切科学的基础。后来，不只是老师要强调了，整个国家都会强调。因为数学不发展的话，我们的物理、化学都没有办法发展，我们想制造新材料是不可能的。说穿了，所有的科学都建立在测量的基础上，而测量就是一个数学问题。所以从某种程度上讲，我们现在这个世界，确实是一个数学的世界。而且我们每个人也都被数据化了，大数据对我们每个人都造成了巨大的影响。

但是数学这么重要，是天然的吗？不是。数学的重要，是我们现在认为它重要。人类世界上，什么东西重要，什么东西不重要，并不是必然的，是由人的认识决定的，只要人觉得某样东西重要，它就真的重要。古希腊文化的基础是数学。希腊人认为，整个世界上唯一的知识就是数学，宇宙的本质就是数学，所以西方文化特别重视数学。后来，我们的文化被西方文化同化之后，我们也开始重视数学。其实中国古代人并不重视数学，我们的科举考试考了几千年都没有分数，依然过得很好。我们比任何一个民族都更稳定。所以说是不是状元不重要，就是因为他们没有我们现在这么明确的名次。他们的状元不是第一，榜眼不是第二，探花不是第三。我们知道进士及第要分三甲，一甲、二甲、三甲，每甲都有很多人。每一甲的第一名、第二名，当然也会排了，会出一个榜。但其间的次序，没有我们现在所说的序数词那么截然。

因为古代人考试的时候，他们可能会调整名次，尤其在状元这一块。有很多这样的例子，比如明代第一次开科考试，朱元璋觉得当时那个郭翀又老又丑，而第二十四名吴伯宗则年轻帅气，于是就把吴伯宗调为状元，郭翀变为榜眼。

从这里便可知道：第七和第一百三十有那么明确的区别吗？可能是没有的。另外，他为什么要放个第七和第一百三十呢？我们也能讨论一下。很多才子佳人小说中的那个才子，最后都中了状元。那为什么不让贾宝玉中状元呢？与《红楼梦》对才子佳人小说的反拨有关。

这个问题还牵扯出一个更大的问题，就是贾宝玉最后中了第七名。不管这个名次是高还是低，他中了。这个结局，当然不是原作设定的结局。原作设定的结局书里已经写得很清楚了，"一片白茫茫大地真干净"，就是什么都没有。但是续作者后面还说，"中乡魁宝玉却尘缘，沐皇恩贾家延世泽"。要沐浴皇恩，贾家要延世泽。这些都是复振，就是重新又起来了，又要进入一轮新的辉煌。这个新的辉煌，在作者原来的设计里肯定是没有的。虽然作者在写作过程中，对原来设定的情节可能有改动，但是这一点肯定不会变。因为这是作者写这部书的最终的想法，甚至是动力的来源。他就是要写这么一个过程，他是不会把这个过程改变掉的。为什么续作的结局会有这样的变化？当然我们可以说，是续作者并不了解原作者的想法，可以从这个角度解释。但是我们也可以从更深入的角度来解释，就是续作者的思想认识，跟曹雪芹完全不在一个层面。这个"不在一个层面"就在于对于当时整个社会生活的看法。

曹雪芹对当时的社会已经完全看透了。这个透对不对，我们暂且不谈；好不好，也不谈。因为他不可能有更先进的思想来取代。但是首先他看到了这个社会一直在往下走的趋势。这个趋势本身是不是符合现实的，当然也另当别论。因为曹雪芹那个时代是清王朝的鼎盛时代。他出生在康熙末期，生长在雍正年间，然后生活到乾隆年间，所以他经历的，恰恰是一个盛世。但是这个不影响他对社会发展趋势的判断。因为一些复杂的原因，他从他个人痛切的家史里边，体察到了这一点。

这一点是不是真实的，我们不好说，但是他体察到了。就好像鲁迅从他的家史里面体察到一样，好在鲁迅的家史，正好跟整个社会的发展是吻合的。鲁迅觉得他们家从高到低，从富裕的状况迅速衰落。那么正好整个中国社会也进入一个最低谷了，他这个看法跟整个大势吻合了。那么曹雪芹那个时候，他的家族跟整个社会趋势是不是吻合的呢？也许不吻合。也许在曹雪芹的时代，有另一个家族正好蒸蒸日上，那个家族的人肯定会觉得，这个社会是蒸蒸日上的。但实际上不是这样。一个社会是往上还是往下，跟一个家族往上还是往下有关系，但不完全是一个逻辑。

比如，有很多人对当下有一些不满，在我看来，这都是不对的。我们生活在一个伟大的时代。但是任何一个伟大的时代都会有瑕疵。作品还是人设计的，而时代是由我们所有人构成的。你可以想象，构成社会的这些人里面，有非常伟大的人，但是也有很多宵小。这个社会一定会表现出各种各样的色彩，这是肯定的。我们要做的不是抱怨，不是说这个不好，那个不好。我们要做的是把不好的地方尽量去做好。好不好，和我们每个人直接相关。我们就是令整个社会好或者不好的一分子。如果我们只袖手旁观，只会批评好不好，这就是卑懦的行为。我们应该担起职责来。未来什么样肯定和每个年轻人都相关，上一辈慢慢会退出历史舞台，最后的中国是什么样的，取决于年轻人。如果年轻人只学会了抱怨、发牢骚，甚至只学会了阴阳怪气地说话，这个社会有救吗？这个社会真的就变成了他们所不齿的那种坏社会。只会阴阳怪气地讽刺社会的人，思想基础就有问题。很多人都觉得美国多好，日本多好，我们中国多差。很多人这么想，他们的心理潜台词其实就是，他们的前辈——爸爸妈妈、爷爷奶奶这些人，这一代一代的人，就应该造一个很好的社会来给他们享受。人得有多差劲，才会用这样的想法去看待社会。所以，我们真的要好好地思考这个社会。这个社会有没有问题呢？我不是一个盲目的人，这个社会确实有问题，我们需要向很多国家，包括日本、美国来学习，但是不代表它不好。

所以，我们要明白，一个人能真正洞察一个社会的整体发展趋势是非常难的，既需要智慧，也需要经验。而在曹雪芹时代，整个清代的社会都在往下走，一个敏感的、像曹雪芹这样的艺术家，会感受不到这个大势吗？他把这种敏感写进了作品之中，让整本书都呈现这么一个断裂样貌。但是问题就在于，不管后四十回的续书作者是不是高鹗，他在对整个社会大势的体察上都还差得很远。所以那个人，他会觉得：我喜欢这几个人，宝玉多好啊，黛玉多好啊，宝钗多好啊，我不想让他们这么悲惨。那好了，让宝玉去中个举，让贾兰也中一个，然后让宝玉再留一个孩子给贾家……他是这么一种认识。这种认识符合他的三观，他就要给作品一个好的结局。但实际上，这不符合曹雪芹的三观。因为曹雪芹虽然也不忍心让他心爱的人都走向悲剧的结局，但是他看到了真实的社会，看透了。那个社会就是在走下坡路，在一个断裂的社会里边，每个人都不可能有独自的幸福。

五、大红猩猩毡斗篷有特别的含义吗？——续作的宝玉出家和原作的悬崖撒手

问：第一百二十回宝玉拜别贾政时穿了一身大红猩猩毡斗篷，这有什么特别的含义吗？

在整个《红楼梦》里，"红"字的意思是很丰厚的。即便不在《红楼梦》里面，在中国文化里面，也是一样的。红色都跟喜庆有关系，那么贾宝玉在拜别贾政的时候穿成这样，明显是一个得道仙去的暗示。这个暗示，作者也没有非常明确地写，但肯定是这样，那就让他穿一个大红色的衣服，看起来仙风道骨地去拜别。可能有这个意思。

但更重要的问题在于这个结局设置得怎么样。这个结局的设置，很多人会觉得从某种意义上讲跟曹雪芹原本的设计倒是吻合的。因为曹雪芹原本的设计，就是宝玉最后悬崖撒手出家了。那么，他在这个渡口，拜别他父亲，然后飘然而去，当然也是悬崖撒手。他在家里已经悬崖撒手了，但是最后还得拜别一下他老爹，这实际上是一个仪式，他要走了。这一点它是合的，但是和曹雪芹原本的设计合了多少却很难讲。很可能是貌合心不合，曹雪芹原初设计的撒手的表现可能和续书所写的差别很大。按照曹雪芹

的原意，贾宝玉最后要流落到街头，像乞丐一样。"展眼乞丐人皆谤"，从脂砚斋对这一句的批语中说到"宝玉一干人"，就知道宝玉曾经沦为乞丐，沦为乞丐之后他悟了。悟了之后，他就应该像癞头和尚，或者甄士隐那样，把人家和尚的褡裢抢过来，往肩膀上一搭然后就走了。这样才比较合理，这才是前面的判词，或者说《红楼梦》曲里唱的，"一片白茫茫大地真干净"。

但是现在续书重新设计的结尾，是贾宝玉最后还考中了进士，考了第七名。虽然他也悬崖撒手了，但是他撒手之前，先考中功名，给家里边一个强心剂，让它再维持一段生命。最后这个设置也是这样，因为贾宝玉显然是得道升天。这个得道升天，和像甄士隐那样顿悟，然后悬崖撒手，是两个层面的问题。我们现在可能很多人认为，二者是一样的，但实际上古人认为不同。为什么呢？古代很多文人，对于人生最后的境界的理想，其实就是这里的贾宝玉这样的。一是要中科举，二是考上之后还要得道升仙。我们在唐传奇里边，就能看到不少这样的类型，而且明代很多通俗类的作品，最后都是主人公拥美无数，然后得道升天，变成神仙了。这是古代文人的一个艳想，所以它反倒成了一个肯定式的，觉得贾宝玉最后皆大欢喜，什么都有了，尘世的甚至仙界的都有，但实际上可能不是这样。所以这个结尾的设置，我觉得也不完全符合曹雪芹的原意。

六、为什么鬼使说宝玉运旺时盛？——曹雪芹对贾宝玉的复杂态度

问：第十六回秦钟还魂那里，宝玉来了之后，鬼使说的是"如今只等他请出个运旺时盛的人来才罢"。因为他们是鬼神，这里是不是涉及对贾宝玉未来的一些暗示呢？这里的"运旺时盛"，应当是指世俗意义的官运亨通。但是不管是续书还是曹雪芹的原意，似乎宝玉都没有官运亨通的时候。那么，"运旺时盛"到底指的是哪方面的运旺时盛？

这段情节很值得琢磨，因为它是《红楼梦》里面比较奇特的一段。《红楼梦》总体来说还是比较严肃的，到了这一段感觉作者有点手滑了，好像在打趣一样，把这个情节往开写了。再严肃的中国小说的作者都会手滑，这跟中国小说的源头有关。它本来就是讲说艺术，就不能一直严肃，一直严肃是没人听的。如果这里是曹雪芹的一个游戏笔墨的话，就没有办法认真，因为他是在打趣。他在这里既打趣秦钟也打趣宝玉，当然也打趣那些鬼神。但是如果你非要严肃地对待它，我们也可以从另一个角度去看。这就关系到我们到底如何看待贾宝玉的终局，或者说，我们现在看到的后四十回里的贾宝玉，到底是不是曹雪芹要写的、希望表达

的。

　　我们一般人都持否定态度。因为判词里说得很清楚，"为官的，家业凋零；富贵的，金银散尽；有恩的，死里逃生；无情的，分明报应。欠命的，命已还；欠泪的，泪已尽。……落了片白茫茫大地真干净"，最后是悲凉的、归于空幻的结局才是对的。但是话说回来，判词里面有很多内容是曹雪芹自己就否定掉了的，不只是后四十回在否定。我们知道秦可卿的结局就不是原先的结局，那么"落了片白茫茫大地真干净"会坚持到最后吗？俞平伯先生在《红楼梦辨》里讨论了曹雪芹能不能把这个书写完，因为他在情感上要经受巨大的压力。他为自己钟爱的少男少女建造了一个乌托邦，一个大观园。这些少男少女不只是他文学创作的产物，也是他的孩子，甚至是他的生命的寄托。他把自己对人生各种各样的理解和爱都放在这些孩子身上，然后亲手把它毁灭，这是他自己既定的结局。但这个结局对曹雪芹这样一个人来说是非常痛苦的。曹雪芹是想用他一生的创作，把他的家族史容纳进去，所以他有没有足够坚强的内心去支撑它，这是一个层面的问题。

　　另外还有一个更重要层面的问题：贾宝玉到底应该怎么做才是曹雪芹所希望的？整个《红楼梦》里最关键的问题在于，一个大家族经过了几世，已经把它第一代所积累起来的业绩挥霍得差不多了，那么接下来的这几代人应该怎么去振兴家族。整个《红楼梦》其实就是围绕这个问题展开的。宁、荣二公是靠军功起家的，我们知道在任何民族、任何国家、任何时代军功都是最大的功绩，毫无疑问。古代人想博取功名，就要到边塞去，一刀一枪来拼杀，那是用生命换来的。但是即便宁、荣二公这么高的封号，从他们第一代到第二代贾代善、贾代化就已经开始缩水，然后第三代到贾赦、贾政、贾敬，贾赦袭了官，贾政是没有的。小说里写得很清楚，冷子兴演说荣国府时说贾政"原欲以科甲出身的，不料代善临终时遗本一上，皇上因恤先臣，即时令长子袭官外，问还有几子，立刻引见，遂额外赐了这政老爹一个主事之衔，令其入部习学，如今现已升了员外郎了"。主事是一个很低的官职，是六部里面专门打杂的。贾政在里面学习了很久，才升作员外郎，员外郎也不过是打杂的。对于贾府这样一个煊赫的大家族，员外郎一点意义都没有，但是他要当，因为他什么都没有了，他们一直在吃老本。这也是贾宝玉的尴尬所在，贾宝玉出生之后，就承载着大量的期望，因为别人已经指不上了。贾琏就是一个浪荡公子哥，小说里写得很清楚。宁国府更不用说了，贾珍把整个宁国府都翻过来了，贾敬炼丹求道，什么也不管，所以现在贾府就只能看荣国府了。荣国府的贾珠还是一个不错的人，但是他很快就死了。

当然这跟中国历来的孩子生存率也有关。在古代，无论中西，婴儿的生存率很低，尤其是第一个孩子的成活率是很低的。第一个孩子成活率很低的原因很复杂，其中很重要的一点是第一个孩子出生的时候，很多父母还不知道怎么养，没有照顾孩子的经验。一般来说，古代第二个、第三个孩子会养得更好一些，因为他们有经验了。第一个孩子经常养不好，总会出现意外，父母很可能犯错误，更何况还有各种无法控制的疾病。贾珠去世之后，一层一层的期望就往贾宝玉身上加。贾宝玉又恰好很聪明，衔玉而生，感觉好像是上天派来拯救贾府的一样。结果他不是那个人，不是那个要拯救家族的人。贾宝玉的形象中有不少"当代性"，他有人文主义思想，萌芽了很多新的东西。张锦池先生写过一篇文章，他认为贾宝玉是鲁迅先生小说里某些人物的先声。鲁迅经常说铁屋子里的人都睡着，结果醒过来的人反倒痛苦。贾宝玉醒了过来，他发现了人在这个世界上需要有人的尊严，有对美的追求和爱护。但是当时整个社会对这些是不在意的，他们磨灭人的个性和价值。正因为贾宝玉是一个醒着的人，所以他不可能按照社会的逻辑去振兴家族。《红楼梦》的悲剧，就在于贾宝玉应该肩负起职责，但他肩负不起来。不是说他不好，而是他太超前，他是另外一个人，他没有跟那个时代同流合污，他不能义无反顾、不假思索地投入到经济仕途中去，他做不到。

曹雪芹对贾宝玉的态度其实很复杂，我们看对他的描写——两首《西江月》中的："天下无能第一，古今不肖无双。"这个话我们一般都当作反话来看，都认为曹雪芹是故意反着说的。因为他特别爱主人公，所以故意说反话，其实不完全是。这两首词到底是正话还是反话，很难判断清楚。其实曹雪芹很多地方都在批评贾宝玉，但这个批评又跟曹雪芹自己的家族史联系在一起，有很复杂的情感。一方面他也认为应该从科甲进阶振兴贾府，因为贾府已经一塌糊涂了；但是另一方面，他自己又是一个成长中的人，对科举有批判的态度。吴敬梓在这一点上跟曹雪芹很像，吴氏家族前面几代都非常辉煌，但是到了吴敬梓的父亲开始不行了。吴敬梓按道理就应该循着先人们科举为官的道路，重新振兴家族。但是吴敬梓恰恰是一个对科举持批判态度的人。他一开始也去参加科举，甚至参加博学鸿词科，但是他考得并不好，考不中。后来有机缘触发了他对科举的反思，最后他就不去参加了。所以在这一点上吴敬梓跟曹雪芹可以互相来证明。一方面他们看透了这个社会，另一方面他们的家族却要求他们不要看透，要热火朝天地投入到科举大军中去，考上进士，然后走上仕途，振兴他们的家族。

曹雪芹已经超脱了，就像《红楼梦》中的贾宝玉一样已经"悬崖撒手"了，他对世俗的功过都已经不在意。他已经超脱了他姓曹的小家族的局限，把眼光放到了整个社会，感受到了整个社会行将就木的气息。整个《红楼梦》就是在写这种气息，只不过我们读者未必能体会到。鲁迅先生曾在《中国小说史略》中说，晴雯死后，"悲凉之雾，遍被华林，然呼吸而领会之者，独宝玉而已"。别人都没有体会到，其实贾府一直在往衰落的方向走，而且这个衰落是谁也拉不回来的。只有贾宝玉体会到了，因为他很敏感。

所以，贾宝玉的终局与曹雪芹全部的创作激情与生活痛楚纠结在一起，这不是在创作过程中可以随便更改的。

七、为什么不叫"黛姑娘""薛姑娘"？——关于钗黛的称谓

问：《红楼梦》里面为什么大家把林黛玉叫"林姑娘"，却不把薛宝钗叫"薛姑娘"？如果称薛宝钗为"宝姑娘"，为什么又不叫黛玉为"黛姑娘"呢？

这是一个非常有趣的话题，当然，这也同时是一个几乎没有标准答案的问题，我们只能试着来推测作者如此设计的思路。有没有哪位同学可以先试着解答一下这个问题？

生：老师，好像一般来说，我们称人都可以称姓，加一个称谓；或者称名，加一个称谓。我记得看过一种说法，好像是称名加上称谓的话，关系更近一些；如果是称姓的话，可能会比较正式。比如我们说"李老师"和"小龙老师"就有区别。黛玉孤高自许，目下无尘，或许出于这个原因，大家跟宝钗更亲近一些。

你说的非常对。就普遍的中国人的称呼来讲是这样的，如果用姓来称呼表示尊重，同时也表示有距离。我们经常说"您贵姓"，是因为姓代表别人的家族，你用家族的代表去称呼别人，实际上是一种尊重的表达。但这种尊重的称呼其实也表示着对这个人个性的泯灭，因为他不是"他"，是姓×的"他"。但是你如果以他的名

字去称呼，相当于重视他这个个体，距离要拉近很多。称呼一个人时，带不带上姓氏，确实是有关系的。有人是两字名，没办法了，只好带姓叫。对于三字名就是有差别的。林姑娘是带姓的，宝姑娘是不带姓的，带不带姓在这上面是很有差别的。那么这个差别在哪里？或许确实与林黛玉和薛宝钗的性格有关。林黛玉眼里不揉沙子，别人很难亲近她。所以用"林"来称呼是比较合理的，因为不会冒犯她。而宝钗是很宽容的，所以别人冒犯了她，她也不会计较。这样的人更容易让别人有亲近感，人们就容易用这样的称呼去称她。我觉得学生称呼老师，可能都有这样的情况。如果一个老师特别严肃，特别严厉，学生可能就习惯称姓了。但是如果一个老师特别随和，和大家关系很好，我们可能就不称姓了。

不过，我个人认为这个解释可能还有瑕疵，因为在作品中，贾宝玉也叫"林妹妹"甚至"林姑娘"，这能表示贾宝玉也对黛玉有疏远倾向吗？

生：这可能是一个普泛的称呼，大家都这么叫，所以统一起来。

当然也有这种可能，但似乎还是无法解决问题。普泛的叫法是从哪里来的？按道理肯定不是丫鬟们先这样叫，宝玉他们才跟着统一，而只能是由主人家先定下规则，然后丫鬟们看齐才对。那么，宝玉和林黛玉关系肯定很好，他也叫"林姑娘"，比如第七回"宝玉听了，便和丫头说：'谁去瞧瞧？只说我与林姑娘打发了来请姨太太姐姐安，问姐姐是什么病，现吃什么药'"。有时也叫"林妹妹"，而且不只是当面叫，因为当面叫一个人的称呼和对别人提起这个人时的称呼有时候是不一样的，他跟别人说也是"林妹妹"，比如初次见面就说"况这林妹妹眉尖若蹙，用取这两个字，岂不两妙"——这也是全书第一次出现"林妹妹"三个字；事实上"林姑娘"第一次出现也是在这一回稍前，是王熙凤说的。可见这个叫法的确定不是别人，正是凤姐与宝玉。

我有几个想法，也不一定能解决问题，只是提供一个思路。

第一个是技术性的。中国人的称呼有时候是一个约定俗成的事，而这个约定俗成也一定有读音和意思等各个方面的原因。比如有一个孩子叫王皓轩，他的小名叫什么呢？很可能叫轩轩，也可能叫皓皓。因为有拿名字第二个字叫小名的。我们一般叫名，但中国古代有很多人是以字相称的，甚至本名都渐渐被人忘了。

生：我感觉是因为薛姨妈和薛宝钗一起进了贾府，在有她妈妈的情况下，称她的名字会显得亲近。但是林黛玉是自己一个人来的，称林姑娘显示出她与贾府不同姓。

是有可能的。首先，当着她妈妈称她女儿名，当然会比较亲密。我们所有的称呼都和在场的每个人相关。你看甄府的那几个人来到贾家，跟贾母说事的时候称呼贾家的人，和他们回去之后的称呼就不会一样。有贾母在场，和没有贾母在场，那一定是不一样的。我们大家也是，虽然自己意识不到，但实际上一定是这样。比如几个人在一起说话，你称呼旁边的同学，可能会用全名，但是私下在宿舍里的称呼肯定不是这样。因为你在称呼他的时候，考虑到了在场其他人的接受。所以，要考虑到薛姨妈的接受，在这个角度上是非常有道理的。因为一个家长是不会称呼自己孩子的全名的。那么会不会因为薛姨妈和薛宝钗的"薛"有影响呢？可能是不会的，但是"薛"这个字会有影响。对一个人的称呼，有一个约定俗成的问题，也有一个惯性的问题，但这个约定俗成和惯性又是怎么来的呢？其实，这种约定俗成的内核可能有读音和语义的因素。因为说"黛姑娘"，听起来是很别扭的，但是"宝姑娘"就不别扭。它不只是读音的问题，和字也有关系。"林姑娘"听起来就是很顺畅，但是说"薛姑娘"就有点怪。因为对于我们中国人来说，"薛"是一个不太好发的音。最好发的音，都是那种张着嘴的、声音比较平缓的阳平、阴平音。所以 ang、eng 的音都很好发。"林"就比较好发，但是"薛"就不是很好发。尤其"薛"还是一个入声字，就更不好发了。

所以你提这个也是一个很好的思路，就是说把它还原到语境里面去。但是，林黛玉实际上也不完全就没有这个问题，贾母把林黛玉看成心肝宝贝一样，也未必比疼薛宝钗少，肯定还要多的。那么在贾母面前，肯定也要考虑到她的感受。当着贾母的面称林姑娘，和当着薛姨妈称薛姑娘其实是一个逻辑。所以在这一点上倒是一个不利因素了。我们仅就薛宝钗这个来讲，是能讲通的，而且是有启发的。

当然也有人会说为什么不叫"玉姑娘"，有同学说因为这个名字听着像丫鬟。我觉得倒也不是，若这样看，"宝姑娘"不也有点儿像丫鬟吗？这就牵涉到我理解的第二层原因，那就是这两个通称或许与"木石前盟"和"金玉良缘"有关，表示重视"木石前盟"，而"宝姑娘"本身就带有珠光宝气的意思。大家有没有发现，"宝钗"和"黛玉"是各分了"宝玉"的一个字？这两个字其实就是林黛玉问贾宝玉时说的"至贵者'宝'，至坚者'玉'"，都是好的东西。宝钗得到了"宝"就成了她的通称，叫宝姑娘，和"金玉良缘"是有关系的。但林黛玉就不能用"玉"，用"玉"的话就否定了他们感情的基础，所以她用"林"，是两个"木"，也是"木石前盟"的一个象征。从这个逻辑讲似乎也能说得通——作者未必然，我们读者何必不然呢？

八、元妃为什么删掉"蓼汀"？——叙事的波澜与反切的深隐

　　问：贾妃归省庆元宵时，在贾宝玉原来题的"蓼汀花溆"那里说："'花溆'二字便妥，何必'蓼汀'？"这个情节感觉有些突兀，因为没有一个地方是只有花没有草的。后面她又命名了一个"蓼风轩"，说明她不是不喜欢"蓼"这个字。我记得您曾经提过这里有个反切的问题，但是总感觉在这个地方贾妃是薛、林二人并举，好像没有什么倾向，没有说她就倾向于薛宝钗，不取林黛玉。如果用反切的话是不是太牵强了，至少在这一回里，贾妃没有要给贾宝玉指定一个的意思。为什么这里非要把四个字改成两个字呢？

　　可以分两个层面来看。

　　一个层面是有没有必要。在这一点上，中国小说跟西方小说差别非常大，中国小说经常自己给自己写一个东西，然后顺手把它抹掉，西方小说不会这样写。比如我们读唐传奇的时候，会发现很多传奇在刚开始说一个人的时候会说这个人的父亲生了两个孩子，第一个孩子早亡，第二个是这个人。《离魂记》里的倩娘，她的父亲在生她之前有过一个女孩，早亡。类似的情节在中国古代小说里有很多，《红楼梦》里也有。"冷子兴演说荣国府"的时候，

就提到荣国府里贾珠早亡，然后下面才是贾宝玉。这种写法很多。

西方小说是不会这么写的。西方小说如果要写 A 这个人就直接写 A。如果说先生了一个 B，B 死了才有 A，那后面必然要与之照应。B 很可能没死，被偷偷藏在山洞里，或者会遗留下来某样东西最后影响整个情节。但中国小说不会，前面说了后面一样抹掉，情节继续发展。为什么这样？

这也可以从几个层面来看。一个层面就是中国文化对于叙事智慧的影响。中国文化特别讲究对仗，所以古代很多小说里派衙役都不是一个人，一般都是王朝、马汉，或者张三、李四，总要派两个人，这就是原因。主人公不可能写两个，让王朝、马汉都是主人公，不可能，只能写一个。但是必须"虚陪"一个。《金瓶梅》里的潘金莲是从《水浒传》里来的，《水浒传》直接就写潘金莲如何了，但《金瓶梅》不是。《金瓶梅》里写张大户家有两个丫鬟，一个叫潘金莲，一个叫白玉莲。金莲学琵琶，玉莲就学筝，但是过了不久玉莲死了，只剩下潘金莲一个人。白玉莲这个人其实是不需要的，因为她出来之后就死了，后面也没有任何相关情节。而且在《水浒传》里也没有这个人，但是作者必须给潘金莲添一个人，这就是我们的思维。元妃这一段或许是"虚陪"。这段情节在这里，似乎也没什么意义，是出于情节设置的需要。而这又和第二个层面有关，中国文学的目的跟西方文学不太一样，西方文学经常要用集中化的艺术力量去营造某种艺术感觉，而中国小说需要再现原貌，要把原貌烘托出来。所以中国的小说里面经常有一些情节，你觉得可有可无，但是有这个情节之后，你就会觉得很真实。它对主干情节似乎不造成干扰，似乎没有影响，但是有和没有还是不一样的，是这么一个逻辑。

生活中有些事会发生，有些事不会发生。而在中国小说里面，作者有时候会把生活里不会发生的事情写进去。所以这里的"蓼汀花溆"，实际上是一个波澜。中国小说特别讲究波澜，写诗也是这样。有人在几十年前用电子计算机来计算整个唐代诗歌的用词频率，频率最高的字是"不"，苏轼的诗也是。为什么用"不"用得最多？因为诗在转折关头，在第三句或者第三联的时候一定要转，不转的话是提振不起来的。不能一直顺着往下说，一直顺着，这首诗就一览无余，没有意思。一定要突转，当然这个突转不是技术性的，是构思性的。回想一下我们读过的好诗，特别经典的诗一定会转，而且会转得很巧妙，小说也是一样。我们读中国小说——跟西方小说不一样，西方小说中一个人要去做什么，他就会直接去做什么——写贾宝玉要去林黛玉的潇湘馆，走到半路就被别人拉走了，到另一个地方去喝酒，跟薛蟠他们喝酒喝了半天回来了。读者就会觉得他不是要去潇湘馆吗，回来之后发现天晚了也不去了，搞了半天就是要去喝酒。他要去喝酒，先说他要去潇湘馆，在中间造成波澜。他要真的想去潇湘馆，可能就不会说他想去潇湘馆，说不定就说去蘅芜苑，然后走到半路又发生了别的事情，再偏转到潇湘馆去。这是中国古代小说叙事的智慧。总是不能一下子把整个事情都放开让你看，一定要把它遮住。

民国时期一个人曾说，西方的园林一进去一览无余，很开阔，什么都能看到；中国的园林——再小的园林，尤其是苏州的园林——一进去什么都看不到，全挡住了，就跟大观园一样，走一步看到一个景。但是小说不一样，中国的小说从回目上一下子就全部都给你看了，但西方小说它总是挡住不让你看。确实，西方的小说，尤其是侦探小说，它总是一步一步地释放悬念让你看。

从这个角度讲他是对的，但实际上你仔细深入到小说的肌理，就会发现这个判断还是错的。

因为中国小说一直在设限，它的艺术流程一直不给你放开让你看，一直在一步一步地阻挡。为什么要阻挡？跟最早的说书艺术有关，说书艺术如果刚开始说的时候就知道他要说什么，大家就都走了。所以它一定要一步一步地释放给你，在说书艺术里边这叫"砣子"，就是巨大的悬念。它一定要把一个砣子设得非常好，最后才给你一点一点揭开。所以"蓼汀花溆"这个细节可以从这两个角度去思考，就是技术性或者说是叙述技巧方面的。

当然还有第三个层面，就是更深的，到底是不是反切的问题。这是刘文典先生说的，"蓼汀花溆"就是反切"林"和"薛"。不要"蓼汀"，只要"花溆"，其实就表明贾元春取薛而弃林。但是刚才这位同学说得也对，从前面的情节看不出她弃林的思想。可是看不出来不代表没有。因为这个情节表示的是作者附加给贾妃的，在这里想要表达的不是贾妃自己的。贾妃刚开始对薛林二人肯定还是一视同仁的，因为她对这两个人并没有什么了解。后面的情节慢慢地就出来了，端午节她发出来的礼物，贾宝玉和薛宝钗是一样的，林黛玉和其他人是一样的。这突破了所有人的预期，包括读者甚至剧中人的预期。连贾宝玉也觉得很奇怪，自己的居然和林妹妹的不一样，这是他不能接受的，他说"别是传错了"。有红学家认为"别是传错了"这句话是一个谶语，在后面应验了。就是元春的态度可能会发生变化，一开始当然没有倾向，但作者要"赋"给她，作者这个意思就在她的某些行为里表现出来了。

所以我们判断这一处情节时要小心，在此时元妃自己的意思可能未必重要，重要的是作者是怎么想的，因为作者要赋给她一个态度，用情节表达出来。就好像元妃省亲时点的那四部戏，在那样喜庆的场面原本是不可能点那四部戏的，但是她居然点了，我们就知道这不是用来反映元妃的个性，而是预示后面的情节。为了预示情节，甚至否定了元妃的个性。所以脂砚斋在评四部戏的时候就说："所点之戏剧伏四事，乃通部书之大过节、大关键。"里边每一部戏都伏了一个重要的情节，比如元春之死、贾宝玉丢玉等。

当然，用反切来讨论到底合不合适？确实也是一个问题，只就反切来讲可能难说合适，但是我们可以综合很多的因素来说明。

九、"潇湘妃子"之号暗示投水而死吗？——黛玉之死的"原稿"

问：诗社取号，林黛玉的"潇湘妃子"是否暗示她的死法和娥皇女英一样，是投水而死？

我们先说"潇湘妃子"。诗社取诗号的故事体现出《红楼梦》里隐含了大量的情节。我们看到每个人都有号，有的人说用旧号，像"蕉下客"之类的。后来史湘云来了之后，她说她要叫"枕霞旧友"。这证明以前他们有过很多次这样的雅集，只不过没有写出来。像这样的故事作者随手一点染，我们就知道包含了很多东西。那么林黛玉的"潇湘妃子"，很可能预示她的死亡跟水有关。

林黛玉最后究竟是怎么死的？在红学界有好几派的争论，有人认为她是上吊死的。为什么这么说呢？因为判词里说得很清楚，"玉带林中挂"，就是上吊，这个理解很简单。但是我非常不同意这个看法。"玉带林中挂"，大家光看到判词，没有看到判词里的图画。那个图画上"画着两株枯木，木上悬着一围玉带"，"两株枯木"不是说要让她在两棵树上吊死，任何一棵歪脖子树都能吊死人，没必要非得画两株。其实这里画两棵枯木只是表示是两个"木"，也就是告诉读者暗指林黛玉而已。寓意就是姓林。就好像因为后面那个雪，很多人认为薛宝钗是埋在雪里死的，这也是很可笑的。那个雪就表示薛宝钗姓"雪"，雪底下埋了一个簪子——他都没敢说是"钗"，说埋的是簪子，然后说"金簪雪里埋"。说"钗"的话太明显了，就好像我们出谜语，要把谜底的字避开。所以"玉带林中挂"不是说她要上吊去死，更何况"挂"也不是"自挂东南枝"那个意思。那个"挂"和"埋"一样，都是指"空对着山中高士晶莹雪，终不忘世外仙姝寂寞林"的意思。

还有人认为她可能是吃错药死的，这个看法我个人觉得有一定道理。但这个道理能不能说得通，最后能不能成定论，可能还有疑问。因为小说里面多次提到拿药的事情，比如"天王补心丹""菩萨散"之类的，宝玉说过"金刚""菩萨"把太太支使糊涂了。而且整个《红楼梦》里面反复地在说药，甚至药在最后的几个关键地方也起了很大作用。但我一直认为不是吃错药，应该还是投水。投水和我自己一个小的看法有关，就是用《红楼梦》里的十二个伶官来对应十二金钗。十二个伶官里边有一个伶官，她在有些版本里面叫药官，那个药官对应的就是林黛玉。如果药官对应的是林黛玉，那么黛玉的死很有可能跟吃错药有关。但是那个药官在脂砚斋的本子里边，几经修改之后变成了莴官。我认为藕官、莴官和蕊官是一套体系，这套体系恰恰对应"宝、黛、钗"三人。这三个官，"藕"是莲花的地下根茎，"蕊"是花蕊，这个很好理解，"莴"是莲子，所以他们是一个三位一体的体系。当然这些我们都只能够推测，没有办法去确认，因为毕竟没有后四十回来证明。当然，潇湘妃子的提法更可能的还是跟她以泪还债的生命有关，这一点是可以坐实的。因为她从天上跟着贾宝玉下来就是要用她一世的眼泪来还他的灌溉之恩。而关于"潇湘"这个典故我们想到的可能更多的也是"泪","斑竹"和打在上面的泪。所以这一点就更能确定。

十、续书中的黛玉之死符合原意吗？——写得好与写得对

问：第九十八回"苦绛珠魂归离恨天"中黛玉直声叫道："'宝玉，宝玉，你好……'说到'好'字，便浑身冷汗，不作声了。"这个情节应该如何理解？

直到现在，这个情节在学界的争论都非常大。最简单的一个争论就是：这个情节到底写得好还是不好？一部分人认为这个情节是后四十回里最精华的、最顶尖的、艺术浓度最高的，可以跟前八十回相比，非常好；另一部分人则认为这个是败笔，甚至是后四十回最重要的败笔。这两种说法，在我个人看来都有道理，虽然我个人有倾向性。但如果我们先不谈倾向性，先公平地去看这两个看法的话，会发现都是有道理的。

比如，在正面肯定这一情节的一派看来，这个情节当然不只是说她临死前说的话了，它实际上是一个情节体，一个结构。就是"薛宝钗出闺成大礼"和"苦绛珠魂归离恨天"是在同一时刻完成的。这个完成过程，带有极端对比的用意。能把情节设置得这么精巧，当然也是一种艺术性。因为我们知道，这一定是艺术的设计。在真实的世界里面有没有可能呢？有，但是这种可能性非常低。我们现在都知道这就是小概率事件。

西方小说很讲究巧合，都认为能写出好的巧合的是最好的小说家。而且在社会中，这些巧合不能说不存在，只能说你碰不到。从这个角度讲，这个巧合是一个非常好的人工设计，也让宝玉和黛玉情感的悲剧性在那一刻体现得非常鲜明，非常动人。用林黛玉临终的表现，做了一次非常有冲击力的强调。当然，对这个情节的解读却仍然会有争议，因为她的话没有说完。但是按照我们对于一般的狗血剧的理解，她说的话一定是反面的。也就是说"好"后可以加个"狠"字，或者说"忍心"。即便不加字，也是对的。因为"好"这个字，其实是可以从反面理解的。按一般的道理，它一定不是正面的，正面的一般不用这种方法来说。她要先把自己的诗稿烧掉，然后用绝望的心态离开人世。我们抛开成见来看，这个情节写得应该是不错的，甚至是相当好的。

但是话又说回来，我个人认为这个情节写得是不对的。不是因为这个情节本身写得不好，而是因为支撑这个情节的核心逻辑是不对的。林黛玉和贾宝玉的木石前盟最基础的东西，就是报恩。我们知道绛珠仙草得到神瑛侍者的灌溉之恩，然后神瑛侍者要下凡历劫，那么她要跟着下凡，要报恩。她也没什么可报，所以小说里有非常重要的一个信息，就是说把一世的眼泪都还给他。在第三回之末，戚序本及有正本有一段回末批，非常精彩，他说："绛珠之泪偏不因离恨而落，为惜其石而落。可见惜其石必惜其人，其人不自惜，而知己能不千方百计为之惜乎？所以绛珠之泪至死不干，万苦不怨。所谓'求仁得仁，又何怨'，悲夫！"他说林黛玉到了世间之后，总是因贾宝玉而流泪，但是这个流泪就像孔子说的一样——"求仁而得仁，又何怨？"这是她自己的追求，这从某种意义上讲，跟贾宝玉并没有关系。因为她要报恩，她用这种方式来报，所以最后泪尽了，实际上就是报恩报完了。按照《红楼梦》本身的逻辑设计，她的结局不应该是续书所写的那样。

续书会有那样的情节设计，因为后四十回的作者，把前八十回贾宝玉和林黛玉之间的关系理解得过于简单化，就把它理解为常见的男女情爱的表达。但贾宝玉和林黛玉之间其实不只是这样。虽然我们也许未必承认它的第一个逻辑亦即神话结构，说他们的前盟是在天上就注定的，但是我们还是要认可第二个逻辑，就是他们两个之间的这种情感，绝不仅仅是男欢女爱的情感，不仅仅是一个爱情的问题，实际上还带有哲学性的思考。所以从这一点上看就是有问题的，虽然他写得很好。我们承认他写得好，不代表他写得对，这是两个问题。

另外，大家应该能够感觉到，《红楼梦》不是一个把对比写得很激烈的作品。那么，在后四十回里，正好就在薛宝钗出闺成大礼的时候，让林黛玉魂归离恨天，这个对比当然很强烈。但这并不符合《红楼梦》一贯的艺术方法，其实也跟整个中国古代文学的艺术方法不完全合拍。中国文学向来不太主张这种过于强烈的对比，它是要有层次的。在这一点上中国文学跟西方文学差别很大，西方特别喜欢非常强烈的对比。所以，我也认为续书的写法不是曹雪芹的原意。为什么很多当代的阅读者能接受这个情节，甚至认为这个情节好？因为我们对于整个小说的叙事智慧的感受，来自西方的部分有很多。我们判断一个情节好还是不好，是要有标准的。那么，我们会用西方的标准来看，觉得它还是有艺术浓度的。但是要反过来用中国的标准，就会觉得虚假。

所以，我觉得如果排除个人的倾向性，更客观地去看待它，可以承认它好，但是又要知道它并不完全符合原意。

十一、黛玉为什么拿金钏的事开玩笑？——《荆钗记》的戏谶功能

问：第二十三回宝玉要用流水葬花的时候，黛玉说这里的水干净，但流到外面仍会把花糟蹋了，不可以用；但第四十四回又说哪里的水都是一样的，随便舀一碗水去哭就是了。这似乎是有矛盾的？

这个问题非常细致，也很有会心。我们先来看看原文。第二十三回里黛玉说："撂在水里不好。你看这里的水干净，只一流出去，有人家的地方脏的臭的混倒，仍旧把花遭塌了。那畸角上我有一个花冢，如今把他扫了，装在这绢袋里，拿土埋上，日久不过随土化了，岂不干净。"第四十四回里说："林黛玉因看到《男祭》这一出上，便和宝钗说道：'这王十朋也不通的很，不管在那里祭一祭罢了，必定跑到江边子上来作什么！俗语说，睹物思人，天下的水总归一源，不拘那里的水舀一碗看着哭去，也就尽情了。'"

首先，从逻辑上看，这两句话倒不矛盾，因为都是在说天下的水是相通的。只不过，前边说相通，是觉得园里水干净而外面的水脏，强调它们的不同；而后边的话则强调它们都是一源。但

是，从情感色彩上看，确实是有点矛盾的。不过这倒正常，一般来说，女性对事物的看法和男性对事物的看法是不一样的。这个判断中不存在歧视。当然，我作为一个男性说这个话是不合适的，可能会有女性认为我有性别歧视。其实不是这样的。总体来说，女性更多地从情感角度思考问题，而男性则更多地从逻辑角度思考。所以这个逻辑如果是一位男性说的，你可以质疑，前面这么说，后面那么说，会有问题，是不对的。但作为一个女性说的话，没有问题。因为情感的倾向不同，情感附着色彩不一样，所以就会不一样。这个事在她看来完全没有问题。

这当然是浅层的一个问题了，深层的是什么呢？就是这一场《荆钗记》演《男祭》，实际上有"戏谶"的功能。这个"戏谶"从哪来呢？我们再往前考点。

前面元春归省的时候，演了四出被脂砚斋称为"大过节""大关键"的戏，贵妃非常喜欢，说："龄官极好，再作两出戏，不拘那两出就是了。""贾蔷忙答应了，因命龄官作《游园》《惊梦》"，因为《游园》《惊梦》是龄官的拿手好戏，但是她竟执意不作，定要作《相约》《相骂》两出。——在第十七至十八回这个故事又直接贯穿到第三十六回，第三十六回里面，贾宝玉跑去找龄官让她唱"袅晴丝"，她不唱，说："前儿娘娘传进我们去，我还没有唱呢。"大家有没有发现这个龄官很傲啊，前面归省的时候她就不唱；后面隔了十几回了，把她专门叫进宫去让她唱，她还不唱。她是什么意思呢，是专门和贾元春作对吗？不是。其实，这个情节中藏着秘密。这个秘密就藏在她非要唱的戏上。她非要唱《相约》《相骂》，《相约》《相骂》是什么呢？是《钗钏记》里的两出。《钗钏记》里皇甫吟和史碧桃的故事，其实跟这个王十朋和钱玉莲的故事很像。这两部戏都跟男女感情有关，中间都经历很多波折，又都有男性的家庭不同意婚事等这样的事情。这几个事情都辐辏到林黛玉和贾宝玉的婚事上。那么这个辐辏，具体到《荆钗记》上，其实还有一个情节。在抄检大观园前，把十二个伶官解散，解散之后有一个伶官在那儿偷偷地祭祀。就是第五十八回的"杏子阴假凤泣虚凰"。我们把那一回有关的部分读一下，就能看出和这个故事的关系了。

藕官在那儿给菂官烧纸钱，婆子大骂，然后宝玉来保护她。宝玉保护完，就把藕官领回来，问她到底为谁烧纸，要是怎么怎么样……藕官就让芳官跟他都说了。说了之后在这一回的最后，宝玉有一段话，他让芳官去告诉藕官说："以后断不可烧纸钱。这纸钱原是后人异端，不是孔子的遗训。以后逢时按节，只备一个炉，到日随便焚香，一心诚虔，就可感格了。愚人原不知，无论神佛死人，必要分出等例，各式各例的。殊不知只一'诚心'二字为主。即值仓皇流离之日，虽连香亦无，随便有土有草，只以洁净，便可为祭，不独死者享祭，便是神鬼也来享的。你瞧瞧我那案上，只设一炉，不论日期，时常焚香。他们皆不知原故，我心里却各有所因。随便有清茶便供一钟茶，有新水就供一盏水，或有鲜花，或有鲜果，甚至荤羹腥菜，只要心诚意洁，便是佛也都可来享，所以说，只在敬不在虚名。以后快命他不可再烧纸。"这段话中"即值仓皇流离之日，虽连香亦无"跟问题中的《钗钏记·男祭》是能够联系起来解读的，也就是说偏偏让林黛玉在这儿说出这番话。虽然情感的问题是排他的，林黛玉对所有的威胁都会做出反应，但是在这个情节里有一点不太合适。为什么不太合适？因为金钏的死是一个大悲剧，也是宝玉心中的一个隐痛。林黛玉在这个意义上应该是能够同情宝玉的，她不应该拿这个事情开玩笑。拿这个事情开玩笑，我们普通读者也会觉得有点儿过分。所以这个情节作者"硬"让黛玉说这么一段促狭的话，我个人认为是更多地出于预示的目的，而不是表现人物性格的目的。我自己曾写过一篇文章讨论黛玉最后的结局，也是用这段情节作为一个例子。黛玉最后应该也像钱玉莲一样，是投水自尽的。而"值仓皇流离之日"是宝玉的一句谶语。在《好了歌解》的"金满箱，银满箱，展眼乞丐人皆谤"的后面，脂砚斋批语说："甄玉、贾玉一干人。"也就是宝玉后来曾经变成乞丐——就是所谓的"仓皇流离之日"。但是那个时候，黛玉又投水自尽了，他要去祭祀黛玉怎么办？其实就是他自己说的，"虽连香亦无，随便有土有草，只以洁净，便可为祭"。但问题是土和草怎么会洁净呢？其实是人的心"净"就行，所以这可能是对后来结局的一个预示。

十二、宝玉的婚事真的不看门第吗？——贾母对黛玉的态度

问：在第二十八回和第二十九回里，我对贾母的一些行为不太理解。第二十八回对于元春赐礼的事贾母装聋作哑。第二十九回贾家到清虚观看戏，张道士谈到宝玉的婚事的时候，说有个女孩非常聪明、有智慧，家境也比较殷实，根基比较厚，许配给宝玉比较好，贾母说不管根基，只要她模样长得好就行了。这是什么意思呢？

这其实也是学界很多人讨论的一个话题。我们先说前面传的礼物。元春从宫中赏赐的礼物，宝玉和宝钗是同等的，别人跟他们都不一样。这个故事作者绝对不是随便写的，因为剧中人也很尴尬，不是随便写了一下剧中人也无感的那种。在剧中，连宝玉也觉得很奇怪，他笑道："这是怎么个原故？怎么林姑娘的倒不同我的一样，倒是宝姐姐的同我一样。别是传错了罢？"从这几句话就知道，以前他的和林黛玉的是一样的。因为元妃肯定不是那一年忽然想起来要赏赐，以前从来不赏赐。即便元妃想不起来，宫里的小太监、小丫鬟肯定也会记着这个事，所以宝玉才怀疑是传错了。袭人说："昨儿拿出来，都是一份一份的写着签子，怎么就错了！"有的探佚学者认为"别是传错了吧"这句话，就像宝玉说的

"太太被金刚、菩萨支使糊涂了"的话一样，是一个谶语。元妃到底中意谁，说到这里就复杂了，我们把它稍微掰开一点。

贾宝玉到底娶姐姐还是娶妹妹这个话题，有发言权的人是王夫人，甚至贾政都不在其列，因为贾政虽然有发言权，但是一般来说古代的男人是外向的，而家里的事一般都是女性来管。而且，贾政不太愿意管这件事，因为小说里面写过几次，提到贾宝玉的婚姻大事，贾政都不太愿意讨论。从两个方面来讲，王夫人都应该选薛宝钗，一是她跟薛宝钗的关系在那儿放着，二是她更喜欢薛宝钗那样的人，她也更需要一个薛宝钗那样的人，因为王熙凤她可能未必愿意再用，后面到了七十多回，我们看到她已经开始想要架空王熙凤。另外她恰恰又不喜欢林黛玉，我们从各个逻辑都能感受得到，尤其是通过她对晴雯的说法可以看出来。因为脂批里面说得很清楚，晴雯是林黛玉的影子，就是照着林黛玉去写的，王夫人不喜欢晴雯明显是不喜欢林黛玉的一个影射，而且她自己还不小心把真话说出来了。前文我们在"宝玉的婚事由谁做主？"一节中提到过，那个话说得很难听，可能隐藏在她心中很久了。两个因素叠加，她肯定还是想选择薛宝钗。

这个事情按理已经没什么可说的了，但是问题的复杂就在于王夫人头上还有一个老太太。这个老太太不能直接起作用，但不能直接起作用不代表她没有作用，这是两个概念。这有点儿像一个单位的主要领导，下面有个细节的事他不管，这个细节是由主管部门去管，领导不去直接提出意见，他要直接提出意见也算是越权，因为应该先让主管部门去做，实在做不了再汇报给他，他再插手。但是如果领导对这个事情很在意，他能不能提出意见呢？当然可以，就看领导的策略如何了，他可以用复杂的方式去影响这个事情的判断和走向。贾母能不能聪明地施加这样的影响力呢？这个问题非常复杂，贾母可以通过贾政去施加影响，也可以通过王夫人，当然还可以通过元妃。通过元妃去施加更合适，因为对于整个中国古代的政治格局和文化格局来讲，掌握一个家庭最高权力的当然是父母，但问题是一个国家是一个大家，由国家的上层发布的命令一定会突破下层的命令，这也是很多才子佳人小说在结尾总是要由皇帝下旨完婚的原因，所以元妃在这个事情上一定有她巨大的影响力。书的前半部分反复地润色过元妃的影响力，那后来到底是王夫人给元妃施加了更大的影响力，还是贾母施加了更大的影响力，我们不知道，因为后四十回我们看不到了。但是根据前面的推测，应该是贾母施加了影响，所以元妃应该是从宫中赐旨，这是很多探佚学者专门写文章讨论过的。元妃赐旨让林黛玉和贾宝玉完婚，这道旨意如果真的传出来，贾府是不能违抗的，因为元妃的旨意不是贾政和王夫人女儿的建议而是妃子的旨意，他们之间这种等级差别非常大，从元妃省亲的时候贾政的表现就可以看出来。但是，要是元妃的旨意得到执行，《红楼梦》就没有我们所说的悲剧了，木石前盟就成功了，所以很多红学家推测这个旨意在传输的过程中传错了，前面宝玉说过"别是传错了吧？"是一个谶语。因为传错本身是很难发生的事情，作者不能在关键的情节里面就用一个传错来表示，所以前面要做铺垫，要告诉读者传错是有可能的。吃错药也是这样，需要在前面铺垫有吃错药的可能，后面才会用吃错药来给一个重要的主人公安排命运。所以，端午赐礼这个情节可能有它复杂的用意，一方面在木石前盟和金玉良缘里面去挑事，本来宝黛的发展这段时间还行，还没怎么吵架，结果这个事情一出来立刻就吵架了。贾宝玉心里总觉得林黛玉肯定会多想，林黛玉觉得她本来没多想宝玉偏要认为她多想，那就证明他认为她小气。男性和女性的这种争论不只是在贾宝玉和林黛玉之间，其实直到现在每个男性和女性之间都会发生，通常男性会怕女性多心然后小心翼翼，女性就觉得自己本来不多心，他偏偏想她多心，那就说明他对她不放心，那她就要生气，好像是被男性逼着生气了。男性如果不认为她多心，她会觉得他根本不考虑她的感受。男性和女性想问题的出发点不一样，所以总会导致很多的问题，在《红楼梦》里就成为这么一个局面，有这个功能，但更多的是一种谶语的功能。

另外一个问题就是第二十九回关于清虚观的事，张道士说要介绍一个女孩子，然后贾母就说了一席话。试想，如果你是贾母，你怎么办？你去把王夫人找来说"我更喜欢我外孙女"吗？这是非常不合适的，因为这样显然是以势位压服别人，可能会适得其反，而且贾母也不可能永远控制这桩婚事，因为即便林黛玉嫁给贾宝玉，她婚后的幸福还是要取决于王夫人。贾母也不会这么傻，她这么一大把年纪，在这么一个复杂的宗族里生活这么久，一定会善于施加影响力，这就是一例。王熙凤曾打趣黛玉"喝了我们家的茶，怎么还不给我们家做媳妇"，那个话一定是她感受到了贾母的影响力。贾母在这里也是这样，她就是要告诉王夫人，告诉贾政，她的选择是谁。她说家底不管，穷富什么都不管，这个都是照着林黛玉说的，"只要模样儿好"，他们这种人家还在意家底吗，有钱没钱无所谓。大家想一想，贾府会娶一个没钱没地位的人吗？按一般的逻辑是不会。我们受现在的婚姻观影响太深，没有注意到，中国古代婚姻一定是社会关系的结合。别说古代了，我们现在在某种程度上也是，只不过会用感情作为一个中介，不会像古代一样把感情完全抛开。但是即便如此，婚姻的根本元素依然还是社会地位。我们看电影，经常看到一个公主遇到一个乞丐，然后就喜欢上了乞丐，不顾一切地去结婚，然后二人幸福地生活在一起直至白头，那是童话。一个公主和一个乞丐永远不可能有爱情，不是说她看不起乞丐，不是说乞丐没有钱所以她不喜欢他，而是他们根本就没办法对话，他们的三观就不同，谈任何问题都会吵起来。感情是要有基础的，你和喜欢的人在一起说话，总是在印证自己，那个时候你的感情才会越来越强烈。要是总是在反对自己，怎么可能维持感情呢？你要印证自己是对的。为什么每个人都这么需要异性对自己的情感？因为我们首先需要异性肯定我们生命的价值和意义。爱情的本质就在这里，所以我们经常会看到两个谈恋爱的人，女性忽然说三观不同要分手，男性就觉得活着没意思了。我们事外的人都会觉得这个人的选择太激烈了，太过分了，为什么不明白"天涯何处无芳草"呢？但是那个人就是转不过这个弯来，就是因为他把自己对自己生命的评价全都寄托在这个女性身上。她喜欢他，他的生命就有价值；她不喜欢他，他的生命就没有价值。所以，可以想象，一个公主和一个乞丐怎么可能互相去承认对方生命的价值呢？我们之所以喜欢另一个人，更多的意义上在于自己虚拟的这个人的形象，他确定了我们的生命的价值。

在这个逻辑上，我们再回来看贾母这些话就有意思了。贾母这个话是故意说的，因为这不符合一般的惯例。她是在向人宣告，因为这个话说完之后，别人再去做决定的时候，再去推动这个事情的时候，就要顾虑到作为贾府老祖宗的她，她是有态度的、有倾向的，不能随便忤逆她的倾向。这个倾向明确地指向林黛玉，因为她说不要根基，林黛玉现在什么根基都没有；她是个孤女，第三回叫"林黛玉抛父进京都"，这是脂砚斋本的回目，程本的回目叫"荣国府收养林黛玉"，"收养"两个字非常刺目、扎心，但是是真的。因为林黛玉现在一个亲戚都没有，一分钱都没有，如果贾府对她好，那她就是小姐；贾府对她不好，她立刻就变成孤女，什么都没有。所以后来林黛玉做过一个梦，我们前面也提过，大家仔细体察一下，那个梦其实很悲凉。林黛玉所赖以凭据的，一是贾宝玉对她的感情，二是贾母对她的亲情，所以在梦里贾宝玉不理她之后，她就哭诉给贾母，贾母却很冷漠，不管她，让她找别人哭去。那时候黛玉的所有凭据都没有了，因为她在这里"唯二"的依凭，这两个人都抛弃她了，你可以想象那个梦林黛玉做得是多么凄惶。把这些联系在一起考虑，就会知道对张道士的一番话是贾母一个非常聪明的暗示，她在后面还有很多暗示，包括后面说的"不是冤家不聚头"，借宝黛二人吵架把它说出来了。

十三、主角薛宝钗为什么不是正面出场？——"金玉良缘"的世俗力量

　　问：金陵十二钗中，大多数人都是正面出场，但薛宝钗的出场却是由她的哥哥薛蟠的命案引出来的，为什么会这样设计？

　　这个问题非常好，体现出读书的细致与思维的缜密。中国古典小说都非常注重人物的出场，《红楼梦》更是如此，其主要人物的出场一定是作者精心安排的、比较隆重的，不管是贾宝玉还是王熙凤，甚至包括秦可卿、史湘云这些人都是。那么"宝黛钗"三个人，为什么会有这么巨大的区别？这个问题可能很难有确切的答案，我只是说一下我的看法。

　　在《红楼梦》的表层线索里，最主要的就是"木石前盟"和"金玉良缘"。"金玉良缘"对于"木石前盟"的侵袭来自金钱的势力。贾宝玉和林黛玉一直在坚持他们朴素的、自认为牢不可破的"木石前盟"，但"木石前盟"一直在被"金玉良缘"侵蚀。对贾宝玉来说，我们能感到他对于薛宝钗肯定是很喜欢的，但是他也知道自己是"无分"的，这本身就表明了他对和林黛玉之间"木石前盟"的坚定态度。但是对于整个贾府来说，他们急需一个有钱财的儿媳妇。所以选"钗"还是选"黛"，他们不会考虑贾宝玉

到底喜欢谁、和谁的性格相投，他们考虑的关键还是经济的问题。

"金玉良缘"，为什么叫"金玉"？两者都代表了金钱、世故，所以是一种金钱势力的干扰。我个人觉得，薛宝钗的出场如果一定要考虑作者的用意的话，那就很可能是要表现金玉良缘的干扰。在冯渊的命案之中，薛蟠和冯渊之间地位的不平等主要就是取决于金钱。薛蟠和冯渊两个人抢一个小丫头，抢不过了，就指使一帮人去把冯渊打死，然后走人了。他凭仗的是什么？就是金钱。所以把薛宝钗的出场放在这个命案里面，作者很可能有这个方面的考虑。当然这或许有一点儿求之过深，但似乎也能说得通。

当然，对此的解读，也可以考虑第四回"葫芦僧乱判葫芦案"在《红楼梦》中的结构意义。作者希望在宝黛钗等人进入贾府之前，也就是自己把笔墨全部集中在贾府里面的少男少女之前，先给贾府一个外围的大样，所以才会借这个案子提出"四大家族"，并通过案子的结果做一次概览。因此，这就必须放在宝钗入贾府之前，若这样考虑，这就是一个技术性的手段。

十四、对金钏的态度说明了什么？——如何看待宝钗

问：如何看待宝钗？

这个问题听起来很简单，但实际上是一个非常难讨论的问题，也是红学史上的永恒话题。

阅读《红楼梦》的读者里边不乏拥钗的和拥黛的，这两党互相之间争得不亦乐乎。我曾经有一学期给大四的本科生开《红楼梦》的选修课，在讲薛宝钗的时候，有很多同学来跟我商榷。其中一个同学和我反复地沟通了很久，我都没有把她说服，她就是非常不喜欢宝钗，一直觉得宝钗从头到尾就是一个虚伪的、城府很深的角色。我从道理上也能说服她，但她还是说"反正我在生活中肯定不愿意跟这样的人打交道，一个人在我跟前说话遮遮掩掩的，而且想的太多，我就不喜欢这样的人"。我说你可以不喜欢这样的人，也没有让你喜欢宝钗，因为任何一个作品，别说作品里的人物了，就包括作品本身也不是一定要让你喜欢的。你喜欢的作品未必是好作品。我相信大家能理解这一点。你不喜欢的或者说你谈不上很喜欢的作品，比如《阿 Q 正传》，或者《药》《孔乙己》，甚至包括《狂人日记》这样的小说，看起来很凌乱，让人觉得很压抑，但是你不能说它们是不好的作品。真、善、美几个

观念未必是完全统一的，虽然从哲学上讲我们希望它们最终是统一的，但实际上并不可能。因为善和美是人类规定的观念，这两个观念在自然界是不存在的，而真是自然界的一个观念。我们既希望真又希望善又希望美，那是不可能的。我们在阅读作品的时候也能体察到这样的差别，在有些特殊情况下，它会是一个撕裂。对于薛宝钗，你可以不喜欢她，因为人和人不一样，每个人的秉性不同。我们甚至可以拿薛宝钗和林黛玉来做一个试金石，来判断一个人的秉性。

从这一点上讲，可能就要说点儿林黛玉的坏话了。一个人的社会化程度高，他接受薛宝钗的程度就会高；一个人的社会化程度低，他接受林黛玉的程度就会高。也就是说，一个人的自我化倾向更浓的话，他就更倾向于接受林黛玉。从这个意义上讲，其实林黛玉的形象反倒是不妥的。在我个人看来，教育的最大意义就是让一个人成功地社会化。无论你认为社会化是好还是不好，人都必须社会化，因为人组成了社会就必须要按照社会的准则去做。当然，如果你在社会化的过程中，觉得社会化有一些方面不好，你可以运用你的力量去改变它。改变很难，但难不代表我们不做，完全顺从社会也不对。所有人都完全顺从社会，那所有人都是社会的牺牲品。社会不是一个实体，不是上帝摆下来一个框架放在这儿，让人钻进去的。社会就是他人，就是别的人，别的人形成了我们的社会。所以如果我们社会里的每一个人都觉得一个事情不对，每个人都把它往好的方向去改变，它就会改变。反之，如果每个人都认为这个事情是整个社会的问题，个人改变不了，它就不会改变。从这个角度来看，其实薛宝钗是非常了不起的一个形象，是社会化非常成功的一个形象。

曹雪芹在《红楼梦》里面塑造了两种极致的美：一种极致的美是属于自我的，所以我们每一个人在品味《红楼梦》的时候，可能都会喜欢林黛玉，因为你面向的是自己的内心。这个时候很容易去喜欢林黛玉，因为她尊重自己的内心，我们每个人在她对于自我的尊重上，看到了对个人生命意义的肯定。这是她的价值。但是如果把解读角度开阔到整个社会层面，我们要给予薛宝钗足够的尊重。在有关薛宝钗的情节里面，有很多是被误解的，比如很多人指责薛宝钗，说金钏儿死了，金钏儿一个鲜活的生命都失去了，宝钗还说她可能是在井边玩，不小心掉下去的；即便她不是失足掉下去的，投井也算是糊涂，说姨娘也不用为她太过伤心。有很多人从阶级分析的角度去理解，说这就是统治阶层对于下层民众生命的漠视。其实也有同学这样想，我就问他："如果你是王夫人，你这个时候是一种什么心态？"因为金钏儿已经死了。我们每一个人都要面对问题，很多事情已经发生了，很多人不愿意面对现实，光想它如果没有发生多好，其实这样想没有任何意义。我们多次讨论过王夫人的各种缺点，但实际上仔细去看，在整个《红楼梦》里面王夫人的优点也很突出。王夫人是一个心肠很善良的人，或者说她认为自己是一个心肠很善良的人。后面这一个补充也很重要，自己认为自己心肠很善良的人，往往也确实很善良。因为她自己做任何事情的时候，都会让自己的选择去倾向于善良，去符合她自己对自己的认定。至于她内心深处到底善不善良，这个暂且不谈，因为中国传统文化向来不去考虑这种诛心之论，我们是听其言观其行的，行更重要。因为每个人心里怎么想的，说实话，别说旁观者，就是每个人自己都不是很清楚。我觉得小说的好处就在这儿，小说有些情节就像实验室一样，把一个人放到一个平常不可能的冲突里面去让他做选择。鲁迅先生评价陀思妥耶夫斯基的时候说，他把他的作品中的人放在道德的法庭上去审判，一定要拷问出他心中的黑暗来，但是这还不算完，他还要继续往下去拷问，要拷问出他黑暗底下的洁白。这个话说得是非常有分量的。其实有很多优秀的小说都是这样的，他要把一个人放到一个极端的环境中去让他做选择。在这种选择下我们才能看出一个人的真面目。当然，未必是特别成功的小说，比如一些表现抗日战争、解放战争的很普通的小说中，有很多人平常看起来像正人君子，但是一被拷打立刻变成汉奸了；而有些人平常总是嘻嘻哈哈的，看着不怎么样，但是最后都经受住了考验。人是很难去事先判定的。所以对于王夫人，我们也一定要有比较合理的解读，虽然她有很多负面的东西。为什么说她负面？那是角色规定的，不是这个人本身是这样。我们之所以讨论王夫人这个人，是因为在整个《红楼梦》的核心线索，亦即贾宝玉到底是娶薛宝钗还是娶林黛玉这个问题上，她是最核心的人物。从某种意义上讲，木石前盟的毁灭是由她执行的。对于《红楼梦》迷来讲，她当然是罪魁祸首，但是她确实是一个非常善良的人，怜老惜贫，对待下人非常宽厚。我们很少看到王夫人对下人暴怒，金钏儿这次几乎是唯一的例外。甚至到后面抄检大观园，她都不去很严厉地批评丫鬟。实际上我们大家也知道，抄检大观园是王善保家的"拿了鸡毛当令箭"，去狐假虎威地到处作威作福，不是王夫人去做的。

所以在这个时候，金钏儿的死其实也不是王夫人的想法。王夫人在那个时候没睡着，听见了金钏儿的话。那实际上是金钏儿和宝玉之间经常说的话，我们能够听得出来，他们经常这样开玩笑。就好像我们现在的年轻人之间说的一些话，可能也未必敢让父母听到，因为现在有些网络词语其实是很低俗的，但是我们说惯了也把它们低俗的意义给泯灭掉了，如果拿那些词语去和父母交流，他们肯定会觉得这孩子堕落了、坏了、无可救药了。语言有社会体系的问题，有小集团的问题，所以宝玉和金钏儿说的本来就是不要王夫人听到的。比如，学生们私下里有时候评价某些老师，其实也是不要老师听到的，他们在私下评价的时候说的也未必完全是真心话。这都无所谓的。只要在私下评价的时候，不让对方听到就好了，他听到就是另外一回事了。中国古人特别注意这一点，叫非礼勿视、非礼勿听、非礼勿言，就是不要传，有些话一传就坏了，甲跟乙说的话乙传给丙了就成了坏话了，本来这个话没有什么大不了的。甲是跟乙说的，对丙来说本来没有意义，甲虽然说的是丙的事，但是甲跟乙说的时候未必是真心的。所以乙也不要以为甲说不太喜欢跟丙打交道，然后就告诉丙，说甲跟他说不太喜欢跟丙打交道，因为实际上甲可能是不想跟乙打交道。因为人说话有非常复杂的层面，只要不去互传，很多事情就消失了。所以中国古代的君子为什么要配个玉呢？就是因为玉是有声响的，他走路的时候叮当作响。他希望每一个人在说不想让他听到的话的时候，要听到他来了，就不要说了，不要无意中让他听到，因为他听到那些话也是不礼貌的。非礼勿听，他不要听到那些话。其实不听到是没有关系的。

王夫人好像睡着了，这两个人以为她睡着了，就按他们习惯的方式来说话。为什么说这是他们平常说话的习惯呢？其实作品在第二十三回就有铺垫，当时贾政叫宝玉，宝玉来到门前，"金钏儿、彩云、彩霞、绣鸾、绣凤等众丫鬟都在廊檐底下站着呢，一见宝玉来，都抿着嘴笑。金钏一把拉住宝玉，悄悄的笑道：'我这嘴上是才擦的香浸胭脂，你这会子可吃不吃了？'彩云一把推开金钏，笑道：'人家正心里不自在，你还奚落他。趁这会子喜欢，快进去罢。'"而在第三十回里，金钏正在给王夫人捶腿，宝玉来"纠缠"，或许是金钏有预感，我们能感觉到，在应付宝玉时，金钏是想让宝玉离开的，但宝玉"恋恋不舍"，甚至"（宝玉）说：'我明日和太太讨你，咱们在一处罢。'金钏儿不答。宝玉又道：'不然，等太太醒了我就讨。'"金钏可能想让宝玉赶快走，也让自己离开危险境地，所以说"我倒告诉你个巧宗儿，你往东小院子里拿环哥儿同彩云去"，没想到，没把宝玉支走，倒把王夫人的火挑起来了。其实，王夫人完全不明白宝玉与金钏儿说话的真正含义，她是按照字面的意思，把这些话向成人的、世俗化的方式去理解了。于是，她骂了两句很难听的话，说要撵出去。对于金钏儿来说，被撵出去是她最恐惧的一个结局，因为被撵出去的丫鬟名声也不好。中国古代社会体系跟我们现在还不一样，古代是一个社会性毛细血管组建与延伸得非常充分的社会，虽然没有互联网和身份证识别系统，但一个人只要名声坏了就完了。所以金钏儿对此很绝望，她思来想去，没有别的办法，只能投井自杀。回想起她对宝玉说的"金簪子掉在井里头，有你的只是有你的"的话，本来的意思是用前半句比喻来说后半句的意思，但是后来看，却像是为自己说了一句谶语。

这个时候仔细去想王夫人的感觉，她其实是很痛悔的，她前边确实在盛怒之下，说得狠了一些，但她也不愿意发生这样的事。这个时候，要面对现实，接下来该怎么做？如果王夫人是你的母亲，你会怎么做？我们现在是把王夫人当王夫人了，我们觉得她最好忏悔一辈子。但如果是你的母亲，你可能不会这么想。你可能会想尽量让她心里少一点儿内疚感。因为内疚感，是对自己折磨最强烈的一种情感。薛宝钗其实做得非常好，她并没有完全泯灭事实。我们读者知道事实，但是薛宝钗、王夫人她们知道事实吗？她们不知道我们知道的事实。所以薛宝钗刚开始做出的推测也是合理的，说"据我看来，他并不是赌气投井。多半他下去住着，或是在井跟前憨顽，失了脚掉下去的。他在上头拘束惯了，这一出去，自然要到各处去顽顽逛逛，岂有这样大气的理！"是有这种可能，虽然这种可能性不大，但是薛宝钗并没有昧着良心说话。她接下来说，"纵然有这样大气，也不过是个糊涂人，也不为可惜"，其实是很有道理的。

举个例子，现在有个人被骂了几句难听的话，他出去就自杀了。这个时候怎么办？这算是谁的罪？我们现在的法律应该怎么判？毕竟每个人的选择都要自己负责。金钏儿跳井这个事情，虽然金钏儿死了，这一点我们都很痛心，但是谁的责任更大呢？每个人都需要面对既定事实做出选择。金钏儿完全可以做出别的选择来，她完全可以等到王夫人怒气熄了之后再进来，因为贾府也有这样的先例，王夫人后面也是这样说的。王夫人这样说，我们暂且不管她的潜台词。很多人认为她这只是事后的补救之词，但是以王夫人的心态确实会是这样的，前面袭人曾经提到有很多丫鬟，贾府不要赎身价就放出去了。贾府是一个很善良的府邸，所以应该不会赶尽杀绝。所以，这件事情不能完全把责任放在王夫人身上。而这时，薛宝钗的做法其实是非常得体的，接下来她知道王夫人来不及给金钏儿做入殓的衣服，还愿意把自己做的几身新衣服给金钏儿穿，王夫人很感动，因为一般人都会觉得忌讳。自己做衣服，自己没穿去给死人穿，这是很忌讳的，但是薛宝钗都不在乎，她是一个社会化程度很高的人，批评她从某种意义上讲就是在批评社会化。虽然那个时候是封建社会的社会化，但问题是：在封建社会你能要求共产主义的社会化吗？那是不可能的。在那个时候达到那个时候的社会化就很好，我们现在就要达到我们现在的社会化。也许几百年、几千年以后的人看见我们现在的某些事情，也觉得我们可笑，但是我们自己用心地按照我们当下的伦理逻辑规范自己了，我们觉得自己不可笑。如果我们是薛宝钗的话，我们知道几百年以后的人觉得我们很可笑，也会觉得很悲凉。因为不同社会的人，要对不同的社会负责，所以，对于薛宝钗的形象，我们还要充分地去认识。

十五、宝钗为什么不笑？——搞笑场景中的个性表现

问：刘姥姥二进大观园，几乎所有人的笑都写到了，唯独没有写薛宝钗笑，是为什么？

这是一个在没有问题的地方提出的好问题，非常好。我想把这个问题稍微往开拉一下，这个问题很有趣的地方在哪里呢？我们看整个中国古典小说，作者特别在意一个场景中每一个人的反应，这是一个特点，跟中国文化有关。中国文化本身就是一个人和人的关系的文化，所以它特别重视关系。比如，你做的一个事非常正确，但是未必受大家欢迎，那这样的事情在人们看来就是不正确的。正确与不正确取决于大家的认可程度，就是大家认为正确就正确，大家认为不正确就不正确，并不存在超验的正确。

甚至包括《三国演义》这样的书，里面谁说一句话，旁边站着的那些人都会表态。作者会把每个人的态度都表现出来，这个表态本身就会让细节更丰满。比如写张飞鞭打督邮的事情，是为了表现张飞的性格特点。因为这本来是刘备干的事，在《三国演义》里面就改成张飞干的了，为的就是表现张飞的性格。但是这个事情只表现张飞的性格，对于中国古人来说就浪费了一个资源。小说写刘备听见那么吵嚷，问人吵嚷什么，然后有个人来报说，

看见张将军绑着一个人在打。这写得非常好，他不说张将军绑的是谁，因为他远远地可能也看不真。他说完后刘备赶快去看，发现绑的是督邮。然后在这两个人对话的时候，旁边转出关羽，关羽就说荆棘丛中非栖鸾凤之所，应该杀掉督邮，然后弃官远走。这个话就表现出很典型的关羽的性格。关羽做事情不做就不做，做就做狠，做彻，做绝。也不留恋富贵了，这地方既然不能容纳我们，我们就走。因为督邮是小人物无所谓，一刀把他杀掉就完了。但是刘备就不同意，刘备觉得走就走，把他杀掉也没有意义，然后就把自己的官印绑在督邮的脖子上，训了他两句，说了点场面话就走了。

所以，对于一个情节，要每个人都表态，这个表态本身就能体现人的性格，《红楼梦》更是这样。那一场笑是《红楼梦》里面写笑写得最经典的。原书是这样写的："史湘云撑不住，一口饭都喷了出来；林黛玉笑岔了气，伏着桌子叫'嗳哟'；宝玉早滚到贾母怀里，贾母笑的搂着宝玉叫'心肝'；王夫人笑的用手指着凤姐儿，只说不出话来；薛姨妈也撑不住，口里茶喷了探春一裙子；探春手里的饭碗都合在迎春身上；惜春离了坐位，拉着他奶母叫揉一揉肠子。地下的无一个不弯腰屈背，也有躲出去蹲着笑去的，也有忍着笑上来替他姊妹换衣裳的，独有凤姐鸳鸯二人撑着，还只管让刘姥姥。"几乎每个人都写到了，除了王熙凤与鸳鸯两个谋划者之外，也都笑了，但却没有看到宝钗笑。

当然，可以考虑宝钗当时在不在座，但前文是说了的，"贾母带着宝玉、湘云、黛玉、宝钗一桌"，宝钗肯定是在的，作者却没有写她的反应。大家再想一想，薛宝钗会不会笑？肯定是要笑的。肯定要笑有两个原因，一个原因是这个事情本身也绷不住，实在是引人发笑；另外一个是她再能忍住，在大家都笑的时候她不笑，那反而是她没有城府的表现。大家都在笑，她怎么着也得从俗笑一笑。这两个逻辑就规定了她肯定是要笑的。

但既然她笑了，为什么没写她？这可能就是作者有意识的选择了。我反复讲作者写林黛玉和薛宝钗这两个人，不是为了让大家去分成钗党和黛党互相打架的。他写这两个人，实际上是写了曹雪芹心目中的两种美的极致。这两种美，一种是诗性的美，一种是现实的美。我们甚至可以俗一点来比喻，就好像白玫瑰与红玫瑰一样。这两种美在作品里面最后都归于毁灭，都在薄命司里边，作者要用美来控诉，所以他有意识地去强化两个人的性格，在林黛玉这里要强化她诗性的那一面，在薛宝钗这里就要强化她在当时的伦理判断标准下最贤淑的那一面。就像《三国演义》要去凸显刘备的仁德，就不能让刘备去打督邮。他打督邮就不对了，他就不仁德了，所以就改成张飞了。

那么在这里她肯定要笑的，但是作者不能写。他写的话，对他所塑造的形象有损伤。这一点，我们大家跳出这个问题，到原点上去考虑，可能更有收获。就是一个小说作品或者一种艺术叙事，他写什么和真实的表现，是两个层面的问题。比如，我们的生活中有一个人，他是一个老好人，但有时候他说了一句俏皮话。我们不会觉得违和，是正常的。但是小说里面一个很老实的人，他如果有一天说了很恶毒的话，我们就会觉得这里有问题。要么是作者写坏了，作者艺术功力不够；要么是作者有一些特殊的意思要表达。我们对小说里的每一个情节都会赋予意义，但是生活中我们不会赋予它意义，因为生活中有很多没有意义的东西放在那里。当然这个话有点过分，其实生活中什么都是有意义的，只不过这个意义没有那么直接。但是在艺术里边我们不这么认为，就是因为艺术是被剪裁过的，我们当然认为把一个情节放在里面，肯定是有意义的，没有意义的话不会放在里边。也正因为这个原因，所以在这里面就不写宝钗了。因为如果写她笑得很厉害的话，就违背了作者原来的逻辑。如果写她很稳重地笑的话，跟整个氛围还是不搭界。别人都笑得滚来滚去，只有她微微一笑很倾城，那还是不合拍，甚至会损伤当时的描写场面，所以干脆不写，把她避开了。

我们做一个不太恰当的比喻，就是一种镜头感。我们看电影、看电视，镜头让你看什么，你才能看到什么。我们每个看电影、看电视的人可能都投入了，都以为镜头就是我们的眼睛，我们往哪转它就看到哪了。但实际上不是，镜头不是你的眼睛，镜头是导演的眼睛，他想让你看什么就看什么。比如侦探片刚开始杀人的时候，它的镜头就一直照着凶手的脚。这从逻辑上是不对的，怎么可能你一直只能看到脚呢？有些聪明的导演不这样，聪明的导演会让目击者隔着门缝看。他没办法，他看不清楚，他被挡住了。或者一个车开过来，他只看到脚在车底下，车挡住是合逻辑的。但是有些侦探片，就确实是把镜头拉到他脚底下，一个很沉重的脚步声开了门，然后过去把一个人干掉之后走了。整个几十集的电视剧，就在找这双脚的主人是谁。这实际上是不合逻辑的，你只要看到脚，就肯定可以看到脸。我们之所以没意识到，就是因为有镜头感的问题。小说当然也有，就是作者要把什么放在镜头里边，他自己一定要有个调配，那么，宝钗的笑大概也是这个样子。

十六、元春的结局是怎样的？——判词、戏谶以及伶官的隐喻

问：元春的结局是什么？

这个问题虽然没有明确说，但我们知道，这问的自然是《红楼梦》原本元春的结局，因为现在的一百二十回本其实清清楚楚地写出了她的结局。

那么，《红楼梦》原本并未写完，或者说后四十回写了一部分书稿但没有流传下来，我们如何讨论她的结局呢？这就需要考查有关她的判词和她归省时演的戏。她的判词，画了一个弓箭和香橼。一般认为，弓是指后宫，香橼代表"元"春，所以，该诗指元春没有问题。但我个人不完全这么看，我认为弓不只指宫廷，应该也指弓箭，指战争的事情。而其中的"虎兕相逢大梦归"，是指两种政治势力的斗争。其实小说里提过，在第七十二回，王熙凤做了一个梦，梦见有个太监要一百匹锦，"又不是咱们家的娘娘。我就不肯给他，他就上来夺。正夺着，就醒了。"此处，如果没有特殊的原因，为什么要让王熙凤做这个梦？其实在这个时候，元春的命运已经很紧张了，灾祸迫在眉睫，她在宫廷政治斗争里一败涂地。只不过作者没有明确地写。贾府被抄家和元春的死亡有关，因为元春是贾府的政治依靠。至于斗争是怎么进行的，我们不知

道，要看后四十回才知道。两种政治势力的斗争和义忠亲王老千岁、北静王、南安王、忠顺王都有关系。这些王爷，有的和贾府关系好，有的和贾府关系不好。比如，忠顺王和贾府的关系明显不好，后面还派太监来勒索财物，前面为了蒋玉菡闹得像撕破脸一样。

这个细节，我们还可以再进一步考虑一些别的伏线。比如元春在归省的时候点了四部戏，这四部戏是任何办喜事的大家族都不可能点的。具体来说，第一部《豪宴》，是《一捧雪》里的一出，讲一个大家族因为一件事情彻底败落；第二部《乞巧》，讲杨玉环在马嵬坡被吊死，这是在元妃省亲的时候，面对一个妃子说另一个妃子被吊死了；第三部《仙缘》，《邯郸记》的最后一出，是黄粱梦的故事，一个人经历了一生的荣华富贵，结果发现是一场梦，而此时贾府正鲜花着锦、烈火烹油；第四出是《离魂》，《牡丹亭》里的一出，讲一个女孩子离魂了。此处脂批："《豪宴》伏贾府之败，《乞巧》伏元妃之死。"用《乞巧》伏元妃的死，意思是很清楚的，因为杨贵妃是被政治斗争逼死的，和战争有关。这一定和元妃的结局有关。如果没有安史之乱，杨玉环不会死。安史之乱爆发后，唐明皇带着文武百官和贵妃往西跑，在半路上军士哗变，认为安禄山叛变是被杨国忠所逼。但处死杨国忠后，六军仍然不发，因为他的亲人还在宫中。最后杨贵妃被赐死。

当然，还有一个角度，就是我自己一篇文章中提出的十二伶官的隐寓。龄官与元春无疑有着极密切的关系。我认为，十二伶官中的龄官与元春有对应关系。

首先，元春对龄官的喜欢就甚为奇怪，归省时赐礼嘉奖乃至于回护纵容。后文龄官又云："前儿娘娘传进我们去，我还没唱呢。"可见元春对其之赏识与爱护。

其次，元春归省时，演出了四出所谓"大过节、大关健"的戏，戏完后元春赐礼与龄官并赞其"极好"。可知，龄官一定在"伏元妃之死"的《乞巧》中饰演了象征元春的杨玉环。

最后，宝玉情悟一节中，贾蔷兴冲冲地为龄官买了一只会衔旗串戏台的"玉顶金豆"来，龄官却生气道："你们家把好好的人弄了来，关在这牢坑里学这个劳什子还不算，你这会子又弄个雀儿来，也偏生干这个。你分明是弄了他来打趣形容我们，还问我好不好。"下又云："那雀儿虽不如人，他也有个老雀儿在窝里"。而归省时元春亦"满眼垂泪"又"忍悲强笑"云："当日既送我到那不得见人的去处，好容易今日回家娘儿们一会，不说说笑笑，反倒哭起来。一会子我去了，又不知多早晚才来！"后又隔帘谓其父曰："田舍之家，虽齑盐布帛，终能聚天伦之乐；今虽富贵已极，骨肉各方，然终无意趣！"两相对读，同一笔墨，同一情怀。因为对于元春，我们只隐约看到一个背影，所以不是很了解她是一个什么样的人，但在省亲的时候，大概能感觉到她也不是一个心机很深、很懂得权谋和斗争的人，应该也和贾府其他小姐类似，有才华，但是也很纯粹。当然，她说的"不得见人"，不是说真的见不到人，这个"人"有特指的意思，就是亲人。就她一个人孤零零地到皇宫里去，天天见的是一些丫鬟和太监，见不到亲人。好不容易回到家里见到亲人了，就不要再论那些俗礼了，还不如拉拉家常，赶快说点儿体己的话。从这个话里我们可以看出，元春其实也是一个有诗性成分的人，不是特别懂得政治斗争，也正因为如此，她的失势也是必然的。

大家要小心，有红学家专门写过文章探讨这个话题。元春说的那句话，在当代有些出版社的本子里是"见不得人的去处"，那是错的，因为主要的版本都是"不得见人的去处"。有人据此认为元春对于封建王朝，尤其是对于糜烂的皇宫是有反感的，因为她说把她送到"见不得人的去处"，意思是说那个地方太坏了，都见不得人。当然，这个说法也吻合我们近百年来对《红楼梦》的看法，所以大行其道，很多红学家在文章里都会有意无意地用它来做一个证明。但仔细去看原文，是"不得见人的去处"，"不得见人"就是见不着人，就这么简单，没有太明确的批判的锋芒。

元春的判词里说的"虎兕相逢"到底是什么意思？学术界有不同看法。我个人倾向于这么一个看法，就是虎和兕是两种政治势力的隐喻，因为兕指的是犀牛是猛兽，虎也是猛兽，那么"虎兕相逢大梦归"指两种政治势力的斗争后来把她卷进去了，之后她就被牺牲掉了。她如果是一个政治城府很深的人，应该不至于这样。

可能恰恰因为她不是，所以才失势。当然也有人认为是"虎兔相逢"，虎和兔不太能够成为两种政治势力的隐喻。所以有人认为虎、兔是指年月的纪年纪月。这个说法好像也有道理，因为虎、兔恰好都是十二生肖之一，但是也有问题，就是整个《红楼梦》里其实不太去注明天干地支。书里故意说地域邦国失落无考，年代也不可考。作者说得很清楚了，他这个小说就是不要地域邦国，不要年代，不能让人坐实了时代，为此，他在里面提到的很多官职都是虚构的，比如秦可卿死封龙禁尉，龙禁尉是给贾蓉捐的官，但其实当时没有龙禁尉这样的官。那么，可以想象，小说也不会用一个确切的干支纪年来表示时间。所以在续书的四十回里面有一个干支纪年出现就很奇特，因为在前八十回里是没有的。所以非得把"虎兔相逢"归到虎年的兔月，是很难服人的。当然也有人认为虎兔相逢是指一种政治势力和一种后宫的势力。兔经常会被作为太阴的化身，我们知道月亮的化身是兔。如果把皇帝看作太阳，是乾和坤关系中的乾的话，那么坤就是太阴，就是兔了。兔指后宫，在古代的各种典故使用里是有过的。可能她和某一个太妃有过节，因为她不懂得去讨好，然后又纠缠在那里边，总而言之她会被牺牲掉。

这都可看出龄官对元春的隐寓作用。但龄官在被遣散时随了干娘出去，再无音讯了。从大结构虽可看到元春悲惨终局的一丝暗示，但仍无法勾勒轮廓。而《乞巧》这出戏却为元春后事找到了脉络。脂批已指出其"伏元妃之死"，而元春的影子龄官又在其中扮演了杨玉环。所以，这个戏谶便可为凭据。

据此可知，元春有类似杨玉环的失宠之事。周汝昌先生曾说："元春只是一个出色的才女……这样的人，不是擅长争宠斗智的能手，其日久失利，是必然之势。"这是极有见地的话。而且，还可以再补充两点。第一，元春是一个极重感情的人。归省时流露出其天性中的淳朴之情便已显示她不是名利场中的人物。第二，元春是一个崇尚朴素、节俭的才女。她把皇宫比作"不得见人的去处"，不但折射了皇宫腐朽堕落、勾心斗角的现实，也表现了她的诗人内蕴。她对大观园诸景评云："此中潇湘馆、蘅芜苑二处，我所极爱"，又可见其朴素而又高洁的心灵世界及其与钗黛仿佛的灵秀气质。她的失宠是必然的，而且，她连杨玉环"乞巧"小技也不令或不屑使用。所以，失宠之后，她还可能如杨玉环一样，充当了政治斗争的牺牲品。

十七、探春的结局是什么？——对远嫁的推测

问：探春的结局是什么？

探春的判词里写得很清楚："才自精明志自高，生于末世运偏消。清明涕送江边望，千里东风一梦遥。""清明"和放风筝，都做了很强的暗示。小说里也写过放风筝，两个风筝放着放着扭到一起，还出现了大红喜字。到了第六十三回"寿怡红群芳开夜宴"重新做了描摹，大家抽签，探春抽的是"日边红杏倚云栽"，注"得此签者，必得贵婿"。探春一看脸就红了，把签子扔在地上，还说"这东西不好，不该行这令。这原是外头男人们行的令，许多混话在上头"。我们知道，古代的大家闺秀是不可以谈自己的婚姻的，不可以评述，那是非礼的。这话是谶语。探春又远嫁，又是王妃，学界认为她只能是和番远嫁。

《红楼梦》中的南安府并不起眼，与贾府也无深交。但贾母生日时，南安太妃却忽然要请贾府众小姐一见，而贾母也特别关照凤姐"再只叫你三妹妹陪着来罢"。这是绝无仅有的一次特例。以往此种会面均只叫薛林二冠罢了。而更奇怪的是南安太妃见了后"因一手拉着探春，一手拉着宝钗，问几岁了，又连声夸赞。因又松了他两个，又拉着黛玉宝琴，也着实细看，极夸一回"。这里，

探春不仅得与薛林并列，而且还占了首位，显然已为主角，在情理和艺术表现上均不合理。而后文赐礼，南安太妃也成了主角，北静王妃反而成了配角。这都证明了探春的结局似乎与南安王府有关。

1987年版的电视剧《红楼梦》写到南安郡王在西海沿子兵败遭俘，南安太妃强认探春为义女，迫其和番远嫁。而周汝昌先生则认为在荣宁岌岌可危时，南安太妃与北静王妃想出一主意来挽救，此时探春挺身而出，牺牲自己代郡主和番远嫁，以求"各自保平安"。前者照应了有关"叛乱"的暗示，并使其远嫁具有了政治含义，但泯灭了探春的艺术个性，情节发展亦嫌生硬；后者照应了"敏探春"的发展趋势，强化了其个性色彩，但有些过于一厢情愿，其情节流程在当时的环境下几乎没有什么可行性。

如果从十二伶官与金陵十二钗的对应关系入手则可试论之。十二伶官中的艾官或为探春的影子，她在十二伶中是唯一的外角，在《离魂》中饰杜太守。而这位太守却恰是南安太守。这绝非巧合。真正的艺术品，无一例外是人类灵性慧思的结晶物化，巧合是被艺术拒绝的客人。以曹雪芹对《牡丹亭》的熟悉，他完全可以"随事命名"一个南安郡王，从而把十二伶隐寓体系打磨得更完美。

这位杜太守作为淮扬安抚使来到扬州后，李全勾引金国起兵叛乱，最后竟至围城。几经周折后，杜太守终于通过贿赂其妻而释厄。通过这一线索，一方面可以佐证上文所述之结局，另一方面也可看到《红楼梦》后文中确当有叛乱之事。这也许就牵连了柳湘莲、卫若兰、冯紫英等人，也对贾宝玉、史湘云乃至整个贾府的命运都有重大影响！

十八、为什么要写一个"英豪阔大宽宏量"的女子？——史湘云形象的意义

问：湘云喜欢扮男装，又说"唯大英雄能本色"，感觉这么英气的女性角色很少见，为何湘云的性格如此疏朗？

我们大家能够感受到在整个《红楼梦》里边，史湘云是一个非常重要的形象。脂砚斋在批语里边也说宝玉"素厚者唯颦、云而已"，把史湘云和林黛玉放在一起来说。我们也能感觉到贾宝玉对史湘云应该是有一份特殊的情感，这个情感在"因麒麟伏白首双星"一回的故事里也能看到。湘云有一个麒麟，这个麒麟在后面会不会引发故事？从小说对林黛玉的描写来看可能会有，因为林黛玉很担心，害怕麒麟会牵扯出一些才子佳人之类的故事来。"因麒麟伏白首双星"到底是什么意思？伏的到底是谁？对这句话的解释是在本回，还是在后四十回里？红学界有不同的解释，但不管怎么样，可以达成一个共识，就是贾宝玉和史湘云一定是有某种关系的。在这一点上来讲，史湘云这个形象就很重要了。

小说也把史湘云写得非常通脱，很英气，性格很疏朗。这一点在史湘云的判词里面也可以看到，也就是说史湘云的性格是什么样子，作者其实是给了一个判定的。《红楼梦》整部书的一个主要

特点就是作者不做判断。所以我们读者反复地分析各种情节，对各种人物形象进行解读，都得不到最终的答案。但是作者在极少数地方是做评判的，比如说回目。回目是作者做评判的一个地方，回目里边有"慧紫鹃"，有"敏探春"。"敏""慧"这些字都是特别有趣的一些价值判断词。也就是说作者对于探春到底是什么态度，对于紫鹃是什么态度，其实从这两个词都能看出来，但是在作品里面他不做判断。还有另外一个做评判的地方就是判词。比如"情天情海幻情身，情既相逢必主淫"这样的判词，作者在小说里面没有明确地去写秦可卿怎么样，但判词里就说得很清楚。所以在史湘云的判词里，我们看到了"幸生来，英豪阔大宽宏量，从未将儿女私情略萦心上。好一似，霁月光风耀玉堂"这样的表达，就知道作者有意把她作为一个宽厚、爽朗的形象来写。

那么，怎么看史湘云？怎么看她与林黛玉、薛宝钗鼎足而三的设计？我个人的理解未必合理，提出来供大家讨论。

我一直认为薛宝钗和林黛玉是作者曹雪芹塑造的两个极致的美，但是这两个极致的美在《红楼梦》这个世界里面都归于消亡，都在薄命司里面。也就是说，一个完全尊重自我的、完全诗化的形象，不容于那个社会，就是林黛玉，她最后终于被社会吞噬了，这一点在我们历来的《红楼梦》诠释里都占主流。还有另外一个，就是作者完全按照当时的社会伦理道德规范塑造了薛宝钗这样一个非常完美的形象。在当时的任何人，包括贾府的判断中，宝钗都是一个非常标准的贤淑的女子。但就是这样一个女子，她的结局依然是走向毁灭，依然是薄命司中的一员。作者用两种极端的美的毁灭引导我们对整个社会进行思考；这个社会究竟是不是有问题？它对人性的吞噬只是人的个性使然，还是社会的问题？这就有点儿像《儒林外史》和《聊斋志异》的例子。《聊斋志异》的作者蒲松龄科举失利之后，就一直在怀疑考官不好，或者他自己的命不好，他一直在考虑这些因素。但是《儒林外史》的作者不是，他也参加过科举考试，也是失利的，失利之后，他就开始反思是不是这个制度有问题。所以单就这一点来讲，《儒林外史》比《聊斋志异》要深刻得多，因为它是从制度上去批判，认为是制度出了问题，而不是人出了问题。

这就是《红楼梦》的意义。它创造了最个性化的、最自我的和最不自我的、最社会化的两种极端的美，并且赋予这两个人以极端美丽的外貌。而这两个人都走向了毁灭，我们就知道是社会的问题，它实际上是在把矛头指向社会。

但是，如果只写林黛玉和薛宝钗这样两个人作为代表，到底有没有普泛性？如果说一个男性在这个社会里边如鱼得水，可以实现自我的生命价值，实现马克思所说人类的解放，那是不是社会也还有可取的地方？书中探春就说过好多次这样的话，说她但凡是个男的，早就出去了，要立一番事业。那这个表述意味着什么呢？就是在当时的社会条件下，女子是没有办法去改变社会的，因为女子是朝内的，不是朝外的，朝外的都是男性要去做的。那么，作者又设置贾宝玉的形象，贾宝玉一直在标识着这个社会是不可能变好的。因为贾宝玉非常有才华，聪明灵秀，但是就是不愿意走经济仕途的道路，他觉得经济仕途是对个体生命的侵袭、否定。但是贾宝玉毕竟又是一个很特殊的人，作者对他也不好评价，整个小说里面也表现出了作者有非常复杂的判断。我们有的时候还会想，作者某个时候某个判断到底是正向的还是反向的。

我个人认为史湘云这个形象在这里起了弥补作用。史湘云是一个女性，所以作者把她和那两个人作为性格的一个对立面。史湘云带有男性的性格，爱穿男人的衣服，好多次她穿贾宝玉的衣服还被贾母认作贾宝玉。这样一个人也在薄命司里，是金陵十二钗之一。因为她父母双亡，所以她生活很痛苦，但是她自己不放在心上。她是一个宽宏大量的人，是一个"是真名士自风流"的人，什么都不在乎。你看她吃鹿肉的时候，与宝钗和黛玉她们两个差别很大。跟史湘云一对比，就会发现钗黛两人有相同点，就是心思很细腻，考虑问题很多，这是女性的特点。林黛玉心思细腻，考虑问题多就容易伤感，别人一个眼神她就掂量半天，是不是对她不满，她会感到"一年三百六十日，风刀霜剑严相逼"就是这个原因。薛宝钗就不多想了吗？薛宝钗也想，只不过会自我开释，她会偷偷看到林黛玉怎么样，会去给人家送燕窝；看到大观园里怎么样，她会把小角门锁上，怕惹上大观园的麻烦；看见那些赌博的怎么样了，她会训诫她的手下不要去怎么样；甚至要莺儿不要折柳。她心思也很细密，不是一个粗豪的人，她也是一个纯粹典型的女性化的人，只是她很贤惠，很大度。在心思细腻等女性化特点上，她跟林黛玉是一样的，但史湘云不是。史湘云是一个粗线条的人，很多事情她不放在心上。她对自己的处境不会像林黛玉她们那么敏感，不会觉得一年到头都这么痛苦。但是，我们最后看到史湘云的结局依然是痛苦的。虽然最终结局在前八十回里边没有完全写出来，但是根据前面的判词，根据她入薄命司，甚至根据探佚学的一些成果，都能知道这一点。我个人觉得设置这样一个形象，是在男性女性方面作为一个沟通。让这个形象以及探春那样的形象，让在规则里边的人，或要竭力超出规则的人，在这个社会里面都不会得到非常好的命运。

十九、四姑娘真的"了悟"了吗？——惜春做尼姑的动因

问：第七十四回首次为惜春立传，强调惜春的"矢孤介"，但惜春执意令人打发入画，并说"这些姊妹，独我的丫头这样没脸，我如何去见人""我只知道保得住我就够了，不管你们。从此以后，你们有事别累我"，显然她是不想被牵连坏了名声，但求保自身的体面。从这个角度或许可以认为惜春过于自私，但她接着又说"状元榜眼难道就没有糊涂的不成。可知他们也有不能了悟的"她处处强调"了悟"一词，但佛家所说的了悟本是将生死功名置之度外，包括她口中所说的体面、闲话等，她怎么还会在乎这些东西？

这个问题提得非常到位。惜春这个形象，在第五回的判词里面已经说得很清楚，"可怜绣户侯门女，独卧青灯古佛旁"，最后的结局是出家做尼姑了。一个高门大族的女孩子最后去做尼姑，把她入于薄命司，是合理的。但是我们一定要明白惜春做尼姑的动因在哪里，如果看清楚了动因，这里面所有的矛盾就不存在了。别说古人了，当代人都有这样的情况，有很多人出家去做和尚，但是去做和尚的原因不同。有些人是考试没考上，工作找不着，也没什么着落，怎么办？总得找个出路，因缘际会找个寺庙做和

尚也是可以的。但有些人是从小就了悟，比如玄奘法师很小就精通佛典，并发现佛典之间互相矛盾很多，所以要去印度求取真经，来统一佛家教义。惜春是哪种人呢？两种都不是，而且肯定不是后面这种从小立志的。她前面所作的谜语中有"性中自有大光明"的话，但那只是谜语，暗示她和佛教生活有关，所以当时贾政看了之后非常不高兴。贾政看到那几个灯谜之后，觉得那些谜底都是不祥之物，都不是大富大贵的，心里伤感。只是这样而已，并不证明她心中真有大光明。

惜春后来遁入空门，其实在前几回就有预示。第七回"送宫花贾琏戏熙凤　宴宁府宝玉会秦钟"里，周瑞家的送宫花，送到惜春那儿的时候，惜春正和智能儿玩耍，还开玩笑说她正跟智能儿说她明儿要剃了头去做尼姑，若真剃了头，宫花就没地方戴了。这个话其实已经在预示了。那时，她还是个很小的小孩子，就已经说这个话，也就证明她有出家的可能性，但是这个可能性在整个《红楼梦》进行到七十多回，一直没有发生。她还是过着鲜花着锦、烈火烹油的生活，到处吃饭、行令，参加诗社作诗。她一直没有遁入空门的原因，就在于外界压力没有给够。

所以，惜春的遁入空门其实是一种逃避。惜春是一个内心不够强大的人，面对纷纭复杂的斗争她很害怕，害怕把自己卷进去，而所谓的体面其实也是指这一点而言了，因为卷进去体面就没有了。这个体面是谁给她的呢？大家可能很难去体会了。在贾府这样的大家族，一个人的体面就是他的生命，比如入画，在别人看不见的地方把她打一顿，没关系；但如果被人看见了，一辈子的名声就毁了。当然这是不可能的，这里只是随便假设一下。惜春的体面对她来说是从小就被灌输的，是她唯一能凭恃的。但是现在整个贾府闹得非常厉害，她已经很难去自保，这个时候遁入空门也许是她唯一的选择。因为她没有探春那么强势，她没有办法去强烈地反击来保护自己的尊严，她的尊严是别人赐给她的，但别人要是来干犯，她就没有办法。遁入空门是保持她体面的一个方式。所以她这是一种逃避，她不是真的有佛性。

二十、李纨是完全不争吗？——王熙凤、李纨、尤氏之间的关系

问：第三十九回写到螃蟹宴之后，王熙凤说自己宴席上忙着伺候别人，自己没吃上，于是打发平儿再去拿一些螃蟹让她回去吃。平儿去拿了本来就要走，可李纨拉着她说："偏不许你去。显见得只有凤丫头，就不听我的话了。"平时，李纨只是沉默寡言，是个很安分、守规矩的人，此处的表现很奇怪。

《红楼梦》的作者在处理大家族的事情上，非常聪明，游刃有余。比如第四十六回，贾母生了气突然发难。探春知道，没有人可以辩白，只有她可以说一下。从探春的心理活动就可以看出，作者在这方面很在意。这不是有意识的在意，而是一种习惯，是从小形成的。现代社会没有大家族，只有小家庭，很多家庭还都只有一个孩子，在父母面前想说什么就说什么，古代不是这样。

我们对李纨的印象是不与人争，但实际上可能也不完全是这样。荣府究竟应该由谁来掌管？首先王熙凤不应该掌管，应该由宝二奶奶管。在还没有宝二奶奶的情况下，怎么办呢？还有珠大奶奶在，珠大爷只是去世了，又不是没有存在过。我们有时对李纨的重视不够，觉得她只是一个可有可无的角色。这是不对的。李纨是有个性和表现的，她的个性经常体现在和王熙凤的调笑性的

"互掐"上。这些互掐我们看起来是闹着玩的，大观园里的孩子们也认为是玩的，王熙凤和李纨也把它装扮成玩。但实际上不完全是。李纨经常批评王熙凤，王熙凤反过来也经常批评李纨。有人说是因为她们俩关系好才这样。其实不是的。宝钗和黛玉的关系也很好，尤其是在"互剖金兰语"之后，但是她们不会用很多负面的话去攻击对方，不会像王熙凤和李纨之间，说"猪油蒙了心"，或者"市井泥腿子，分斤拨两"之类的话。现实生活中，如果有两个人这么做，可能是因为内心里对对方不满。这个不满是肯定的，但又不能直接说，他们用这种方式做一定程度的宣泄。

荣府本来应该李纨管，但是王熙凤在掌管，而王熙凤的权力是怎么来的呢？是王夫人让她管的，因为她是王夫人的内侄女。而李纨和王夫人的关系就很难说，自古以来中国的婆媳关系就没有好的，而且李纨嫁过来没几年贾珠又去世了。我们都可以想象王夫人的态度，因为按照一般古人的逻辑，或许会认为李纨克夫，虽然小说并没这么写。《红楼梦》只给我们写了一部分情节，用海明威的冰山理论来形容比较贴切，它藏在冰山之下的情节非常多，和我们看的一般的小说不一样。我们很少去想，王熙凤和李纨的关系好不好。所以，此处要给平儿立传。从某种意义上讲，要对王熙凤进行一点反扑，李纨出面是最合适的。别人不好意思，因为平儿的境遇就是王熙凤造成的，这是贾府里的人都知道的。本来平儿是通房大丫头，是姜，但王熙凤霸占着，不让贾琏碰平儿。小说里反复写到，平儿非常难。但是薛宝钗和林黛玉都知道，也不能替平儿做主。连贾宝玉也只能暗中给平儿献殷勤，不敢直接怎么样，因为他直接反对就是公开表示对王熙凤的不满。所以整个大观园里，谁都不合适，只有李纨最合适。

当然，不只是李纨，我们前文提及第四十三回的情节时，也看到尤氏对王熙凤和平儿的态度。那一回要凑份子给凤姐过生日，尤氏遵贾母之命来操持此事。她来荣府时凤姐已将银子封好，"尤氏问：'都齐了？'凤姐儿笑道：'都有了，快拿了去罢，丢了我不管。'尤氏笑道：'我有些信不及，倒要当面点一点。'说着果然按数一点，只没有李纨的一分。尤氏笑道：'我说你奤鬼呢，怎么你大嫂子的没有？'凤姐儿笑道：'那么些还不够使？短一分儿也罢了，等不够了我再给你。'尤氏道：'昨儿你在人跟前作人，今儿又来和我赖，这个断不依你。我只和老太太要去。'凤姐儿笑道：'我看你利害。明儿有了事，我也丁是丁卯是卯的，你也别抱怨。'尤氏笑道：'你一般的也怕。不看你素日孝敬我，我才是不依你呢。'说着，把平儿的一分拿了出来，说道：'平儿，来！把你的收起去，等不够了，我替你添上。'平儿会意，因说道：'奶奶先使着，若剩下了再赏我一样。'尤氏笑道：'只许你那主子作弊，就不许我作情儿。'平儿只得收了。"将这段对话与李纨那段对读，可收相得益彰之效果。尤氏虽然一直笑着与凤姐说话，但其实对凤姐也是不满的，所以看到凤姐弄虚作假便不依，要到贾母处说明。王熙凤一看也急了，用"明儿有了事，我也丁是丁卯是卯的"来威胁，尤氏转得很快，说"你一般的也怕。不看你素日孝敬我，我才是不依你呢"，给自己找了一个以进为退的办法答应不追究，然后便立刻把平儿的份子还给平儿，其实就是在表达对王熙凤的不满。

二十一、执掌荣府的权力是怎么来的？——王熙凤的来龙

问：王熙凤在荣府的权势是怎么来的？

王熙凤执掌荣府的财政大权，其实是不合理的。为什么不合理呢？因为她是大房里的，现在整个荣国府的大权是由二房的王夫人来掌握，所以大房的人都要靠边站，贾赦和邢夫人都要靠边站，更何况贾琏，更更何况贾琏的妻子！她现在执掌荣府，其实跟以前她协理宁国府一样，是王夫人把她借来的。王夫人为什么借她？不是因为她是贾赦的儿媳妇，而是因为她姓王，就这么简单，她是王夫人的侄女。当然，王熙凤肯定有才干，这另当别论，但有才干只是很小的一部分，最主要的是她是王夫人的侄女，所以请她执掌整个荣国府，是名不正言不顺的。

从抄检大观园前后的情节能看到，一开始王熙凤对荣国府的控制力是很强的，但是后来慢慢地就弱了，下人们开始各种不服了，她就已经控制不住了，而且她的身体也开始每况愈下。她控制不住，按道理就要回归到她的大房去。大家看这个作品可能总是容易被主线索吸引走，看不到侧线索。其实要看侧线索，关注一下王熙凤的命运，就会发现那是很悲惨的。她在这边声势煊赫，一呼万应，谁都不敢拿她怎么样，上下相得，连贾母和王夫

人都得让她三分。大家可能没注意到具体的细节，贾母让她是因为她会说话，她只要想说什么，就能用某种方式让贾母同意她的话。但是对于王夫人，小说里边写了很多次，就是有人问什么，王熙凤立刻抢着回答，从语气上来看，就好像没有把王夫人放在眼里。第十一回有一个情节："贾珍尤氏二人亲自递了茶，因说道：'老太太原是老祖宗，我父亲又是侄儿，这样日子，原不敢请他老人家；但是这个时候，天气正凉爽，满园的菊花又盛开，请老祖宗过来散散闷，看着众儿孙热闹热闹，是这个意思。谁知老祖宗又不肯赏脸。'"接着往下看，"凤姐儿未等王夫人开口，先说道……"如果没有特殊的必要，需要加这一句吗？完全不需要。而且《红楼梦》特别注重这一点。比如，贾宝玉去和贾政、王夫人传老太太的话时，贾政和王夫人是要站起来听的，虽然他们是贾宝玉的父母，但也要站起来听，因为贾宝玉在说这个话的时候，代表的是老太太。把老太太的话说完之后，贾宝玉开始说自己的话了，这两个人再坐下，小说里有明确的情节。再比如，屋子里边迎春、探春、惜春都在那儿坐着，贾宝玉从外边进来了，他一进来探春、惜春就站起来，迎春不动。他进来之后找椅子坐下，探春和惜春再坐下，小说在这一点上写得非常细致。这一定是大家族的规范，每个人都懂，是一个下意识的行为，不是要有比较高的修养才能做到的，而是耳濡目染，从小就知道。所以，甄家的人来到贾家的时候，说甄宝玉如何如何，然后媳妇们就跟贾母说，虽然宝玉跟她们少爷很多地方都很像，但是有一点不像，有一点比她们少爷要好，就是她们拉着他的手他还让拉，她们少爷肯定早就甩开了，早就说什么了。然后这边的人哈哈大笑，因为这边的贾宝玉也是不让别人拉，尤其是老婆子。接下来贾母他们就说："你我这样人家的孩子们，凭他们有什么刁钻古怪的毛病，见了外人，必是要还出正经礼数来的。"也就是说这是一个最基本的修养，贾母说的话也很重，"若他不还正经礼数，也断不容他刁钻去了。就是大人溺爱的，是他一则生的得人意，二则见人礼数竟比大人行出来的不错，使人见了可爱可怜，背地里所以才纵他一点子。若一味他只管没里没外，不与大人争光，凭他生的怎样，也是该打死的。"不管从王府还是从贾府来说，王熙凤都是受过调教的，这些事情她都应该知道。

但是在宁府的这个情节里面，因为邢夫人、王夫人、凤姐、宝玉都来了，是尤氏在说，而且说的是老太太不来怎么怎么样，要客气一下，这个时候应该至少王夫人回答——邢夫人不说也罢，因为邢夫人不受贾母待见，她可能自己就退缩一下——但是凤姐说了。作者并没有直接说凤姐说，而是加了一句"凤姐未等王夫人开口"，这一点我们就看得很清楚，王熙凤在荣府作威作福惯了，根本就不在乎。这个不在乎不是因为她不懂礼法，也不是故意要抢王夫人的话头，而是因为习惯。大家能体会到吗？有的人被惯得习惯了之后，他就会觉得他上面这个人不太重要，然后时间久了，那个人也会不耐烦。在抄检大观园前后，王夫人对王熙凤也已经不太待见了。

我们会看到王熙凤逐渐地被这边放弃了，但是她又回不到那边去了，因为邢夫人对她也早就不满，曾好几次给她没脸。所以，王熙凤那个时候就很尴尬，不用等后四十回把她的命运完全写出来就已经很惨了。她那时身体也很弱，绝对不完全是生理因素，肯定还有心理因素，因为她已经在两边都失势了。也就是说，王熙凤那个时候才明白，她的势其实是王夫人给的，不是她天生带来的。她前面都不把人家当回事。当她抢在王夫人之前说话时，读者都能感受到她的心态，就是她觉得自己了不起的心态。她说："老太太昨日还说要来着呢，因为晚上看着宝兄弟他们吃桃儿，老人家又嘴馋，吃了有大半个，五更天时候就一连起来了两次，今日早晨略觉身子倦些。因叫我回大爷，今日断不能来了，说有好吃的要几样，还要很烂的。"这个话大家一定要注意。整个《红楼梦》里面的话，大家都要信几分不信几分。贾母不来到底是什么原因，我们要打个问号，是不是因为吃桃肚子不舒服，我们不知道。但这句话中有一个值得琢磨的字，就是"吃了有大半个"中的"有"字。这个字其实可以没有，只说"吃了大半个"，意思完全相同，但加上"有"字，就更能体现出王熙凤将自己当作贾母信息独家发布人的傲骄情态。

二十二、"一从二令三人木"如何理解？——王熙凤的去脉

问：尤二姐吞金自逝之后，贾琏抱着她大哭，贾蓉劝他说这姨娘没福，然后又指了指大观园的界墙，贾琏就会意说自己忽略了，终究对出来替她报仇。这句话是否暗示了凤姐的结局？

当然是暗示了。这跟前面的判词有关，判词说："凡鸟偏从末世来"，这个很好理解，"凡鸟"是用《世说新语》中的典故，二字合成"凤"字，即指王熙凤。最关键的是后两句说"一从二令三人木，哭向金陵事更哀"，"一从二令三人木"到底怎么理解？红学界争论很大，一般的人认为这是贾琏对待王熙凤的三个阶段：一从，首先听从，王熙凤很强势，那么就听从；二令，第二个阶段命令她了，开始不听从了；三人木很简单，"人木"组合起来就是"休"，第三个阶段就把她休了。"哭向金陵事更哀"，她之所以能够维持显赫，是因为她在这个位置上，被休了之后，她就什么都没有了。这个理解从逻辑上、从对这一情节的解读上都是对的，但既然是对的，为什么红学界有这么多争论？因为它有非常不合理的地方。不合理在哪里？拆字不是这么拆的。很多红学家写文章说过这个话题，传统诗都不是这么写的，不可能说三个阶段，"一从二令三人木"，"一从二令"都是字，"三人木"却是个拆字。把

三个阶段分成这样三个字，是不妥当的、不合理的。所以有很多人就把这三个放在一起来考虑，考虑出来的结果就很令人诧异了。杨光汉先生写过一篇文章，他认为"一从二令三人木"说的是柳湘莲，也就是说王熙凤的结局跟柳湘莲有关。为什么？因为"一从二令三人木"是"一从冷人来"。"二令"是冷。"三人木"是"人来"。三个"人"，前面一个"人"；后面两个"人"加一个"木"，是个繁体的"来"字。前面"一从"不参与。"冷人"就是冷二郎柳湘莲，那么就证明结局和柳湘莲有关。这个看法我实际上是不认同的，但是它又符合诗歌写作的正常逻辑，因为要拆就都拆。

不过我还是比较同意第一个判断，虽然跟古代诗歌写作的方法有冲突，但问题就在于，曹雪芹在《红楼梦》中，其实冲破了许多传统。他在设计书的结构时，很多地方都是要去突破的。他并没有非得遵照一个格局，他也不是在写诗，拿诗的规矩去要求谜语，好像也不是完全合理的。其实最简单的就是"一从二令三人木"是三个阶段，写出了王熙凤的结局。结局肯定也会和一些事情的爆发有关，因为王熙凤前面做了很多的"因"，后来这些都会结"果"，都是要秋后算账的，包括尤二姐的事情，那当然是贾琏最重要的事情，也包括她放高利贷的事情、玩弄权术的事情。前面她在馒头庵帮人摆平官司，牵扯好几条人命，这些事情可能会被贾琏翻出来。当然，王熙凤的结局在前八十回中没有明确写出，所以这些也都只是推测而已。

二十三、为什么会"忧虑伤脾"？——关于秦可卿之死的诸多矛盾

问：第十回秦可卿病的时候，张友士医生说她是"忧虑伤脾，肝木忒旺"，但是小说中贾家上上下下对秦可卿非常好，秦可卿也非常善良，这个地方难道是张医生误诊吗？另外，秦可卿死后宝玉听说，"只觉心中似戳了一刀的不忍，哇的一声，直喷出一口血来"。袭人等人上前扶起来，又要请大夫，宝玉又笑道："不用忙，不相干的。"这儿为什么立刻就变成"笑道"？

秦可卿的死是红学上一个大问题，学界的研究很多，但大多数没有提到张太医诊断这一点，这一点提得非常好。一般来说，大家看到的主要是贾宝玉吐了一口血；还有就是她死了之后，"彼时合家皆知，无不纳罕，都有些疑心"。张太医来看病的时候说得非常清楚，说："人病到这个地位，非一朝一夕的症候，吃了这药也要看医缘了。依小弟看来，今年一冬是不相干的。总是过了春分，就可望全愈了。"在这句话之后，作者继续写"贾蓉也是个聪明人，也不往下细问了"。其实，大家都知道，这个意思就是说，她很可能熬不过春分了。她这个病持续了好几个月，阖府上下都知道，是一步一步地铺垫的。但是从"无不纳罕，都有些疑心"来看，似乎没有铺垫，大家接受不了，贾宝玉忽然吐了一口血，

荣府诸人也觉得很奇怪。

其实，这个问题很好解决，那是因为作者自己作了改动。大家有没有注意到这一回比别回短了一些？这一回脂砚斋在后面批语："'秦可卿淫丧天香楼'，作者用史笔也。老朽因有魂托凤姐贾家后事二件，岂是安富尊荣坐享人能想得到者？其事虽未行，其言其意，令人悲切感服，姑赦之，因命芹溪删去'遗簪''更衣'诸文，是以此回只十页，删去天香楼一节，少去四五页也。"但是这里还有"不删之删"，比如"彼时合家皆知，无不纳罕，都有些疑心"，再比如宝玉突然吐了一口血，以及问题中提到的张太医诊断的那一番话。

张太医在诊断的时候说的那些特点实际上跟我们一般了解的秦可卿不一样。秦可卿是一个贤惠温顺的人，怎么会"忧虑伤脾"？实际上是跟她"淫丧天香楼"这个情节有关，是这个情节的一部分。因为有这个情节的改动，所以我们在"养小叔子指的是谁"一节中提到过，中间加了"贾天祥正照风月鉴"这么一个情节，就把一年塞进去了，秦可卿故事的时间就合不上。不只是这两个地方有表征，还有更重要的。秦可卿死了之后贾珍非常痛苦，但是秦可卿的丈夫贾蓉反而没有什么表现。在她病的时候，王熙凤去看她，那天正好是贾敬生日，贾珍派贾蓉拿着礼物到道观拜见他爷爷，然后又回来。回来的时候王熙凤问贾蓉他妻子怎么就这样了。贾蓉却很淡然，说："不好么！婶子回来瞧瞧去就知道了。"没有任何的表现。后来秦可卿死了，贾蓉也没有任何的表现，反倒是贾珍痛哭流涕，老了很多，甚至拄了根拐杖。别人问他怎么办，他说："如何料理，不过尽我所有罢了。"接下来还要用一个非常昂贵的棺材来安葬秦可卿。更让人生疑的是，到了这个时候，尤氏也没出来。按道理她要出来主持葬礼，但她称病不出，而且作者也完全没有告诉我们她得了什么病。现当代文学的研究，尤其是在西方，很重视疾病和文学的关系。作品里面的人当然是会得病的，他跟真实的人一样，但是作品里的病一定是有原因的，是有情节的原因的。一个拙劣的作者才会突然给一个人安排一个病，甚至让这个人病死。没有任何社会性的因素，没有人际关系的因素，这是不合理的。所以尤氏的病也很突然，然后就有王熙凤来理事。大家会觉得尤氏的病只是为了突出王熙凤，其实不是的，它是一箭双雕。还有两个丫鬟，一个自杀了，另一个丫鬟表示要终生侍奉秦氏的陵墓。这两个丫鬟的表现也很奇特，因为在《红楼梦》里没有任何一个别的丫鬟再去做这样的表示。这些细节都是蛛丝马迹，这些蛛丝马迹都指向一个问题，就是贾珍和秦可卿之间有通奸的关系。王熙凤带着贾宝玉出来到门口的时候，宁府派焦大去送他们，焦大不愿意送，就在那骂："爬灰的爬灰，养小叔子的养小叔子。"贾宝玉还故意问"爬灰"是什么意思，结果王熙凤生气了："少胡说！那是醉汉嘴里混嗙，你是什么样的人，不说没听见，还倒细问！"因为贾宝玉是个乖孩子，所以就不问了。"爬灰"指的就是贾珍和秦可卿的事，这是大家族要极力掩盖的事情。

《红楼梦》里面——不只是《红楼梦》，别的小说也是一样——有一些人物，既承担了情节功能，也承担了结构功能。秦可卿就是这样一个人物，她承担了结构，同时也承担情节。正因为如此，脂砚斋觉得她在承担结构功能的时候表现得很出色，所以对她的情节部分就有微词，就觉得这么一个有英雄之见的人托梦给凤姐，怎么能让她淫丧天香楼呢？所以就命令曹雪芹把这一段删掉。这就证明脂砚斋在对这个人物的态度上，和作者是有分歧的。这就像我们当代的一个读者去读《红楼梦》，会觉得贾雨村这个人很好啊，为什么后来为了谋取石呆子的扇子就把人家害得家破人亡？那个情节不好。实际上就是因为中国古代小说和西方小说不一样，一个人身上会集合很多功能。

那么秦可卿原本的结局究竟是什么呢？在1987年版电视剧《红楼梦》中，依红学界的研究对这一情节进行了调整。她和贾珍之间正在做私通的事，被那两个丫鬟撞破了，地点就在天香楼，撞破之后她就悬梁自尽了。这在之前她的判词中已经说明了，判词那里画的是"高楼大厦，有一美人悬梁自缢"，而判词又说："情天情海幻情身，情既相逢必主淫。漫言不肖皆荣出，造衅开端实在宁。"可知作者最初安排的正是"秦可卿淫丧天香楼"。

二十四、为什么用义忠亲王的棺材？——对秦可卿身份的猜测

问：秦可卿的棺材直到最后一回才说明送到金陵安葬，之前一直停放在铁槛寺，时间这么长合适吗？

合适。这一点不是后四十回写漏了，或者写得有问题。在中国古代，安葬和停灵是两码事。有时停灵在一个地方几十年，隔了几代人都是有可能的。等到了哪一代人觉得不行，干脆以某处为故乡，安家在那儿了，那就把他祖先都安放在那儿。但只要安葬了，就不能再挖开，再拉走了。因为中国古代讲究入土为安，不能随便动土。中国古代不允许在本地做官，一定要在外地做官。在外地做官，很多人就因此把家安在外地，有很多这样的例子。虽然说中国人安土重迁，特别重视故乡，但实际上换居住地的也很多，一般都和做官有关。

那么，那些做官的人，很多都不愿意离开故乡，所以在另外的地方如果死了人，就停灵在某一个寺庙，或者在临时的一个地方，一直就在那儿放着。等到什么时候有机会了，才把棺木扶回原籍。所以我们在古典文献里，经常看到这样的例子，一个孝子不远千里把父亲的、母亲的棺材扶回原籍入土安葬，这在当时都

是会被称赞的，证明他很孝顺。因为抬一个棺木回去是很难的，我们现在觉得很容易，在古代是很难的。因为首先要有很多钱，也要有足够的体力去支撑这件事情，还要有时间。至于秦可卿的棺材，对贾府来说一定是这样。贾府前面就多次透露过这种信息，棺木一定要回到江南老家去安葬，因为京城不是他们的故乡。所以这个没有问题。

即便在故乡，安葬不安葬也是两说。《聊斋志异》里面有一篇《叶生》。叶生死了之后又回家，他妻子赶快说："你别吓我，我虽然没有安葬你，但是那是因为穷，没钱，我现在攒得差不多了，眼看就要安葬，你别跳出来吓唬人。"还领他去看他的棺材。他的棺材就在堂里供着，很多年了，她也不安葬。因为安葬需要一大笔钱，当时可能确实没有这些钱去安葬。古人打一个墓是很复杂的，如果参观各种古墓就会发现，那墓跟房子是一样的。

不过，说到秦可卿的棺材，又想到另外的事情，就是她的身份。小说中原本是这样写的："贾珍见父亲不管，亦发恣意奢华。看板时，几副杉木板皆不中用。可巧薛蟠来吊问，因见贾珍寻好板，便说道：'我们木店里有一副板，叫作什么檣木，出在潢海铁网山上，作了棺材，万年不坏。这还是当年先父带来，原系义忠亲王老千岁要的，因他坏了事，就不曾拿去。现在还封在店内，也没有人出价敢买。你若要，就抬来使罢。'"秦可卿用了如此珍贵的棺材，有什么用意吗？很可能是有的。我们仔细看看，这个棺木"原系义忠亲王老千岁要的"，可知这原是薛蟠的父亲给义忠亲王准备的。但是，义忠亲王"坏了事"，这个词在古代的文化中一般都指其人遇到了家破人亡的政治性灾难——这一点，后边的话也佐证了。薛蟠说"也没有人出价敢买"，究竟是价太高没人敢买还是与"坏了事"的义忠亲王有关怕惹上政治麻烦而不敢买呢？我认为自然是后者。为什么呢？这涉及我们对秦可卿身份的理解。作品在第八回这样说："秦业现任营缮郎，年近七十，夫人早亡。因当年无儿女，便向养生堂抱了一个儿子并一个女儿。谁知儿子又死了，只剩女儿，小名唤可儿，长大时，生的形容袅娜，性格风流。因素与贾家有些瓜葛，故结了亲，许与贾蓉为妻。"这个秦业不过是单门寒户之人，可卿也非己出，而是从养生堂抱养的人。作者含糊地以"因素与贾家有些瓜葛"就把这个小门小户、来历不明的人嫁给了宁国公长孙之长子为妇，这在古代几乎是不可能的。所以，要特别在意"因素与贾家有些瓜葛"这句话，有什么瓜葛，作品迄未明言。反倒是秦可卿死后所用棺木似乎透露了些许信息。也许，我们可以揣测秦可卿是义忠亲王的遗孤，义忠亲王事败，与义忠亲王渊源甚深的贾府为掩人耳目，让秦业将其后人抱养，然后再将可卿娶回，也算尽心了。这一推测当然并无过硬的证据，但也算对《红楼梦》中这几处无法理顺之矛盾的合理解说。在这一推测下，可卿死后所用棺材为原义忠亲王之棺，也算"归宗"了吧。

二十五、妙玉为什么要请宝玉喝茶？——妙玉之谜

问：妙玉为什么对宝玉青眼有加？

妙玉在很多红学家的研究里看来一定不简单，因为她列在十二正钗中，这是一个最显著的标志。十二正钗里全都是大家闺秀，元迎探惜、林黛玉、薛宝钗等，包括巧姐儿都是。那么妙玉如果真的只是一个尼姑的话，她凭什么列在其中呢？包括秦可卿，很多红学家对于她有各种各样的推测，就是因为她在十二正钗里。还有一个原因，妙玉的判词里面使用的字，比迎春使用的字还要"重"。迎春的词是："金闺花柳质，一载赴黄粱。"说的是"花柳质"；妙玉的是："可怜金玉质，终陷淖泥中。"是"金玉质"。"金"和"玉"在《红楼梦》里是有特殊意义的，我们反复强调这一点。"金"和"玉"在中国文化里本来就是最高贵的了，在《红楼梦》里又加以强调，这可能也是有原因的。

很多人会觉得这是想多了，其实不是。中国传统文化特别注意阶层的设计。普通人家坟上种几棵树都有规定，还规定官员穿什么颜色的衣服。官员的服色是从隋代开始规定的，但是规定之后并不强制，到了唐朝初年开始变成强制去推行，有人穿错衣服还被打、被罢官。所以一定要按照官品去穿衣服，不像我们现在

想穿什么就穿什么。我们知道，曹雪芹写判词一定是小心翼翼地去写，因为每一个字都会和这个人的结局有关。哪个字没选择好，都会影响影射功能的实现，所以他一定会字斟句酌。那他写妙玉用"金玉质"一定不是笔误，不是随便写。从这里就可以推断出妙玉一定有来历。

我们在阅读的过程中也能感受到这一点，妙玉在栊翠庵里接受的贾府的工资水平应该是很低的，跟唱戏的伶官没有什么区别，即便比那些人高一点，即便能达到晴雯、袭人的程度，也不过一个月几吊钱而已。但是她请薛宝钗和林黛玉喝茶，拿的那东西却不是这几吊钱买得起的。她甚至连贾府都看不起，觉得她那儿随便拿个东西，贾家也未必有。她拿了几个东西贾府真就没有，甚至他们还要争论那到底是什么东西，连薛宝钗家这样的富户都未必有。而且她拿的那两个东西，让我们后世的红学家很头疼，因为我们念都不容易念出来，一个叫点犀盉，一个叫瓟瓟斝。这两个到底是什么东西？在20世纪80年代的红学界，曾经有几位学者写文章去讨论，讨论之后也就成了绝响，也不会再有学者去讨论，因为我们后来的学者的知识面显然达不到他们的那个程度。我们要考虑的不仅是这两个酒器到底是什么，还有为什么要把它们写得这么古意盎然，直接说飞龙杯、飞凤杯之类的不就完了吗？用两个古意盎然的东西是要表明妙玉的家庭背景，这是她自己带来的。她还提到带发修行前的生活，说她在蟠龙寺怎么样去接雨水烹茶。这个情节大家有没有感觉到似曾相识？会联想到薛宝钗说她的冷香丸是怎么制成的，这都一定是非常大富大贵的人家才有可能做到。所以作者一直在有意无意地暗示妙玉的身份，但是没有明确地去写。妙玉的身份在整个《红楼梦》里也是个谜，我们也没有办法去了解，因为后四十回没有了。原本后四十回最后还有一个情榜，对于这些人都会有一个判定，但对妙玉的判定到底是什么我们也不知道。

妙玉的名字也有意思，重了一个"玉"字。曹雪芹一定不会是技穷了，不会给人起名字了，用了一堆的"玉"。因为书里反复地说到，连小红叫红玉，都被人不喜欢，最后只好改名叫小红。王熙凤也不高兴，说"得了玉的益似的，你也玉，我也玉"。其实他们说来说去，旁边就有一个叫妙玉的，他们都没关注。当然，妙玉是槛外人，不是尘世中人可能不算，但是对我们读者来说，妙玉也有一个"玉"字。所以作者让她从一个"玉"字，给她设定身份，可能都是有原因的。

说这么多，还是要说这样一个话题：妙玉和贾宝玉之间究竟有没有一些感情纠葛？很多红学家认为可能是有的。《红楼梦》里确实写出来了，即便在前八十回里也写出来了，连求红梅都要让宝玉去，李纨说让人跟着，黛玉说"有了人，反不得了"。在生活里这种事情很多，如果周围人知道哪两个人之间有这种关系，会有意识地去让这个人和那个人接触，这是一个正常的逻辑。在这个逻辑里甚至会有这样的情况：一个人偷偷地喜欢另一个人，很不希望那个人和别的人在一起，但是如果周围的人都去推动，他也只好跟着别人推动。这个逻辑在生活中是很常见的，那么还原到小说里也能理解了。所以我们知道小说的作者是有意这么写的。栊翠庵喝茶那一回，是典型的中国古代小说的叙事笔法。这种笔法有一个很大的特点——言在此，意很可能在彼，言和意一定要错开，不能想干什么就直接说什么，在这一回里体现得很充分。这个情节想写妙玉请宝玉喝茶，但是不能直接请，怎么办？请林黛玉和薛宝钗喝茶，甚至妙玉专门对宝玉说如果不是她们两人，宝玉是喝不到她的茶的。这个话此地无银三百两，是很显然的，因为她和那两个人其实也并不是很熟，我们都能看出来。作者有意识地写了林黛玉的心理活动。林黛玉在心里想，妙玉是一个比较牛性的人，就不要跟她争执，反正也不是很熟。而且薛宝钗和妙玉也没有那么熟。其实妙玉就是要请宝玉喝茶。她为什么要请宝玉喝茶？肯定是有原因的。所以，作者有没有可能想在他们两个之间去写情感纠葛，到后四十回是不是要把情感纠葛明确地写出来，而不是像前面那样隐约地暗示？是有可能的。但是我们看不到后四十回，所以这个情节无法猜测。

现在的后四十回里写的，从某种意义上讲倒也是合理的，因为前面的判词说"可怜金玉质，终陷淖泥中"，就是说她"欲洁何曾洁，云空未必空"。洁和空都没有达到，最后还是要坠落红尘，但坠落红尘到什么程度我们不知道，怎么坠落也不知道，所谓的"陷淖泥"到底是指什么也不知道。那么，现在的后四十回按照续作者的理解去写，强调因为禅心不够然后怎么样，是不是作者原意，我们也不好判断，只能说这个情节肯定和宝玉有关。所以，她对宝玉青眼相加一定不是因为他还有点儿知识、见解，当然也不是因为他是主人，因为妙玉对于主人其实是不屑一顾的。

二十六、宝钗会嫉妒宝琴吗？——宝琴的意义

问：第四十九回："宝钗推宝琴笑道：'……我就不信我那些儿不如你。'说话之间，宝玉黛玉都进来了。宝钗犹自嘲笑。"宝钗这句话是随口说笑，还是真的觉得宝琴的到来对于自己有所威胁呢？为什么《红楼梦》都进行到一半了，突然又出现宝琴这样一个人物呢？

薛宝琴的出现在《红楼梦》中确实是一个很奇特的事件，所以红学界对这个人也有很多争论。因为按照一般的逻辑来说，一部小说到了中间以后就不应该再出现特别主要的人了。在第四十九回再出现一个人，而且这个人又似乎要凌驾于薛林二艳之上，再加上贾府诸人对她的态度也非常奇特，所以对于这个人的出现一定要有一个解释，我们才能够接受。

我个人认为薛宝琴的出现其实是让贾母表明态度的一种方式。我们前文讨论过贾母态度的话题，贾母对于贾宝玉到底娶谁这个事情，不能有直接的发言权，但是她可以有影响力，这个影响力应该怎么操作，是个非常复杂的问题。贾母需要让人知道她的态度，我们在前面看到王熙凤已经感觉到贾母是倾向于林黛玉的，甚至还因此跟林黛玉开"既吃了我们家的茶，怎么还不给我们家作媳妇"

这样的玩笑。但是这个玩笑开过之后，事情没有继续往下走，一定是整个贾府对这个事情又有不同的看法，所以贾母还需要再一次强调她的态度，所以就又出现了张道士那个故事。她跟张道士说给她们家说个媳妇，别的要求没有，只要模样好、性情好，家底根基都不管，意思是有没有钱都无所谓，这又是一重表态。这个表态之后还是没什么变化，原因当然大家都理解，对于贾宝玉的婚姻有决定权的人没有变化，就是王夫人一直没有表态，或者说没有明确表态。所以，薛宝琴的设置可能是给贾母又一个明确表态的非常好的机会。

贾母仔细地问薛宝琴的生辰八字，这在古代的语境里是一个很明确的信息，她要跟宝玉的生辰八字合一下，看看他们两个犯不犯冲。问生辰八字，有点儿像在当今社会突然问一个人的身份证号码，这样不太好。所以这里贾母就是想让听到的人觉得她想来捏合薛宝琴和贾宝玉，但实际上这不可能，因为薛蝌带着薛宝琴进京的目的就是为宝琴完婚，宝琴已经许给了梅翰林之子。贾母不是在宝琴她们刚来时就说这个话。宝琴刚来贾母就很喜欢，硬逼着王夫人认了干女儿，还让跟她一起住，第二天给宝琴找出特别珍贵的舍不得让贾宝玉穿的衣服。经过了这么长时间，贾母才问八字。小说写到薛姨妈的心理活动，薛姨妈听这个意思好像要说亲，然后她也想用非常妥当的方式拒绝，因为宝琴已经许给梅翰林之子了。但是实际上贾母肯定早就知道，那么她用这个话表达什么意思呢？

我们去还原一下当时的语境，其实就表明她一直没有中意的，尤其是宝琴和宝钗两个人是姐妹，如果她中意宝钗就不会有后面这些说法。这些说法的存在就表明她之前对薛宝钗没有倾向，虽然中间她对薛宝钗也有关注，甚至还有一些话引起我们的误解。她曾说贾家的几个孩子都不如宝钗识大体的话，对这个话要做复杂的解读。她实际上还是把宝钗作为客人来评价，说她"比我们这两个玉儿好"、他们俩可恶等，她肯定不会觉得那两个玉儿可恶，所以我们不要看她表面的话。《红楼梦》反复告诉我们这一点，剧中人表面上说了什么话，未必是他真实的想法，这种交往方式可能会让当代人感到有些陌生。书中经常有人当面说假话，读者都没看出来，那是因为我们不太习惯古代的交往方式。比如，宝玉说他有病不能去参加薛蟠的生日派对，很多人就以为是真的，但是前面写了他没有病。薛宝钗遇事也曾"少不得推身上不舒服就不去了"，这都是现成的话。甚至薛宝琴也是，她说有一个外国的女孩子写的诗也很好，大家让她拿来看，她说她没拿，这就是个现成的谎话。但是如果下面没有林黛玉她们说她肯定拿了，让她去找，我们读者真的会被她骗过去，其实只是因为她行李太多太乱，懒得去翻，这里没有品质上的问题，是非常正常的交流。人际交往有时候会有一个就简原则，为了就简有的时候就会有谎话，但是这个谎话不代表什么。所以薛宝琴说没拿是很正常的，这相当于一个交流的博弈，她在试探对方想看这个诗的坚决程度，如果对方坚决想看，那么只好豁出去了给拿来；如果对方无所谓，也就随便说一下，她说没拿就过去了。倒不是非得句句话都是真话才是真诚的，因为交往有它的惯例。

　　贾母前面多次表态，不同的人对它可能有不同的解读，因为那些表态真真假假，很难去推测。倾向于林黛玉的这一方，我们可以把他们叫"黛党"，这一方肯定会觉得她这次的表态是倾向于林黛玉的，但是"钗党"就会觉得她倾向于薛宝钗。她这次表态其实比前几次都明确，比如之前张道士提亲，她说要性格好，很多人也觉得是在说宝钗，大家都认为林黛玉性格不好，接下来她又说根基什么的都无所谓，有些人也会认为是说薛宝钗，因为她家虽然有钱但是没有势力，没有官位。贾母这次表态比较明确，因为薛宝琴和宝钗是姐妹，她想看看有没有宝琴的可能性，就意味着她否决了薛宝钗的可能性。比如有兄弟两个人在这儿，你要派一个去干活，让老二去了，老二去不了，你就说没办法了，那就意味着你根本就没有考虑老大的存在。

我的这个理解还有别的证据。当然是有点儿求之过深，但是对于《红楼梦》来说也是正常的。薛宝琴要嫁的那个人姓什么？姓梅，是梅翰林之子。在古代的赋里，"乌有先生""亡是公"之类的都是用谐音来表示这个人根本就不存在，所以梅翰林其实就是"没"翰林，根本没有这么一个人，只是凭空添出来的。如果你觉得这个求之过深，那么仔细看一下，《红楼梦》里边很多人的名字都是有寓意的，比如英莲家的仆人叫霍启，她家怎么能有这么一个仆人？古代的仆人都是叫来贵、来福、来禄、来旺之类的名字，他会叫霍启吗？不可能的。书中还有"卜固修""卜世仁"之类的名字，我们都知道肯定是有寓意的。所以薛宝琴的设计，我个人认为更多地是一个表态。

但是红学界也有人认为薛宝琴不是薄命司中的人，因为贾宝玉游幻境的时候，看到了春愁秋悲之类的各种司，最后进了薄命司，他看了又副册、副册，最后看了正册的十二个人，正册里肯定是没有薛宝琴的。有些红学家推测薛宝琴应该是在副册或又副册里，但是有人不认可，因为薛宝琴是薛宝钗的妹妹，小说里把她写得非常美丽，连贾母都特别喜欢，甚至林黛玉跟她的关系好像也蛮好的，好像她哪个方面都很好。这样的人怎么能放到副册、又副册呢？这是不妥当的。在这种逻辑下有学者认为她是在薄命司之外的某司，也说得通，因为之外也有"春感司""秋悲司"，那里边肯定也有很多人，倒也妥当。但是这个思路的前提稍微有点问题：十二钗的正册、副册和又副册究竟是按什么来分的？薛宝琴为什么不可以入又副册？她长得漂亮就不可以入又副册吗？那晴雯长得漂亮吗？在整个《红楼梦》里面晴雯的美貌应该是首屈一指的，贾母之所以让晴雯到宝玉房中去，就是因为看中她长得漂亮，后来王夫人抄检大观园的时候也是首先承认她的美丽，说"好个美人！真像个病西施了！你天天作这轻狂样儿给谁看？"她的美丽无可置疑，她就在又副册。如果说因为宝琴的出身不能入副册，那香菱呢？她本来是乡绅家的小姐，但她也在副册里。还有秦可卿是从养生堂抱来的，她又在正册，妙玉不知道从哪来的，她也在正册。如果说香菱虽然是乡绅之女但她后来流落成妾了，所以不能在正册，那么巧姐呢？巧姐的设定结局可能比妾更糟，很可能会流落烟花巷，因为在《好了歌解》里"谁承望流落在烟花巷"的脂批中就指出了这一点。我们现在看到巧姐的结局没有在烟花巷，那是后四十回改了。即便巧姐没有流落烟花巷，最后也是到农村去当了一个普通人，社会地位也是很低的，但她还是在正册里。所以分册到底是按出身还是按结局，不好确定。从这个角度来说，宝琴不在薄命司副册和又副册里的推断，逻辑上还是有问题的。

但是还有另外一个考虑，这个考虑放到中国古典小说里也是合适的。一个小说过半后突然出来一个非常厉害的人物，这在小说世界里是不太能被人接受的，但这是一个笼统的说法，放到我们中国古代小说里边未必不可以接受。古代小说的格局设计和我们一般看的西方小说不一样，古代小说的作者经常希望能够用一些新的形象来衬托、激励、扩充以前的形象体系。薛宝琴的到来对贾宝玉是一个很大的冲击，看到薛宝琴之后他有一段所谓的痴话："老天，老天，你有多少精华灵秀，生出这些人上之人来！可知我井底之蛙，成日家自说现在的这几个人是有一无二的，谁知不必远寻，就是本地风光，一个赛似一个，如今我又长了一层学问了。除了这几个，难道还有几个不成？"当然，他身边的袭人等人都了解他了，所以在他慨叹的时候都不理他。但是我们读者应该了解，他之前一直认为整个天地的精华、世间的美都集中在他认识的这些女孩子身上，而薛宝琴给他打开一扇窗，这一扇窗对于贾宝玉很重要。

贾宝玉从第三十六回"识分定情悟梨香院"开始，就慢慢地有点悟了。当然，看《庄子》的时候也有点悟，但那个时候是初级的，说的都是小孩的话，意思是把林黛玉、薛宝钗的美丽都抹掉，把她们的聪明都窒息了，这样就与世无争了，倒是回到道家的思想上去了，但实际上是他受到挫折之后的应激反应，并没有真悟。但是"识分定情悟梨香院"时确实开始悟了，他发现每个人只能得到属于他自己的眼泪。一个非常美丽的女孩子——龄官，并不围绕他转，他才明白了。这种认识不是一步成形的，他后来还要看到宝官、蕊官和药官她们的故事，从那里也要领悟人世间的这些情感的互相确证的问题。他会发现人世间的美非常多，超出他这个世界之外的美也非常多，他只需要把他的希望、他生命的激情寄托在他所能寄托的人身上。

所以在那几回往后，我们会觉得贾宝玉和林黛玉之间的感觉跟以前不一样，慢慢地平和了，原因之一就在于此。其实在他们两个的情感纠葛过程中，二人刚开始并不处于完全平等的地位，这个感觉就有点儿像我们现在大量的狗血剧，差不多就是"痴情女子负心汉"的公式。因为在林黛玉的心目中，贾宝玉是情感的唯一寄托，但是对于贾宝玉来说不是的，不只是因为有金玉良缘和木石前盟作对，也因为，贾宝玉"爱博而心劳"（鲁迅语），是一个博爱主义者，他对所有美丽的、聪明的、纯洁的女孩子都爱。这种爱我们暂且不谈它的性质是什么，但是它对于林黛玉来说一定是一种伤害，因为林黛玉只把贾宝玉作为自己生命确证的对象。如果我们对于贾宝玉了解更深的话，会知道其实他很明确，他对所有美好的女孩子的爱都只是对于生命的寄托而已，他认为生命就应该这么美，这个美只能在这些女孩子身上体现。这种爱并不是我们通常所说的那种男女之爱，他的爱情反倒是唯一的，并没有滥用。在很早的时候，第二十八回"薛宝钗羞笼红麝串"那里，他看到薛宝钗的胳膊心生羡慕，但那个时候他的心理活动我们看得非常清楚——"这个膀子要长在林妹妹身上，或者还得摸一摸"。抛开表面的色彩，直指内心，会发现他是很坚定的，在爱情上没有任何犹疑。他们两个前面有很多互相试探，很多的情人之间的争吵、生心，但实际上在我们读者看来都是不必要的，因为他们其实都是专一的，只不过中间有各种因素产生了影响而已。所以到了第三十六回前后，贾宝玉慢慢地开始悟了。之前到处留情的那种感觉还有一点儿公子哥的习气。他天生觉得，只要看到一个漂亮的女孩子，那个女孩子就应该喜欢他，也不是要求那个女孩子爱自己，只是要求那个女孩子承认他的殷勤。比如平儿和香菱，他也想去献殷勤，但是香菱是薛蟠的妾，平儿是贾琏的妾，他是没有机会的。所以，小说里写他有机会去献殷勤的时候是很高兴的，觉得终于可以给美丽的女孩子尽一份心力。他尽心力并不是希望有爱情上的纠葛，好像只是又一次在其中得到了生命的确证，呵护美丽的东西也让他自己对生命充满希望。在"村姥姥是信口开河，情哥哥偏寻根究底"一回中，人家说一个女孩子他就神往，然后就要去找那个女孩子，能看出他的这种习气。他觉得他周围所有的女孩子都要围着他转，不管这个想法是什么用意，因为他本来就生活在这个环境里面。但是他一步一步地要开悟，前面的开悟还都是在他所能控制的范围里，比如龄官，她再喜欢贾蔷也是贾府的十二个伶官之一，也是贾府豢养的戏子，所以她的命运还要操控在贾府的手上。但是薛宝琴完全不操控在他手上，跟他没有任何关系，给他展现了另外一片天地。再加上他又梦到了那边还有一个甄宝玉，甄宝玉那边又有一个完整的体系，那里也许又有十二钗，这些都在反复地给贾宝玉提供开悟的可能性。如果我们把薛宝琴当作这样的一个符号来看待，也是有道理的。

我们把视野放开来看，中国古典小说里这样的情况其实挺多的。《三国演义》里面姜维重要吗？也很重要。司马懿当然更重要，后面主要是姜维和司马懿的争斗，但前面完全没有他们二人的情节，这个姜维刚出现的时候读者都不知道他是干吗的。这在中国小说里非常正常。《西游记》的核心线索就那么几个人，但是里面比较重要的妖怪，比如牛魔王之类的，也是在中间才出来；通天河是《西游记》里边被认为很重要的一个环节，因为正好是走到中间了，十万八千里走了五万四千里，一百回走了五十回，很重要但只是在中间。这样的例子我们在当代受古代小说影响的作品里也能看到。所以，对薛宝琴这个人物形象的出现可以有更超越性的理解，既可以从技术性的角度去理解，她是贾母的一个机会；也能从人物形象体系的设置上去理解，她是贾宝玉开悟的一个入口。

二十七、尤三姐许嫁后的转变合理吗？——续作者不敢想象的一个女性

问：尤三姐应该是一个精神上比较率性自我的人，比起尤二姐来说更多一些反抗的特色，而且也很刚烈，那么她对贾珍、贾蓉应该是拒绝的；而且她从五年前就开始喜欢柳湘莲，并且一心想嫁他，那么在贞节这个方面也应该注意。可是为什么会出现她和贾珍、贾蓉之间的那些情节，这是否有矛盾？

这个话题我们要说两个层面。

第一个层面是《红楼梦》的版本。因为在第六十五、六十六两回，程本系统和脂砚斋本系统是不一样的。程本系统里尤三姐是一个凛然的人，一个贞节自持的人，并没有和贾珍、贾蓉怎样，脂砚斋本才是这样子的。所以很多红学家认可程本系统的写法，认为对尤三姐来说前后的性格是一贯的，比较好理解，那样的话就不矛盾了。但是，根据我们对于《红楼梦》版本的了解，我们一般认为，尤其我个人认为，脂砚斋本是在前的，是原本，程本是被改过的。而且，如果仔细地去对勘两个版本，会发现程本在很多时候改得特别酸，改一些续作者接受不了的情节。因为曹雪芹很多时候已经超越了时代，到了高处不胜寒的地步了，他自己

也清醒地知道这一点。很多做出非常伟大贡献的人对自己是有清晰的看法的。我们一般的人做的贡献小，对自己没有非常通透的把握，不知道自己能做到什么程度；但是一个伟大的人，能够影响人类进程的人，他基本是清楚的，曹雪芹也是一样。从《红楼梦》里面的很多写法我们都能感受到这一点。

所以，在整个《红楼梦》里面有很多情节根本不符合当时人的道德判断，但是曹雪芹根本不在乎，他对当时的道德判断已经超脱了，他就要写出自己心目中理想的东西。这个说起来容易，比如我们试着去写小说，肯定也想写一部超时代的小说，但是你真的能超越这个时代的评判标准吗？其实是很难的。你塑造一个你喜欢的人，有可能就是这个时代喜欢的人；你就算故意要塑造一个这个时代不喜欢的人，但其实也是你不喜欢的人，而且塑造出时代不喜欢的人也表明你没有超越时代的特点。你要是能塑造出一个你特别喜欢的，但是时代特别不喜欢、完全不能接受的人，但以后的某个时代会接受，那才是超越。但是这很难，因为你喜欢什么是由时代来决定的，我们个人只能负责其中很小的一部分。

所以，我觉得脂砚斋本反倒写出了人性的真实，这就是第二个层面：究竟尤三姐是一个什么样的人？她对于贞节究竟是怎么看的？她前面这么做，后面那么做，是不是很矛盾？其实很可能不矛盾。我们举非常有名的例子，《金瓶梅》里的李瓶儿。李瓶儿在嫁给西门庆之前，很多读者都认为她不是一个好人，因为她为了嫁给西门庆不管她的丈夫，她丈夫死了之后她还很高兴，拿着钱就嫁给西门庆了，很凉薄。但是嫁到西门庆家之后她变了，变成一个很贤惠的人。这个变化在金学界也有很多学者争论，最后大家也都认可这个变化，因为这个变化实际上从很多角度是能解释的。不是说人不能变化，而是说变化要有逻辑。

那尤三姐的变化有没有逻辑呢？当然有。我们需要解决其中的"矛盾"：一、她几年前就喜欢柳湘莲，按道理她应该贞节自持。我们能理解这个逻辑，真的爱上一个人的人，尤其是女性，她不会轻易地去跟其他人有不合理的关系。但问题就在于：尤三姐有自我选择的权利吗？尤三姐跟柳湘莲有可能吗？实际上光是喜欢是没有用的，就好像我们现在一个女孩子喜欢一个男影星，她希望这个男人就不要娶别人了，但是这个女孩子该嫁人嫁人，这个情况和尤三姐几乎是一样的。当然，实际上还是不一样，我们现在每一个人都有可能去找到自己崇拜的影星表白，他接不接受是另外一回事，但是你有权利去说出这句话；而尤三姐都没有这个权利去说这句话，所以她的喜欢没有任何意义。在这个情况下，当然不能作为我们刚才说的逻辑的一个支撑点。

那么这就会引发复杂的问题，就是对于贞节的看法。其实贞节是在承诺之后才会存在的，在非承诺之前并不存在，这又是另外一个层面的看法。那么这个看法继续往下走，就是尤三姐喜欢的人她不可能得到，她不喜欢的人却老围在身边转。其实尤三姐一直被男人看作玩物，她自己也很痛苦，那么脂砚斋本里写的就是她要报复这些人。既然他们把她看作玩物，那她也要把他们看作玩物。这个形象在古代小说里是没有过的，古代小说从来没有写过一个女人竟然把一个男人看作玩物，在古代这是不可思议的，甚至在当代都非常奇特。当代很多人还是会觉得在这种情况下，女性会处于弱势地位，因为整个社会的形态会规定这一点。在当代我们都难做到，可见尤三姐这个形象的特异之处。这是曹雪芹能塑造出来的人物，而不是高鹗之类的人能塑造出来的人物，高鄂不敢想象有这么一个女性。

其实说实话就是观念问题。尤三姐只要在观念上觉得她玩弄了男性就达到目的了，因为确实如此。你看她把那几个人呼来喝去，她高兴的时候就调调情，把他们惹得垂涎三尺，但是之后她一脚把他们踢出去。就这样，她确实是玩弄了男性。但是这种玩弄是一种自暴自弃的玩弄，因为在当时的整个社会观念之下，只是她自己心里这么觉得，社会还是会给她报复的。社会里面认为有一种东西存在，这个东西就一定存在，即便它不存在，包括贞节这种观念。如果整个社会都认为有，那么我们作为一个个体的人，也只好承认它有。如果别人都认为有贞节存在，尤三姐的报复就是以牺牲自己为代价，是一种自暴自弃的报复。这种自暴自弃式的报复贾珍之流也受不了，就问她到底想干吗，到最后她说了，想嫁给柳湘莲，说了之后由贾府出面就可以了。没有贾府出面，她是不可能嫁给柳湘莲的。宁府这两个人觉得她是个烫手山芋，也甩不开，拿她没办法，要赶快把她扔出去嫁人。所以贾蓉就说他来策划这个事，接下来尤三姐立刻就变了，跟我们前面讲《金瓶梅》中李瓶儿的变化是一样的，因为现在有承诺了，就要替柳湘莲去守节了，这就顺理成章了。

这个情节其实还附带了另一个事情，就是贾宝玉好像是知道尤三姐的事的，那么他为什么不告诉柳湘莲？这个问题就很复杂了。贾宝玉知不知道？当然知道，因为小道消息会传得很快。贾宝玉肯定知道，就看他怎么看。我们当代人怎么看这个事情和古代人怎么看其实不太一样。当代人也未必完全都是我们现在这个看法。柳湘莲对尤三姐的看法和我们想象的其实也不一样。柳湘莲不娶尤三姐，不是因为尤三姐和贾珍之流鬼混，他看重的其实是心，而不是身体，这一点和我们当代人一样。所以尤三姐自刎之后，他非常悲伤，觉得这个烈女自己错过了，早知道是这样的话就娶她了。所以他最后飘然出家。但实际上这是个悖论，尤三姐没有办法向他表明自己是个烈女，除非自杀，但自杀之后他们就一拍两散，什么都没有了。贾宝玉其实也并不真正了解，他只知道尤三姐鬼混，但是并不知道尤三姐心里对于柳湘莲到底怎么想，毕竟她心里怎么想只有自己知道。在她最后拔剑自刎之前，谁也不知道。我们读者可能知道，但这不代表剧中人知道，因为我们是一个上帝的角色。这里边会有复杂的层面要考虑，甚至包括生活逻辑的层面，所以其实并不存在矛盾。

二十八、袭人是个告密的小人吗？——理解袭人

问：袭人是个告密的小人吗？

我们前文在讨论晴雯之死时谈过这个话题。在那个问题里，很多读者都对袭人起了疑心，但我们分析了，应该不是她告的密。不过，一些研究者会拉出袭人另外的事来作为此事的旁证，就是她曾给王夫人进谏，说要让宝二爷迁出大观园。很多红学家就认为这是明显的告密，那么既然有初一，就有初二，她前面告了密，后面可能也会告密。

但事实上，此处也不是。那个细节中说："王夫人听了这话内有因，忙问道：'我的儿，你有话只管说。近来我因听见众人背前背后都夸你，我只说你不过是在宝玉身上留心，或是诸人跟前和气，这些小意思好，所以将你和老姨娘一体行事。谁知你方才和我说的话全是大道理，正和我的想头一样。你有什么只管说什么，只别教别人知道就是了。'"可见王夫人对袭人另眼相看，但就在这样的时候，在袭人需要一些具体例证来证明自己不是瞎想的时候，她仍然说"太太别多心，并没有这话。这不过是我的小见识"。其实这个时候她这样说，对自己是不利的，因为她说出了一个重大的建议，这个建议一定要有事实做支撑。没有支撑的话，

王夫人会不明白她为什么这么想，会怀疑真的有了什么问题。因为她说如果让二爷还在园子里住，姐姐妹妹很多，万一发生什么事情不好交代，不但带累了二爷的一生名节，她自己服侍二爷一场也"罪有万重"。这个话说得很严重，王夫人一听如同被霹雳击中一样。其实袭人掌握了很多的东西，但是她不说出来。

我们再稍稍往这个情节前看一下，宝玉挨打后袭人先问了焙茗，得到的答案是："那琪官的事，多半是薛大爷素日吃醋，没法儿出气，不知在外头唆挑了谁来，在老爷跟前下的火。那金钏儿的事是三爷说的，我也是听见老爷的人说的。"袭人自己"听了这两件事都对景，心中也就信了八九分"。但后来"王夫人见房内无人，便问道：'我恍惚听见宝玉今儿捱打，是环儿在老爷跟前说了什么话。你可听见这个了？你要听见，告诉我听听，我也不吵出来教人知道是你说的。'袭人道：'我倒没听见这话，只听说为二爷霸占着戏子，人家来和老爷要，为这个打的。'王夫人摇头说道：'也为这个，还有别的原故。'袭人道：'别的原故实在不知道了。'"王夫人向她承诺了不告诉别人，而且贾环也不得人心，这是告密的最佳时机，但袭人没有这样做。

袭人的修养跟宝钗比较像，属于传统文化培养出来的贤人。因为在传统文化里面，像这一类的不好的话是不能出口的，因为说出口等于是在做小人。传统文化更重个人修养，这一点跟西方文化差别很大。在西方文化里面，如果听到一个人说坏话，你是有检举的责任的，因为你要阻止他做坏事；但在中国人的逻辑里边，你去做这件事情本身就把自己放在了小人的地位上，对你来说损害非常大，因为传别人的话就是不合理的。那个人只要不是说给你听的，就不该你听到，你听到本来就已经是非礼了，就应该装作没听到才对。每个人都竭力于个人修养，那整个社会当然就好了，这是儒家的设想。所以在这个细节里我们可以看出，袭人不是爱告密的那种坏人。

当然很多人又会指责，说她是一个封建社会培养出来的孝子贤孙，我们也只好承认。但是承认这个也不是说她坏，因为我们也不能寄希望于封建社会培养出共产主义接班人。我们在很长一段时间里老是用封建思想、封建礼教去评判古人，其实那是有问题的，封建时代的人怎么会没有封建思想？有才是正常的，不但要有，而且要完全按封建思想做才是好人。就像我们如今就要有我们现代的思想，现在有封建思想就是坏蛋。但是封建思想本身，我们不能剥离开社会来讨论它好还是坏，也就是说不能脱离历史语境来评价人。

二十九、袭人吐血后为什么心凉了？——袭人的雄心

问：在第三十一回中，袭人吐了一口血后，心都凉了，为什么？

袭人给宝玉开门，被宝玉误踢了一脚，她"见了自己吐的鲜血在地，也就冷了半截，想着往日常听人说：'少年吐血，年月不保，纵然命长，终是废人了。'想起此言，不觉将素日想着后来争荣夸耀之心尽皆灰了，眼中不觉滴下泪来"。这里为什么写得这么郑重？我觉得有两个原因：一是袭人对吐血事件在生理上的预估；二是袭人对此事在自己人生规划上的预估。

先说在生理上的预估。古人和我们现在不一样，现在医疗条件自然要好很多，吐口血当然也很可怕，需要做各种检查，但终究有体系完备的医院，一般的病都还是有办法治疗的，所以在生理上的预估就会乐观得多。当然，这也与西医总体来说比较有确定性有关——中医治病可以很高妙，但有太多难以明确把握的地方。我们当代大部分人都不太相信中医了。尤其是从鲁迅先生以后，很多人都认为中医是有意无意的骗子。其实这是不对的。中医有高深的地方，其实治病能力是很强的。我们现在之所以不太相信中医，不是因为中医不好，而是因为没有好中医。这是两个

层面，两个逻辑。所以，袭人一看吐了一口血，一下子心就凉了。

第二个是心理上的预估。这个时候袭人的心态，我们可以想象一下。虽然作者没有再去仔细地写后话，没有去专门描述这个事件的进一步的影响，但是我们可以把这个事件作为袭人一生的分水岭，去考察一下其前后的异同。其实，她的行事都和她的整个人生规划有关。总的来说，袭人是有"功名"心的。当然，在如今的我们看来，她那点儿想法都不叫什么雄心壮志。但对她来说，却是实实在在的雄心壮志，是她一生的规划：她的最高梦想就是成为贾宝玉的妾，最后成为像平儿那样的人，能够掌管贾府。那也是威势赫赫的，仿佛在一人之下万人之上的位置。但这个梦想是需要她有命去享受的、有运去享受的。而她现在没有了，她就觉得自己是薄命的，因为她被踢得吐血之后，很可能命不长久。

三十、为什么要突出麝月？——袭人的一个翻版

问：第二十回说："宝玉听了这话，公然又是一个袭人。因笑道：'我在这里坐着，你放心去罢'"，如何看麝月？

麝月在前八十回里似乎并不是特别重要，好像有没有她都没什么关系。很多人对麝月的印象不深刻，因为贾宝玉的丫鬟里边，袭人和晴雯两个形象最鲜明，麝月好像总在她们身后，表现不出来。但实际上作者是把麝月写成袭人的一个影子、一个翻版，她跟袭人在行为处事各方面都很像。另一方面她又比袭人能说。在需要跟别人对骂的时候，袭人就不行了，她在这一点上比较笨，就把麝月推出去，结果麝月一两句话就把对方给说哑了，嘴很厉害。可见，麝月跟其他的丫鬟们还是不一样。作者为什么要设置这个人呢？脂批里面提示过，麝月应该是最后陪伴在贾宝玉身边的那个人。袭人虽然一直是贾宝玉的第一贴身侍卫，但是我们知道她的命运早就注定了，她最后跟蒋玉菡在一起，在她的判词里面都说得很清楚："堪羡优伶有福，谁知公子无缘"。脂批说，最后贾宝玉悬崖撒手的时候"忍弃宝钗之妻、麝月之婢"，就知道麝月在原稿里面是他的妾，最后修成正果，所以这个人物形象还是很重要的，在前面一定对她有铺垫。中国小说在营构上特别重

视，不会对一个重要的人物在前面完全没有铺垫，后面就突然重要了，所以在前面要反复地去突出麝月，这里就是最重要的一次。说"公然又是一个袭人"，把她当作袭人的一个替身来写，说她考虑问题很周到，是个可以寄托的、让贾宝玉的父母都放心的人。

三十一、"香魂"如何返故乡？——对香菱结局的原初设计

问：香菱的结局与作者原意相符吗？

目前我们看到的是金桂想害香菱，反倒害死了自己。后世学者普遍认为这和原作设定不符，因为原来有"自从两地生孤木，致使香魂返故乡"这样的话。那么原来的结局究竟是怎样的呢？有位同学提到，如果香菱就是被夏金桂折磨死的，那么似乎跟前面的王熙凤和尤二姐的情节有点犯。犯，这个不好说。因为中国古典小说特别喜欢犯。这个"犯"，就是前面有什么，后面还来什么：前面过生日，后面也过生日；前面出殡，后面也出殡。它要通过犯，去显示更细微的不同。因为王熙凤跟尤二姐和夏金桂跟香菱，确实还是不一样的。香菱是个从丫鬟上来的妾，而尤二姐是在外面偷娶的，这个差别会非常大。因为尤二姐对王熙凤会构成威胁，而香菱对夏金桂是不会构成威胁的。

当然，香菱也算是一个线索性的人物了。她的结局我们直接在判词里就看到了。甄士隐抱着他女儿的时候，那个和尚过来说的话"有命无运、累及爹娘之物"等，都暗示了香菱的一生一定是很悲惨的。她的结局肯定是作者早就预设好的。

但是作者预设好了之后，在整个《红楼梦》写作过程中有没

有变化呢？可能也是有的。如果有人有兴趣把《红楼梦》前五回里边各种各样的线索都抽出来，一一和前八十回的情节去对照，可能有一些是对不上的。

当然有些对不上的情况，比如秦可卿，是因为受到干扰。那么，把秦可卿排除之外，别的人是不是都能对上？好像也不一定。那是不是说明曹雪芹在写作的过程中，想法也一直在变化？这个我想大家应该能理解。如果你写一个一百万字的长篇，在写的过程中，对人物的结局或者走向，可能也会一直有改动。

三十二、丫鬟们为什么排挤红玉？——红玉其人

问：第二十七回里边红玉的形象非常突出，凤姐也赞赏她，但是宝玉房中的丫鬟和宝钗对她的偏见十分强烈，晴雯就用刻薄的语言排挤她。她们为什么会对红玉形成这样的印象？

这个问题其实涉及两个方面。第一个方面，红玉到底是一个什么样的人。第二个方面，红玉这个人在宝玉的丫鬟和宝钗的心目中到底是什么样子。对于红玉这个丫鬟，我们当代人的正面评价可能多于负面评价。因为她的很多想法，比较符合当代人的判断。她有她独立的想法，甚至一些想法还很深刻。她有些话说得是很冷的。看见别人在收拾房子，她说他们认真收拾，好像有几百年的煎熬似的。这个话不像一个十几岁的女孩子说出来的，证明她真的见惯了世态炎凉，真的能把事情看透。而且她知道自己要什么，所以凤姐那边一有机会，她立刻就过去了。秋纹、麝月说她飞到高枝上去了，事实也确实如此。她是一个有准备的，甚至也有野心的丫鬟。所以，当代人不觉得这很不好，因为当代人是承认野心的。

在当代去考察一个人，如果他没有野心，我们反而觉得有问题。我们每个人都应该有野心。回家碰见哥哥姐姐的小孩了，你

问他："小宝你长大要当什么？"如果孩子回答说长大要当一个百万富翁，"哎呀好，我们小宝好有出息"；如果孩子说长大要当一个大官，要当大科学家，"哎呀好，好厉害呀"。但如果孩子说长大要当一个清洁工，你当时想夸他都不知道用什么词，尤其是当着他父母的面。挺尴尬的，对不对？如果你说让他加油当一个全球最伟大的清洁工，好像也不太好。

实际上，按我们现在的逻辑来讲，清洁工和伟大的科学家只是分工不同，所有的职业都没有高低之分。这个看法是我们尽量地去尊重从事底层职业的人的看法。如果职业真的没有高低贵贱之分的话，现在国家公务员考试大概平均从数百人中招一个，那为什么招清洁工的时候不是数百比一呢？那一定是不一样的。每个人都希望自己能够做得更好，做得更好是一种自我认可，也是一种社会认可。我们要鼓励这一点。如果认为所有的工作都一样的话，每个人就都没有奋斗的动力了。做哪个工作都是给社会做贡献，扫大街也是给社会做贡献。但问题是如果你能当个科学家，你对社会做的贡献当然比扫大街更大了。你可以发明一个扫大街的机器人，把全人类从扫大街的杂务中解放出来。

正因为如此，我们当代人读《红楼梦》的时候，对红玉的态度跟古代人是不一样的。我们现在同意"不想当元帅的士兵不是好士兵"。现在的整个社会鼓励我们打破阶层的束缚。每个人都要有自己的这种发展的规划和野心，这没有什么可耻的，没有什么不好意思说的。我们会认为红玉的想法是正常的，但是对于清代人来说，红玉的想法是不正常的。在她们的眼中，《红楼梦》里面最好的丫鬟是谁？是袭人，没错。为什么呢？小说写得很清楚，她服侍贾母的时候，眼中只有一个贾母；服侍宝玉的时候，眼中只有一个宝玉——这是古代的仆人、丫鬟的典型，就应该这样。作为一个丫鬟、一个下人，如果在服侍主人的时候想：我要是能当主人，让她当我的丫鬟多好，那还有阶层吗？整个社会还能运作吗？仆人是完全从属于主人的。要是仆人不忠心耿耿，老是胳膊肘向外拐的话，那整个社会的根基就会被动摇。所以在这里，贾府里大部分人只要知道红玉的心理活动，对她就都没有好评价。王熙凤对她有比较好的评价，那是因为看到她的工作能力，但是并不知道她心里是怎么想的。王熙凤还觉得，要把她弄过来，是不是还要跟她的主子打个招呼。因为王熙凤也知道这是挖墙脚的行为，是不合理的。那么秋纹、麝月，包括晴雯，她们当然是觉得，红玉光想过来干点儿她那个阶层干不了的活。所以就对她很警惕，当然动不动就排挤、打击她。虽然这在我们如今看来会觉得不合理，但是还要把它放到原本的生活形态里去。

当然，红玉在原稿的后半部分应该还有重要的戏份，但可惜的是我们现在看不到了，也就无法细论了。

三十三、为什么写黛玉带雪雁进贾府？——林家的状况

问：林黛玉去贾府时带了两个人：雪雁和王嬷嬷。贾母之所以将鹦哥（紫鹃）给林黛玉，就是因为雪雁太小，王嬷嬷则极老，怕她们照顾不及。那么，当时身份高、家世好的林黛玉怎么会带了这样两个人去贾府？

这确实是一个疑问，我个人觉得可能会有两个层面的解释。

一个就是从技术层面来讲，贾府可能需要在这个方面有所表现，在林黛玉的丫鬟这里是表现的一个地方。林黛玉的丫鬟要能够和别的丫鬟有交集，要在地位上能匹配。如果突然来一个林府的丫鬟，这个丫鬟其实是很难融入的，我们看小红等人的情况就知道了。要从贾府里给她调一个去，就比较好匹配。紫鹃和袭人等人一样，原来都是贾母身边的大丫鬟。这样的话，对于林黛玉身份的界定当然是比较有利的。

但是，这个解释并不能完全解决问题，所以我们还需要另一个层面，就是林黛玉的家庭到底怎么样。林黛玉的家庭一定是很不错的，因为他父亲做巡盐御史，经济上肯定没有问题。我们对林如海没有特别深的印象，因为和他有关的事情不多。但是通过仅有的那么一点点情节，我们就能感觉到，林如海是作者有意去

写的一个正面形象，就跟甄士隐一样。我们考察甄士隐和贾雨村的交往，发现贾雨村实际上有很深的城府，但是甄士隐没有，甄士隐是一个很传统、很典型的儒家文士。林如海也和贾雨村交往，贾雨村过来说要托他的门路时，林如海和贾雨村说的那些话，与前边甄士隐所说的话可以对照着读，非常相似，从中也可以看出，林如海也是一个有君子之风的人。所以他们家虽然很有钱，门第也很高，但可能并不在显耀富贵这个方面去用力。所以，作者给林黛玉用了这么两个人，一个太小一个太老，也有可能是从她的家世过来的这种考虑。

除此之外，还有别的可能性。比如很多人都会认为，曹雪芹塑造林黛玉一定是有一个原型的，书里的她也许就是按照那个原型的样子写的。虽然这个解释听起来有点儿耍无赖，但是前面好多的问题都只好用这种方式解释。比如贾赦住在后面，贾政住在前面，贾琏被称为琏二爷等，有时候从逻辑上说不通，就只能说原型可能就是这个样子的，因为确实会存在很多原型。周汝昌先生提过一个问题：在整个《红楼梦》里，所有人都是善恶参半的，甚至连最好的像贾宝玉、林黛玉、薛宝钗这样的人都是善恶参半的，没有一个完全坏的人，但是赵姨娘和贾环两个为什么被写得那么不堪呢？周汝昌先生就推测，是曹雪芹自己的家庭里就有赵姨娘和贾环这样两个人，而且他经过了兄弟阋墙、各种各样的矛盾，所以他写作时把持不住，非得把他们写坏。

三十四、伶官变成丫鬟后地位很高吗？——十二钗风流云散的前奏

问：几个伶官被分进了各房之后，看起来就像大丫鬟一样，身份很高，应该怎么理解？

十二伶官的风流云散实际上是十二钗风流云散的前奏，"三春过后诸芳尽"这个结局要预演一遍，就用十二伶官去预演。她们被分到各房也是各归其主，哪个人影射哪个人，最后恰恰就跟了那个人。因为前面的隐寓体系中有复合现象，个别人没在这个体系里，当然也有人已经去世了，所以有个别的伶官没有办法处理，就没有去说。当然这个问题可能还和元妃有关，这个过程没有细写。

十二伶官为什么要解散？第五十五回说"目下宫中有一位太妃欠安，故各嫔妃皆为之减膳谢妆，不独不能省亲，亦且将宴乐俱免"，到第五十八回说"谁知上回所表的那位老太妃已薨，凡诰命等皆入朝随班按爵守制"。这时所有的贵族家庭都要罢免酒席和宴乐，既然不能唱曲了，还养着伶官干什么？对她们的安置有两种方法，一种是放出去，一种是让她们转变身份变成丫鬟。所以当时就问她们解散之后愿不愿意出去，不愿出去就当丫鬟，大部

分人不愿意出去。很多人觉得古代的丫鬟很可怜，但实际上未必。丫鬟要是可怜的话，为什么这十二个伶官不出去？又没人拦着她们，又不需要交赎身费。贾府向来很宽厚，有的丫鬟要出去都不必出赎身钱，完全没有问题。再比如，《儒林外史》中，范进刚刚中举，就有很多人投身来给他当奴当婢，不要卖身钱。所以，婢女没那么简单，我们不要把古代社会想成压迫人的阶级和被压迫阶级水火不相容，不是那样的。

这个环节中间可能隐藏着一个巨大的政治变化，很多红学家认为，这个政治变化也牵扯到元妃的各种问题。但这个事情具体怎么进行的我们不知道，因为《红楼梦》不会具体写出这些正面的斗争，他前面反复讲这个书"大旨谈情"，也就是说只讲爱情，别的不讲。我们一般人看《红楼梦》都认为它只讲爱情，这也是作者要给我们的假象，你要这么看作者也很高兴，因为作者就是想让你这么看，这样他才保险。作者把那些细微的东西都塞进书里面，用各种方式来暗示你，要从反面看。很多读者感觉到其实伶官的地位比较复杂，她们肯定是属于奴婢阶层的，但同时她们又属于一种特殊的奴婢。奴婢一般来说都是做粗活的。古代的戏中丫鬟为什么要穿短衣服？因为好干活。小姐不用干活，所以她们要穿长袍。直到现在都是，越正式、越是礼节性的衣服越不适合干活，穿着燕尾服去扛一麻袋东西，那不可能。要想干活就得穿适合干活的衣服。从某种意义上讲，这些伶官在唱戏的时候不干粗活是可以的，因为她们用另一种方式来为主人服务，但是现在不唱戏了，她们也还是不会干活。贾府里端茶倒水的活不是那么容易干的，那是个巧宗，袭人、晴雯她们干惯了知道怎么干，刚进来的丫鬟却不知道，有的时候会出错。所以伶官们在房里但又不干活，不就像小姐一样了吗？是一种生活逻辑促使她们变成这个样子，并不代表她们真实的地位就高于晴雯和袭人。再加上她们又是以特殊的身份新来的，大家还是要关照一些的。这也要看各房的人怎么看她们，比如贾宝玉很重视芳官，当然周围的丫鬟们也会重视，可能有这么一个原因。

三十五、为什么第五回要写一篇赋？——警幻仙姑的地位

问：第五回为什么要形容警幻仙姑之美，而且用一篇赋来写？

这个问题脂砚斋也注意到了，在甲戌本里有一段眉批说："按此书凡例本无赞赋闲文，前有宝玉二词，今复见此一赋，何也？盖此二人乃通部大纲，不得不用此套。前词却是作者别有深意，故见其妙。此赋则不见长，然亦不可无者也。"但没有进一步分析。

如果你是《红楼梦》的作者，现在警幻仙姑出来了，让你给她写一篇赋，或者写一首诗，你愿意写哪一个？一般的人肯定都愿意写诗而不愿意写赋，因为赋很难写。不只是对当代人来说，古人同样如此。我们现在看到赋那么难读，以为古人才华过人，随手写就。其实很可能他们也是翻着辞典写的。司马相如和扬雄的赋很好，他们都是音韵学家，都有语言学著作。像班固《两都赋》、张衡《二京赋》那样的大赋，作者也要写很久。所以我们要充分理解写赋的难度。在整个《红楼梦》里赋也不多。但这里为什么要写一篇呢？作者何必跟自己过不去呢？正如脂砚斋所说的，因为这个人物很重要。我们看古人的文集就能看出来，只要这个

人写了赋，他的文集开头一定是赋，接着是古诗、格律诗。按中国人的特点，在前面的肯定更重要，因为我们对次序很在乎。不要说一般的兄弟姐妹，哪怕是双胞胎，先出来几秒钟的那个都是哥哥或姐姐。

由此我们知道警幻仙姑一定很重要，重要到曹雪芹也写一篇赋给她。我们仔细看会发现这篇赋在很多地方都有《洛神赋》的影子。警幻仙姑在整个《红楼梦》世界里面很关键，她是执掌上天的。按照我们一般的想象，上天应该是由玉皇大帝执掌，但这里不是。《红楼梦》的上天跟我们一般意义上的上天不一样，《红楼梦》的上天就是警幻仙姑和她主管的太虚幻境。那里薄命、春感、秋悲诸司，都由她主掌，甚至那两个和尚道士还要去她那里交割。所以她其实就是主宰上天的存在。基于我们前面反复讲的《红楼梦》对女性的尊重，曹雪芹又要强调警幻仙姑的重要，所以这里写了一篇赋。这也是有道理的。

说到这里，顺便一提。我个人一直认为这篇赋最后这句"果何人哉？如斯之美也！"不正常，很可能是脂批。但是现在红学界都把它当正文。我觉得最后到"奇矣哉，生于孰地，来自何方；信矣乎，瑶池不二，紫府无双"，其实就结束了，最后这一句相当于脂砚斋开的玩笑："这是什么人啊，这么漂亮！"

三十六、贾宝玉为什么对奶妈不太好？——乳母的地位与宝玉的成长

问：贾宝玉为什么那样对待他的奶妈？

大家读《红楼梦》时有没有这种疑惑：贾宝玉和他的奶妈的关系究竟是什么样的？我们感觉那个奶妈挺招人讨厌的，贾宝玉和丫鬟们都很烦她，而且她似乎也没什么地位。但是贾宝玉也不能把她怎么样，为什么？

在中国古代社会里，我们无法简单判定一个家庭中乳母的地位到底怎么样，因为不同的家庭有不同的逻辑。一般来说，乳母应该享受比较高的地位，因为她相当于半个妈。中国古代那些高门大族的女性，生了孩子之后，一般都不愿意自己哺乳，因为要付出很大代价。当然，生活中的任何代价都是有回报的，你付出了，孩子就会跟你亲。奶妈过来喂养孩子，孩子就会分一半感情给奶妈，这是肯定的。

在《红楼梦》里我们就可以看到类似的情况。贾琏、王熙凤对贾琏的乳母就挺客气的。但是有些乳母自己就不争气，为什么？因为每个人性格不一样。有些人比较谨守本分，把自己放得很低，觉得自己就是一个奶妈、人家的保姆，不要虚张声势、张牙舞爪，

就谦虚地在人家过日子，结果这样的人反倒更容易受到尊重。而有的人就觉得自己功劳很大，贾宝玉这么重要的人物是她的奶喂养大的，贾府都得听她的，这样反倒招人烦。乳母跟生母不一样，孩子与生母的血缘关系是无法否定的，但和乳母的关系就可以完全否定掉，就看乳母怎么表现。

在《红楼梦》里面有一条我们看不见的暗线，就是贾宝玉的发展。很多人都认为贾宝玉似乎是生下来就那样，其实不是。书中在前面给贾宝玉安排了好几个地方，让他表现他的发展。比如和乳母之间，他一开始都是一副公子哥的口气："他是你那一门子的奶奶，你们这么孝敬他？不过是仗着我小时候吃过他几日奶罢了。如今逞的他比祖宗还大了。如今我又吃不着奶了，白白的养着祖宗作什么！撵了出去，大家干净！"这个话为什么出来？我上初中的时候看这一段时也同意贾宝玉的看法，用《红楼梦》里的话说，"这个老货"真讨厌。但是随着年龄的增长，人会知道很多事情不是以自己的意志为转移的，很多事情自有逻辑。乳母之所以在贾府有一定地位，是因为她真的立了汗马功劳，多少年过来了，不是贾宝玉不喜欢就可以把她赶走。虽然贾宝玉在贾府呼风唤雨，为所欲为，但有些事情家长也是不能让他干的。比如，有一个家庭里的小太阳，谁都不敢惹，但有一天感冒了医生过来给他打针，他说这个人他不喜欢，居然拿针扎他。他爸妈会听他的赶医生走吗？不会的，他爸妈也只能让医生打针。一个孩子第一次发现父母不能保护自己的时候，就是那时。很多孩子一开始觉得这个世界上谁都没有他父母厉害，觉得父母无所不能，而且肯定向着自己。但是当他生病的时候他会发现，父母不向着自己，反而向着那个外来的陌生人，还得给那个人钱。

这一段情节的描写就是为了突出初始的贾宝玉是什么样子，包括他和晴雯撕扇等一些情节，也都是在凸显他最初的状态。贾宝玉慢慢地在成长，这个成长的轨迹有时比较明显，比如他一开始认为所有女孩子的眼泪都应该是为了他的，但后来才发现不是，每个人只能收获自己的眼泪。这个成长太明显了，我们每个人都知道。贾宝玉看"龄官划蔷"之后若有所悟，最后一点点能够悟出许多东西。但有些地方我们可能没注意。我们一直认为他特别喜欢晴雯，其实也未必。前面不是这样的，他是慢慢地才有这样的感情，中间也有一个过程。

当然说到这里又牵扯到情感的性别化，一般女性和男性对情感的看法不一样。《红楼梦》是男性写的，一般男性都认为情感是有原因的，如果晴雯和贾宝玉之间没有"晴雯补裘"那些情节，他们的情感可能达不到那个程度。但是一般的女性不这么认为，她们认为感情没有原因，喜欢一个人就是喜欢，非要问原因，反倒侮辱了这段感情。

在前面书里一定要展示贾宝玉公子哥的特点，李嬷嬷是一个很好的入口。贾宝玉如果只对晴雯、袭人这些人发脾气，不能完全体现他的公子哥脾气，因为很多很好的人也对他的丫鬟发脾气，这个很正常。贾宝玉对他的乳母也这样发脾气，读者就会知道他真的是一个公子哥。甚至林黛玉也在挑拨："别理那老货，咱们只管乐咱们的。"林黛玉是比较促狭的一个人，不够宽厚——当然很多聪明人都比较促狭。但是薛宝钗不一样，她和贾宝玉、林黛玉做人处世的差别很大。在这里我们把人物性格也看得很清楚，所以一个人的设置其实有很多方面的回响，这就是戚蓼生序本里所说的"黄华二牍"，黄华写一笔能做两笔用，每一笔都不落空。

三十七、贾政与王夫人关系和睦吗？——从赵姨娘看贾政

问：第七十二回中贾政说已经看中了两个丫头，一个给宝玉，一个给贾环。那么这两个丫头到底是谁？王夫人明明已经把袭人看作姨娘了，贾政问赵姨娘的话，说明王夫人并没有跟贾政商量过这件事，那是不是说明贾政和王夫人的关系并不和睦？

首先，那两个丫鬟是谁？已经不可考，因为他就是随口一提。其实生活中常有这样的事，我们突然有一个想法，有时候就说出来了，当然很多时候我们并没有说出来。有时候说出来了，说完就过去了。不是生活中的每句话都会有后文的，那么我们之所以对《红楼梦》里的话很敏感，原因有两个。第一个是《红楼梦》中的话经常有后文，有它的意义，所以我们有一点点风声鹤唳了。第二个是西方小说的影响。西方小说的话基本都是有后文的，因为西方小说要讲究有机性，就是一定要求每一个情节都要在它的艺术逻辑里面，有它的艺术的指向性。所以其实在我看来，中国的文学，包括小说和戏曲，更多的是一种呈现性的艺术。也就是说，生活中有什么，它就给你端上来。它就是想把原生态的生活给你端上来，而西方的艺术更多的可能是表现性的。在这种情况下，在西方，什么东西表现力强，什么能表现作者的艺术主张，他就

把那些东西挑出来。我们看中国的小说，可能对很多情节就无法深究。作者就是那么写的。到底为什么那么写？可能他自己认为应该是那样的，所以我们只要看到那些情节，感受到生活的复杂性就够了。因为作者的意思就在这里，不一定有最后的一个一个的归结。

当然《红楼梦》又有些例外，所以我们看《红楼梦》的时候，既要小心翼翼，又要能放开。有些话一定要小心，它一定有复杂的潜台词。但有些话，看上去好像挺复杂的，但也许没有什么潜台词。就看我们自己的解读了。所以，可能对这两个丫鬟并没有一个明确的设定，即便你去问曹雪芹，他也说没有。他就是想把这个话大概说一下，因为牵扯到要给贾环和宝玉的问题。

另外就是王夫人对袭人另眼相待，好像贾政并不知道，这能说明什么呢？这个好像也不能说明什么。因为这样的事儿，王夫人虽然这么想，但未必就把这个事情付诸实施。原因在于贾宝玉年龄还小，所以她未必把这个事情当作一个很正式的事情去对贾政说。我们每一个读者都认为，王夫人天天在大观园，在贾府，闲得没事，她不把这个正式说一说？但你要知道，这不是正事。这对她来说不是正事。她天天忙很多事，她一定要惦记着每隔一个月要给尼姑庵里上多少斤油；要让下人去把一些佛经刊刻一万份到处去传，去祈福；动不动要东家送米，西家送煤；北静王家的小妃生了孩子了，要赶快去贺喜；谁家孩子满月了，又怎么样……这些事情都很耗神的。所以她天天有正事，袭人这个事反倒不是正事，这个事完全是我们读者认为它很重要，但实际上在她的生活里并不重要。所以她很可能从来没有对贾政提过，这不能证明什么，我们不要过度解读。

当然，他们和不和睦，是另外一个话题。他们真的很可能不和睦，或者说不怎么和睦。一般来说，在中国古代有教养的、有自我限制能力的书香门第之中，只要正妻有儿子，就不应该再娶妾。但是贾政取了妾，而且他的这个妾的特点，我们也都看出来了。对于贾政这个人的评价，红学界一直有争议。很多人不喜欢贾政，而且认为曹雪芹也不喜欢他，因为这个名字的谐音是"假正经"。我一直不太同意这个看法。我觉得贾政还不错。这个形象，从作者写的各方面来看都还不错。虽然他对贾宝玉并不好，但实际上那个不好，也是古代父亲对待儿子的常态。而且第三十三回他打宝玉，也只能说教育不得法，不能说他不教育，也不能说他对宝玉放任自流，对不对？而且相对来说，贾政在贾府还是属于比较正的。其实在整个贾府里边，除了贾宝玉之外（贾宝玉因为是另类，我们先不管他），剩下哪个人能和贾政比？别人都是四仰八叉、邪门歪道。贾政还算好很多了，起码让贾宝玉去上学，这是对的。对上学的要求也不是读《诗经》那些，就要求把四书五经好好读一读。他试贾宝玉的才情，也不要让宝玉往花里胡哨的道路上走。他门下的卿客，也都是诗词方面的卿客，不是那种吃五喝六、逛秦楼楚馆的人。他和贾赦、贾敬、贾珍、贾琏、贾蓉这些人都不一样。那些人都是斗鸡走狗的，都是没出息的。所以贾政到底是假正还是真正，我们其实不好说。

我一直认为贾政是一个很方正的人，但是不得不承认贾政的妾，其实透露了他的问题。"物以类聚，人以群分"嘛。赵姨娘是小说里边不多的几个被作者完全写坏的人之一。《红楼梦》作者几乎不写一个完全坏的人，这是鲁迅先生的评价。鲁迅先生在《中国小说的历史的变迁》中说："至于说到《红楼梦》的价值，可是在中国底小说中实在不可多得的。其要点在敢于如实描写，并无讳饰，和以前的小说叙好人完全是好，坏人完全是坏的，大不相同，所以其中所叙的人物，都是真的人物。总之自有《红楼梦》出来以后，传统的思想和写法都被打破了。"仔细体味这句话，可以看出，鲁迅先生认为《红楼梦》的打破传统主要是突破了自古以来写人好的无一处不好、恶的无一处不恶的惯套。仔细想一想，《红楼梦》确实如此。

《红楼梦》里面几乎不写一个坏到头的人，也不写一个好到头的人，举不出一个好到头的人的例子来。你说贾宝玉好，其实作品中经常讽刺他，而且他似乎也不够聪明，跟那些女孩子比，显得很笨，虽然我们知道他很聪明，但是在整个大观园里面，他好像很笨；你说那些女孩子好吗？我们看到林黛玉有很多缺点，甚至薛宝钗，我们反复讲她是当时的典范，但是也有很多人不喜欢她，那是因为，作者也确实把她的那种城府写出来了。坏人呢？薛蟠本来是一个坏人，打死冯渊、强抢甄英莲的事很不好，但是看薛蟠看久了，我们觉得他就是滑稽一点儿，其实也不算坏了，有时候还挺萌的。甚至像小红、贾珍、秦可卿等人，作者都会写得很真实，他们不完全是坏的，很真实。但纵观整个《红楼梦》，真有两个人完全坏：一个是赵姨娘，一个是贾环，在他们身上真的找不到一点点的优点。

贾环，连贾政看见都受不了。贾政一看自己的两个儿子，一个猥猥琐琐地在那儿站着，一个秀色夺人。他平常特别讨厌贾宝玉，但是一看两个儿子站在一起，平常对于贾宝玉不喜欢的心也收了一点儿。好像贾环哪儿都不成器，人也长得不好，也小气。赵姨娘也是这样。赵姨娘既然是这么不堪的一个人，她还做了贾政的妾。那你就会知道，贾政一定是喜欢她的。贾政可以不喜欢王夫人，但是他一定喜欢赵姨娘。我们反复地讲，古代的婚姻都是门第婚姻，所以他喜不喜欢王夫人无所谓，只要贾府喜欢王府就够了。妾才是他喜欢的。那从赵姨娘的品行来看贾政，可能真的会有另外的视角。他可能是一个比较典型的封建士大夫文人。他的整个行为，都是在他受教育的层面展现出来的，他的教育告诉他要做这个不要做那个，他怎么都会去遵循。但是他可能私底下会好色，这不用说了，赵姨娘肯定不会长得差，长得差不会做他的妾。那么除好色之外，喜欢赵姨娘这样的小人的人，也可能不会太大气，所以从这个地方我们也能看出对贾政的判断蛮有趣的。

三十八、老婆子在贾府有地位吗？——越小越有理的《红楼梦》世界

　　问：老婆子们在贾府究竟有没有地位？

　　中国古代文化是一个敬老的文化，一个人只要年龄大了，就有了倚老卖老的资格——"倚老卖老"这个词在别的文化中是没有的，因为别的文化不认，再老也没有什么了不起。但是我们会发现这个词在《红楼梦》里也没用，《红楼梦》里人越小越有理。从这个角度讲《红楼梦》是一个奇葩的世界——不是那些老人做错了，是《红楼梦》有问题。这个问题从哪来呢？从作者来，作者有意识地把这些孩子写得年龄都很小，而且把时间拖得很慢，写了那么多回也不想让他们长大。因为只要一长大，贾宝玉就必然要面对肩负整个贾府兴亡的责任，黛玉、宝钗她们也都要面对出嫁，嫁了之后是珍珠还是鱼眼睛，这些问题其实对于作者来说都很残酷，虽然我们说的时候是调笑的，因为作者的态度从贾宝玉那里显示得很清楚，他希望人能保持不受社会熏染的纯真状态，但这个状态不可能持久。我们现在也一样，大部分人在学生时代都还是受家庭保护的，不用去理会社会上的事情。有时候很多人也会希望这个时间长一点儿，因为他们对社会上各种各样复杂的

交往有一种恐惧感。为什么想迟一点儿进入社会？因为人们进去之后会遇到各种复杂的事物，一定会对人天生的某些想法造成干扰，甚至将其取消。我们本来以为事情应该这么做，但进入社会之后，就会发现很多事情不是这么做而是那么做，违背自己的想法，但是我们要跟社会达成妥协，要慢慢认可社会的一些做法，不是因为社会的做法是对的、你的是错的，而是只有一种做法能让社会正常运转下去。每一个人在社会经验不多的时候，对生活的曲折面想得少，没想到社会那么复杂，要做一件事那么难。因为你要考虑到不同人的利益、不同人的才能、不同人对这个事情的认知程度。任何事情都有很多人的各种各样的欲望和利益的纠结，最后达成某种妥协的方式，但那个方式一定不是你想的那个方式，我们会有挫败感。作者也是一样，他想保持原本的想法，那个想法肯定是纯真的，生命的原始状态应该是更饱满的，而不是萎缩自己去承认社会，所以他就不想让大观园里的孩子长大，一直把他们保持在年龄很小的状态。因为在曹雪芹看来，尤其是在为曹雪芹代言的贾宝玉看来，年龄小的人天然有利，因为他保持了最纯真的状态。所以书中的年纪大一些的人，除了贾母之外，好像都不会被特别地尊重，甚至包括李纨、王熙凤、王夫人，吃饭时她们也得让姑娘们先吃，还得服侍姑娘们。她们都没有地位，老婆子们就更不用说了。但真实的情况是这样吗？

李嬷嬷为什么刚开始时倚老卖老？就是因为她觉得年龄大了有资格，没有把握到贾宝玉的底线，所以后来贾宝玉就受不了了，非要把她赶走，说不过就是吃了她几天奶嘛，有什么大不了的。那个时候的贾宝玉还是一个公子哥，后期他就不会这么说话了。后面还有赖大家的、赵嬷嬷之类的人，来到贾府都很受尊重，原因就是她们年龄大。在中国古代年龄大本身就是一个社会地位的标志，那么这些婆子在贾家服务了一生，她们没有社会地位吗？其实是有的，只不过不小心跑到《红楼梦》的世界里就没有了，尤其是跟作者很器重的少男少女发生争执的时候就更没有了，所以我们还是要看到，与此相关的情节跟中国的传统其实还是不太一样的。

三十九、马道婆是什么样的人？——大家族里的寄生者

问：第二十五回的马道婆究竟是一个什么样的人？

古代高门大族中的女性，包括老夫人、太太及小姐等，大门不出，二门不迈，和外面是隔绝的。这种隔绝有两方面的后果：一方面，她们只在大家族内部，不接受外界的洗礼，不用去面对外面复杂的情况。另一方面，她们的生活经验极少，这对她们来说也是痛苦的。其实，人真是奇怪的动物。比如，很多父母希望自己的孩子别太有出息，别有太高的追求，挣个普通工资，开心过一辈子就好。但是这不可能，因为人的幸福不是建立在自我认定的基础上，而是建立在他人认定的基础上、建立在在整个社会里面寻找自己位置的基础上。如果非要梗着脖子说，孩子高中辍学去打工，比考上大学更幸福，也是无法服人的。而生活优渥的人的矛盾在于，生活感往往较少，对各种各样的事情了解不多，生命含量低。回首一生，会觉得很苍白。比如王夫人、赵姨娘，她们想想自己的一生干了什么，就会发现什么也没做。这种感觉是很可怕的。人还是需要追求生活的厚度，这是人的本质决定的。

那么，古代高门大族里的这些女性怎么去追求呢？就是通过各种各样的僧道尼，古代小说里经常出现这样的人物。她们都是高

门大族的常客，走街串巷的。夫人、小姐们特别喜欢这些人，因为这些人可以告诉她们外面的花花世界是什么样子的，都有什么。就相当于我们现在看电影，看电视。马道婆就是典型的这种人物，其实刘姥姥也算，医生、和尚、道士也算。其他的古典小说中，这一类形象非常多，有跳大神的、媒婆，挨家挨户地乱串。"三言""二拍"里很多作奸犯科者都是这一类人。很多古代的大家族有家训，不准交结这些人，因为他们给家族带来坏的改变。但是并不可能禁绝。他们把女性圈到深府，无法和外界发生交流，不知道外界发生了什么。但人的本性是希望知道外面发生了什么的。就像我们今天有钱了，想出国旅游，不是因为欧洲比我们好，只不过是"世界那么大，我们想去看看"而已。她们也想看看，这是一个必然的需求，却又是古代大家族无法满足的，除非把大门打开，但那又不可能。所以，马道婆这样的人应该往哪儿寄生呢？往王夫人和赵姨娘的身上寄生。马道婆会看人下菜碟，王夫人这个人"天真烂漫，喜怒出于胸臆"，而且掌管整个荣府的权力，马道婆也不敢拿诡计招惹。而赵姨娘"有缝"，可以任她施为。

四十、门子、冯紫英后来还会出现吗？——不重要的人物

问：《红楼梦》中偶尔提及的一些人是不是很不重要？比如第二十六回提到冯紫英，看上去应该有后文的，却没有表现。再如贾雨村判案时那个门子，也没了下文。

中国小说与西方小说不同之处很多，其中很重要的一个是，西方小说注重有机性，所有出现的人物都有特殊的情节意义与艺术作用，但中国小说更注重对生活原貌的呈现，因此，有更多的人是功能性人物，所以并不一定会有下文。当然，这里说不一定，就是说，有的会有安排，但有的真没有。

就问题中提到的人，冯紫英其实应该是有下文的。之前在《好了歌解》里，"训有方，保不定日后作强梁"句下有脂批说"柳湘莲一干人"。冯紫英说到在铁网山打猎，"铁网山"前面出现过，就是写秦可卿去世时提到的。秦可卿用的棺材很奇特，是义忠亲王老千岁坏了事之后不用了的，也出自铁网山。但是，这些所伏的情节在后四十回，我们无法了解，只能推测。这"一干人"里，似乎有冯紫英，也有柳湘莲，他们后来有可能是做强盗的。这在前面有预示，薛蟠被柳湘莲所救，之后二人化干戈为玉帛，薛蟠又重新喜欢柳二哥了。问题是这个强盗是真的强盗吗？有没有

可能是柳二哥自己设计的呢？因为小说里写柳湘莲做过强盗。那么，为什么要写他做强盗？这和整个故事有什么关系？很可能是宫廷政治斗争的外延，很可能与元春之死有关。

而那个门子在作者的设计中可能就是一个棋子，用过就没有了。这个门子其实作者也用了心思来设定，因为他不仅仅是这个衙门的门子，还是雨村的故人，是由原来贾雨村未发达时寄居的葫芦庙中小沙弥"转业"而来，而且他特别懂人情世故，好像什么都知道。他在"葫芦僧乱判葫芦案"一回中教了贾雨村一个乖，却被贾雨村设计发配到边远地区。照他这么厉害，后文贾雨村应该有相关的报应吧？但是我们读到后面感觉这个人好像就消失了，其实就是因为他是一个功能性的人物。贾雨村在那里需要这么一个功能性的人物，反正不是这个门子，就是那个门子，总会有一个这样的人来做这件事，所以就把他写出来了。因为这个人虽然只是闪了一下，但是形象很鲜明，所以我们也会想他最后怎么样了。

其实，红学界关注过门子。1987年版电视剧《红楼梦》最后结尾的时候，门子就出现了。贾雨村失败之后，有人押着贾雨村走。在旁边押着他走的那个一脸严肃的人，就是门子。1987年版电视剧《红楼梦》将原书后四十回的情节，改成了大概十几集的故事，是由红学界的各种研究成果组成的。那个编剧也很有眼光，这个环节的照应，是非常好玩的一个细节。

第五部分　品读细节

一、一段话中为何出现两个称呼？——林姐儿与林姑娘

问：第八回"探宝钗黛玉半含酸"里李嬷嬷提黛玉时的称呼，不同版本有异文，应该怎么选择？

第八回"探宝钗黛玉半含酸"里面的细节很耐看，我们来分析一下。

这一回中宝钗有恙，宝玉来看宝钗，黛玉不放心就跟来想看一下。其实他们那个时候还挺小的，但是她就已经有点儿不放心了。薛姨妈端出了鹅掌鸭信，宝玉觉得这个要配酒才好，薛姨妈当然端上酒来。但李嬷嬷不让喝，并且说："当着老太太、太太，那怕你吃一坛呢。想那日我眼错不见一会，不知是那一个没调教的，只图讨你的好儿，不管别人死活，给了你一口酒吃，葬送的我挨了两日骂。"这话意思明白，但说得极其粗鄙不堪，非常不得体，因为薛姨妈刚给宝玉端上酒让他喝，她就说"不知是那一个没调教的，只图讨你的好儿"云云，实在不妥当。因此，薛姨妈其实也不高兴，所以她接下来的话里也夹了点儿东西："老货，你只放心吃你的去。我也不许他吃多了。便是老太太问，有我呢。"估计听到这话，李嬷嬷也明白自己刚才说秃噜了，只好听薛姨妈的，也去喝了几杯。

后来"宝玉已是三杯过去。李嬷嬷又上来拦阻。宝玉正在心甜意洽之时，和宝黛姊妹说说笑笑的，那肯不吃。宝玉只得屈意央告：'好妈妈，我再吃两钟就不吃了。'李嬷嬷道：'你可仔细老爷今儿在家，隄防问你的书！'"李嬷嬷也很聪明，她知道宝玉最怕什么。在人家兴致最高的时候，她突然就说提防老爷问书。一说到作业，宝玉就垂头丧气了，"心中大不自在，慢慢的放下酒，垂了头"。这时，黛玉的表现很值得分析，"黛玉先忙的说：'别扫大家的兴！舅舅若叫你，只说姨妈留着呢。这个妈妈，他吃了酒，又拿我们来醒脾了！'一面悄推宝玉，使他赌气；一面悄悄的咕哝说：'别理那老货，咱们只管乐咱们的。'"从表象上看，只是突出了黛玉的牙尖嘴利，但实际上没有那么简单。作品中在黛玉说完后就写"那李嬷嬷不知黛玉的意思"，如果黛玉的意思就是喝酒，话已说得如此明确，还有什么"不知"的呢？如果我们把这个情节看全一点儿就明白了。在李嬷嬷默许宝玉喝酒后，宝玉又要喝冷酒，薛姨妈和宝钗都赶快劝止，尤其是宝钗说了一些道理，宝玉立刻停止。这对黛玉来说是很不高兴的事，所以当雪雁正好来送小手炉，黛玉在这里也来了一个"机带双敲"，问雪雁谁让送来的，雪雁答是紫鹃，黛玉就说"也亏你倒听他的话。我平日和你说的，全当耳旁风；怎么他说了你就依，比圣旨还快些"。这是在说雪雁吗？当然不是，作者都写道："宝玉听这话，知是黛玉借此奚落他，也无回复之词，只嘻嘻的笑两声罢了。"然后才是李嬷嬷来阻止宝玉喝酒，所以在这个当口，黛玉撺掇宝玉继续喝酒，其实有在影响宝玉的事情上与宝钗争衡之意——这才是作者所写李嬷嬷"不知黛玉的意思"的那个意思。

接下来李嬷嬷就说："林姐儿，你不要助着他了！你倒劝劝他，只怕他还听些。"林黛玉冷笑道："我为什么助他？我也不犯着劝他。你这妈妈太小心了，往常老太太又给他酒吃，如今在姨妈这里多吃一口，料也不妨事。必定姨妈这里是外人，不当在这里的也未可定。"最后这两句非常厉害，所以李嬷嬷一听就急了。这两句话把李嬷嬷推到一个非常尴尬的境地，因为薛姨妈是王夫人的妹妹，她们姊妹地位又很高，贾宝玉在这儿反倒是客人。这是在薛姨妈家，李嬷嬷不让宝玉喝酒，薛姨妈其实也理解，是为了贾宝玉好，但是黛玉就抓住了另一个谁也不能否认的可能，说李嬷嬷不让宝玉在这儿喝酒就证明两家不亲，怕喝了酒会怎么样。古代的酒文化实际上是亲近的文化，一定要有亲近的关系才能放浪形骸。她用这种话就把李嬷嬷放在一个非常难受的位置上，加上李嬷嬷前边已经说错过话了，再被这样暗算是受不了的，所以听了又是急又是笑，赶快说："真真这林姐儿，说出一句话来，比刀子还尖。你——这算了什么。"

其实，这里是有问题的。李嬷嬷前面说"林姐儿，你不要助着他了！"后面又说"真真这林姐儿"，两处都有对林黛玉的称呼。这两处，有些版本都是"林姐儿"，有些版本都是"林姑娘"，所以红学界一直在争论，到底是哪个。周汝昌先生认为一个是"林姐儿"，一个是"林姑娘"，我个人也非常同意。为什么有的版本都是"林姐儿"，有的版本都是"林姑娘"呢？因为很多传抄、刊刻的人觉得都是李嬷嬷说的，而且都是在一个时间段说的，怎么会用不同的称呼呢，可能是弄错了，所以就把它们统一了，有些统一成"林姐儿"，有些统一成"林姑娘"，就出现了两种版本。但实际上就是前面用的"林姐儿"，后面用的"林姑娘"。

前面用的"林姐儿"是一个亲密但是带有不敬意味的词。"姐儿"这个词一般用来指小一点儿的丫鬟，甚至外面的女孩子，不是一个特别尊重的称呼。所以李嬷嬷刚一开始没有太把林黛玉放在眼里，因为那个时候她是小孩子。这就像一个人走在路上，对一个孩子说"那个小孩你过来一下"和"小朋友你过来一下"，一定是不一样的。说"那个小孩"，孩子会不高兴的，虽然他说不出道理来，但是他知道你对他不客气。"姐儿"这个词带有"小"的意思，在中国传统文化里面小就代表着没有地位，和我们现在不一样。现在在一个家庭里面，孩子越小越重要，但是古代是要敬老的，所以孔融四岁就得让梨，我们现在觉得残忍，但那是应该的，年龄小就是劣势。年龄小的必须尊重年龄长的，这就叫"悌"，"悌"这个字的本义是弟弟要顺从哥哥，引申出来就是年龄小的要尊重年龄大的。我们现在吃饭也是这样，你要跟群不太熟的人吃饭，还是要让年长的人坐在首座、主席上，这也是传统文化的一种影响。李嬷嬷刚开始没在意黛玉，但是接下来黛玉说的话刺痛她了，她才发现这个孩子惹不得，所以立刻改了称呼，说"真真这林姑娘……"。"姑娘"这个词是一个非常尊重的称呼，和"小姐"基本同义，但是又有差别，也是一个亲昵些一个疏远些，但总而言之都是尊重性的称呼。启功先生曾经说过，在满族的贵族家庭里边，没有出嫁的女孩子就是"姑娘"，"姑娘"的地位是最尊贵的，我们在小说里也能感受到这一点。《红楼梦》里，有时候林黛玉、薛宝钗她们就可以坐着吃饭，李纨或者王熙凤却在旁侍立，就是因为没有出嫁的女孩子是最尊贵的。所以，李嬷嬷确实改了称呼，她后面用"林姑娘"，是一个疏远但是尊敬的称呼，前面用"姐儿"刚一开始是想表示亲密的，但是同时又夹杂了轻视的意思。

二、黛玉为什么没吃醋？——"梦兆绛芸轩"的解读

问：大家都觉得黛玉小气，但从几个情节来看似乎不是这样，比如第二十八回宝玉看宝钗看呆了，黛玉在那里没有什么吃醋的意思，还跟宝钗开玩笑说"看呆雁"；第三十六回"绣鸳鸯梦兆绛芸轩"，宝玉睡着了，黛玉看见宝钗坐在那儿给贾宝玉刺绣，当时她的第一反应是捂住嘴笑，好像也没有吃醋，还叫湘云一起来看。

我们先看第二十八回这个情节。"薛宝钗羞笼红麝串"的时候，宝玉看到宝钗的胳膊，动了羡慕之心，再来看看宝钗的容貌，"脸若银盆，眼似水杏，唇不点而红，眉不画而翠，比林黛玉另具一种妩媚风流"，不觉就呆了，甚至呆到什么程度？连宝钗褪了串子来递给他他都忘了接。"宝钗见他怔了，自己倒不好意思的，丢下串子，回身才要走，只见林黛玉蹬着门槛子，嘴里咬着手帕子笑呢。"大家把这个情态仔细地考虑一下，黛玉是没生气吗？生气了，很生气。还原一下那个情境，你就知道她生气。但那个时候她又不好说什么，她又没办法直接跟宝玉生气。若只是宝玉，直接生气是可以的，但还牵扯到宝钗，生气就不太好。所以她蹬着门槛，嘴里咬着手帕子笑，其实大家都明白这个意思。不但如此，她还说要看呆雁，实际上是在用另一种方式骂宝玉，甚至骂宝玉

的时候，她自己也能稍微地舒缓一下生气的心情。然后她还拿手帕甩，不小心就打在了宝玉的眼睛上。哪有这么不小心呢？这也是故意的，故意要打他一下，只是要用一种很聪明的方式。

那么后面那个情节呢？宝钗进到怡红院宝玉房中一看，袭人正在那儿做针线活，问她做得怎么样，然后袭人说："今儿做的工夫大了，脖子低的怪酸的。"又笑道："好姑娘，你略坐一坐，我出去走走就来。"这其实不合生活常规，她不能走。她怎么能走？作为一个丫鬟，肯定不能因为脖子酸了就出去遛遛，而让宝钗一个人在那儿坐着。

实际上，作者写这么一段不符合生活常理的情节，是为了让宝玉把那个梦话说出来。"绣鸳鸯梦兆绛芸轩"，要把那个关于金玉良缘、木石前盟的话对薛宝钗表达出来。因为这个话他对谁都不能表达出来，即使对林黛玉都不能表达。只有在"诉肺腑心迷活宝玉"那里，他痴了，才能表达出来。但那一次他恰恰表达错了，说给袭人听了，林黛玉也没听到。他跟薛宝钗说没有金玉良缘这回事，意思就是别想了。这事更不能直接对宝钗说了，不管从什么角度都不能说。别说古代那个时候，就算放到我们现在也不能说。现在如果你知道有一个人喜欢你，人家并没有说出来，你就对他说让他不要喜欢自己，说自己名花有主了；这是不可能的事情，对不对？所以宝玉一定要用某种方式来表明自己的坚持，表明对于"木石前盟"和"金玉良缘"的看法。因为金玉良缘在整个贾府已经成了一个大家都知道的秘密，这对他们的压力是很大的。对林黛玉压力最大的就是"金玉良缘"，所以她听到就一定会生气。所以要从贾宝玉这儿再表一个态。在贵族家庭他是没有这个表态的机会的，因为任何时候他的身旁都必定有丫鬟。如果哪一回正好有一刹那，他的旁边没有丫鬟，被贾母看到，贾母肯定会很生气的。贾母会认为袭人、晴雯她们失职。所以此处作者让袭人出去一下，让宝钗一个人坐在那里，听到这个梦话。为什么让袭人出去呢？因为袭人是宝钗的影子，我们知道脂砚斋批语也说了"晴有林风，袭乃钗副"。晴雯是林黛玉的影子，袭人是宝钗的影子。所以，书中写到袭人好多次暗中去试探宝钗，她很佩服和欣赏宝钗。宝钗也很欣赏袭人，她们其实有点儿惺惺相惜的感觉，因为她们的总体风格很像。所以袭人跟宝钗说话好像不那么太注意，在这里就给她一个机会，她出去转转，让宝钗自己待在屋里。

　　这个情节说完之后，我们再说下面这个问题。黛玉看见之后偷偷地让史湘云去看，这个时候她没有生气。没有生气的原因是什么？是宝钗这个做法非常不妥当，所以黛玉很高兴，她不用生气。因为宝钗做了一个丫鬟的活儿，很丢身份，很失礼。所以这个时候黛玉赶快让更多的人来看见，这对她来说是一个胜利，所以她更不用生气了。这个是不用生气的，跟我们当代不一样。在当代，如果一个人的情敌做这些，守护着她的情人在那里睡觉，拿个蝇拍子赶苍蝇，那她肯定会生气，是吧？但是在古代不是这样，因为宝钗做的是一个丫鬟的事。中国古代的夫妻关系，和夫与妾的关系差别很大，妻是主人，妾是仆人。宝钗在那拿了蝇拍子，是妾做的事情。这不涉及名分的问题，她不用生气。

三、"母蝗虫"是一种诋毁吗？——潇湘子雅谑的前后

    问：林黛玉把刘姥姥称作"母蝗虫"，非常不好，为什么作者还称其为"雅谑"呢？

    这个问题很有趣，也很复杂，值得我们认真探讨一下。其实，要想比较好地理解这个细节，需要在两个方面有所准备，一是仔细考查这一谑称的语境；二是合理地看待古人与今人的不同。

    我们先来梳理一下前后的语境。第四十二回"蘅芜君兰言解疑癖，潇湘子雅谑补馀香"在"金兰契互剖金兰语"之前，但是这个时候我们能够感觉到薛宝钗和林黛玉的关系已经开始有了一些变化的痕迹，只不过要到后面才收获果实。这回的中间，就黛玉在众人面前不小心说出《牡丹亭》《西厢记》戏文的事，宝钗开诚布公地与黛玉交流，消除了黛玉对她的心理戒备，也说了一些大道理。"一席话，说的黛玉垂头吃茶，心中暗伏，只有答应'是'的一字"。只答应"是"是对长辈的做法，对师长才这样，宝钗在这个地方其实相当于做了黛玉的老师，她说的都是正大光明的道理，黛玉虽然可能心里并不认可，但是没有办法反驳。

    接下来这个细节我们一定要注意，这是连接前后语境的关键。"忽见素云进来说：'我们奶奶请二位姑娘商议要紧的事呢……'"

素云是谁呢？李纨的大丫头，实际上是贾府里的一等丫头，跟袭人、晴雯她们是并列的，但是很多人可能不知道她是谁，因为李纨很低调，所以她也很低调。接下来这一句很有趣——"宝钗道：'又是什么事？'"这五个字大家能体会一下吗？这个"又"字是没有来由的，因为并不是刚刚请过一次，所以从这个字能感觉到宝钗的心里有点儿不悦，这对于薛宝钗这个形象来说很罕见。整个《红楼梦》里面只有在"机带双敲"那个细节中，她有点儿不高兴。这次稍微有点儿不悦，我们仔细地分析后还是能理解的。她做老师做得正起劲，把黛玉也说服了，黛玉在完全示弱，完全接受她的指导。这个时候素云突然来打断她们，要找她们出去，她肯定有点儿没好气。但是接下来黛玉说"咱们到了那里就知道了"，黛玉也很着急地想摆脱这个窘境，不然作者不需要写这两句话。按作者一般的逻辑可以这样写：素云进来说"我们奶奶请二位姑娘商量要紧的事"，说完这两人就一起去了。然后钗黛二人到李纨房中如何如何。可见，两句话有丰富的潜台词，只是我们把它忽略过去了。黛玉心里对宝钗的话未必完全服气，但是道理太大，她只能称是，这对她来说还是比较窘迫的。她想摆脱这个窘境，素云来请正好是一个借口。按照黛玉的性格她肯定比宝钗更尖刻，而不是更宽容，这两句话的口吻应该反过来才对，应该黛玉说又是什么事，三天两头叫我们去，然后宝钗说去了就知道了，别先猜测。但在这里，竟然不是她们两个的口气了，我们就会知道有问题。

继续往下看，李纨说："社还没起，就有脱滑的了，四丫头要告一年的假呢。"我们注意黛玉，她说："都是老太太昨儿一句话，又叫他画什么园子图儿，惹得他乐得告假了。"这句话有问题，黛玉说得有点儿过头，有点儿恃宠而骄的感觉。她在整个贾府之所以能够被人认可，是因为有贾母的宠爱。林黛玉在各个地方都会无意中透露出贾母对她的宠爱。她刚刚被薛宝钗教育了一顿，心情是很低落的，整个状态是不好的。一个人状态不好的时候，就一定会想办法让自己的状态变一下，找机会调整一下。如果你刚刚做过一件好事，或者有人刚刚崇拜你，跟你说了一些好话，你出来碰见一个人撞了你一下，你根本不会在意；如果你刚刚碰到一个挫折，很不舒服，有人撞了你一下，你就会很烦，说不定还会说出不好听的话来，因为要给心态设定一个平衡。林黛玉就是这样，她刚刚经历了心态的失衡，但是她又无法说出来，正好碰见李纨说惜春要告一年的假，就拿出她掌握平衡的法宝，也就是贾母的宠爱。因为贾母对她很好，所以她敢拿贾母来说事，这个时候就可以把她之前被压得很低的状态往上调一调。

她说的这个话是不是不礼貌、不妥当呢？我们读者和剧中人能感觉到。接着往下看，探春赶快笑着说："也别要怪老太太，都是刘姥姥一句话。"探春立刻就体会到这句话不妥当，所以帮她往回拉一拉。这一往回拉林黛玉也发现了，这时她又掉到了另一个不平衡里，就是显得恃宠而骄、不尊重长辈了，她要立刻再往回拉，怎么拉呢？探春给了她一个台阶，要在刘姥姥身上开刀才能把这个话拉回来，所以林黛玉"忙笑道"。作者在这儿用了个"忙"字，能看出林黛玉立刻知道自己刚才说话说得有问题了，赶快要把它往回拉。所以她说"可是呢，都是他一句话。他是那一门子的姥姥，直叫他是个'母蝗虫'就是了"，"说着大家都笑起来"。说到这里我们基本上就可以停了。林黛玉说刘姥姥是母蝗虫这个话，在红学界有过很多研究。几十年前很多学者都认为林黛玉竟然用这样的词语去说劳动人民，证明她身上还有封建社会的影响，是贵族家庭的人，歧视低层人，政治不正确。直到现在都有很多人这么看，认为林黛玉在说刘姥姥是母蝗虫这一点上有失检点，是不合适的。但实际上把这一回从头看到这儿，就会发现不一定不妥当，林黛玉也并不真心地这么看她，并不是真的要去骂刘姥姥，是前面说老太太的时候说得有点儿过了，情急之下要往回拉，因为刘姥姥确实是惜春画画的原因。她在整个小说里面，再没有这么尖刻地骂人。虽然母蝗虫这个词在第四十一回就出来了，那是在回目里，"怡红院劫遇母蝗虫"是作者写的，但是这个词被剧中人说出来是在这里，是她在一系列的心态影响下说出来的。

了解了前因后果之后，这个问题就好理解了，所以不要用今人的观念去套古人，如果认为林黛玉诋毁刘姥姥是看不起劳动人民，就过于上纲上线了。

四、宝钗为什么不帮宝玉圆谎？——《红楼梦》中的药

问：第二十八回贾宝玉跟王夫人说他有一个方子，要用很贵的药，还说薛蟠拿了方子去配，求了二三年，花了上千的银子才配成，最后还说若不信可以问宝姐姐。宝钗听了却说"我不知道，也没听见，你别叫姨娘问我"，从后面凤姐的反应来看，这个事是有的，那宝钗为什么这样说？

这个问题分两个层面来说。一个是辨析这个事情本身，我的看法是宝玉是在撒谎，或者说是他在吹牛。贾宝玉是一个喜欢杜撰的人。他前面也曾说到《古今人物通考》，杜撰了一个名字，他自己后来也承认了——别人问出自何典，他就说了这个书名，探春说恐怕是他编的，他说："除《四书》外，杜撰的太多，偏只我是杜撰不成？"意思就是他承认了自己也是信口开河。他的信口开河其实也能理解，因为他在家是"宝天王""宝皇帝"，说什么都行，都是对的。

这个想法和题目中的推断有一点不一样，题目中的推断通过王熙凤的话认为宝玉说的事情是真的，所以才认为宝钗不给他圆谎。但是王熙凤说的又是真是假呢？她是在给贾宝玉圆谎呢。王熙凤是一个八面玲珑的人。前文我们提到过，她跟东府的贾珍和尤氏说

贾母不过去的原因说得也很具体，但是不是真的呢？我们不知道。再比如，刘姥姥一进荣国府的时候她说没有钱。但是她说没有钱你相信吗？肯定不相信，她肯定是有，多少倒在其次。她说没有，之后说"可巧昨儿太太给我的丫头们做衣裳的二十两银子，我还没动呢，你若不嫌少，就暂且先拿了去罢"。那这二十两是不是给丫头做衣服的钱？肯定也不是。在《红楼梦》刚开始的时候，她还不至于拿给丫鬟做衣服的钱给刘姥姥，她只是不想让刘姥姥觉得这个钱来得特别容易：你来了，我随便在柜子里抓了一把大元宝都给你了，那下一次你过来还再抓一把？

仔细去看，王熙凤的很多话都未必能信，甚至有些话是明确不能信的，因为前后矛盾，但是她说得都很确凿，而且有细节，所以我们就会误认为她说的是真的。宝玉说配药这个事情其实跟王熙凤没有关系，但宝钗没有给他圆谎，林黛玉在羞他，贾宝玉就有点儿尴尬，这时候王熙凤在里屋看着人放桌子，她就在听到之后专门过来给贾宝玉圆谎。我个人这么认为，当然不一定对。因为《红楼梦》里的任何情节，作者都没有说到底是怎么回事，只是我觉得这样比较合理。

我们再分析宝钗的态度。她没有圆谎，但也没有否认，她只是回避了这个事情，没有做判断，就好像一个人问另一个人某个东西好不好吃，对方说"我没吃过"，这是一种回避，不是在评判。宝钗说"我不知道，也没听见，你别叫姨娘问我"，意思就是这个事有没有，她不做判断。这就和王熙凤不一样，王熙凤是明确地说有这个事，而薛宝钗没有说没有，只是说不知道，也没听见，没听见不代表没有。当然从贾宝玉的角度来看，宝钗就是不给他圆谎了，就像他说有个东西很好吃，让她证明，她竟然说没吃过，当然是不帮他说话。但实际上，宝玉让宝钗帮他去说这个话本身就不合理，因为不管这是不是谎话，薛蟠在外面做的很多事情，宝钗就都知道吗？比如第九回大闹学堂，宝钗就未必知道，因为她是在深闺之中。薛姨妈要对薛蟠负管教之责，薛蟠在外边胡闹她都不知道呢，宝钗又怎么会知道？所以我个人认为这个情节应该这么解读。这是解读情节的层面。

但是，更重要的层面在于他们为什么反复说这个话题，而且关于药这个情节在这一回里面占的篇幅还不小。为什么要写它？很多红学家有他们的解读，认为这段情节对后四十回有一个明确的指向，和宝玉说过的一句很有名的话有关："太太倒不糊涂，都是叫'金刚''菩萨'支使糊涂了。"很多红学家引用这句话，或许，《红楼梦》中某个重要人物的结局便与吃错药有关。

五、"机带双敲"的尴尬点在哪里？——宝钗的一次大怒

问：第三十回"宝钗借扇机带双敲"为什么会尴尬？我没有 get 到点。

第三十回"宝钗借扇机带双敲"的情节是《红楼梦》中非常经典的，贾宝玉、林黛玉和薛宝钗他们三个之间特别尴尬。在这种时候，贾宝玉说什么话都好像说不到点子上。我们仔细解读一下那个情景，蛮有趣的。

贾宝玉说："怪不得他们拿姐姐比杨妃，原来也体丰怯热。"薛宝钗很生气，但又不好怎样，只好说："我倒像杨妃，只是没一个好哥哥好兄弟可以作得杨国忠的。"这个话到尴尬的顶点了，但如果不从前边的细节里原原本本地梳理下来，可能仍然不明白为什么会这样。

此前恰是宝黛二人最大的一次争吵，先是有张道士提亲，宝黛二人心中颇有嫌隙，虽然互相关心，但又不能明说，再以假心试真心，结果两下误会，又因说到"金玉良缘"，二人大吵起来。这一架声势极大，阖府皆知。到这回二人逐渐好转，被凤姐抓住送到贾母处。这时宝钗也在贾母房中，宝黛吵架是因金玉良缘而起，看到宝钗在座，气氛自然有些尴尬。宝玉为了打破尴尬，没

话找话来与宝钗搭讪，所以作品中说他"没甚说的"，才向宝钗笑道："大哥哥好日子，偏生我又不好了，没别的礼送，连个头也不得磕去。大哥哥不知我病，倒像我懒，推故不去的。倘或明儿恼了，姐姐替我分辨分辨。"我们经常说，看《红楼梦》一定要小心人物的语言，不要不加思考就相信，因为他们的语言是典型的中国古代交际型语言，有礼仪与社交所限定的套路。比如这里宝玉所说，如果不向前回溯我们会以为起码部分是真话，但事实上，上回之末已经把真相说出来了："至初三日，乃是薛蟠生日，家里摆酒唱戏，来请贾府诸人。宝玉因得罪了林黛玉，二人总未见面，心中正自后悔，无精打采的，那里还有心肠去看戏，因而推病不去"。可见他不去是"推病"不去，不是真病。所以，宝玉对宝钗说自己"不好了"完全是一个托词——当然，托词不是撒谎，对于中国古人来说，有时候拿个借口出来是为了顾全社交，这个时候他不能说他就是不想去看薛蟠。

对于贾宝玉托词有病不能去赴宴，宝钗是可以接受的，她可以依社交惯例接受宝玉的托词。但宝玉从套路上延伸出来的稍微多了点儿，他的后半句说"大哥哥不知我病，倒像我懒，推故不去的。倘或明儿恼了，姐姐替我分辨分辨"，这其实有点儿不妥。前边用病作托词，其实双方都心知肚明，作为社交的一部分，说者心安理得，听者也能理解，不来捅破。这样就可以了，宝玉却进一步要坐实这个托词，继续说若不知他病还以为他懒，要宝钗替他分辩，其实是要宝钗在明知他以此为托词的情况下替他圆谎，宝钗自然是不乐意的。

所以，宝钗的回答也暗含了一点儿小刺，她说"这也多事。你便要去也不敢惊动"，可能说完后觉得有点儿太硬，又补了一句

"何况身上不好"，但终究还是说了"弟兄们日日一处，要存这个心倒生分了"这样的话。其实，这些话本来是纯粹的客气话，只是放在微妙的语境中就显得别有用意，这个"何况身上不好"也让宝玉有些尴尬。也就是说，他本想通过对话解除尴尬，但目的没达到，所以他必须找别的话说。于是接下来他又笑着说："姐姐知道体谅我就好了。"这是自己给自己台阶。但是自己给的台阶还是下不来，他想来想去，又加了一句："姐姐怎么不看戏去？"这个大家都能明白，他想把话题立刻岔开，让前面的话赶快翻篇。接着，宝钗说："我怕热，看了两出，热的很。要走，客又不散。我少不得推身上不好，就来了。"这个话是直接打脸。它的前半部分是正常的对答，说"我怕热，看了两出，热的很"；接下来说"要走，客又不散。我少不得推身上不好，就来了"就不是正常的对答了，因为前边宝玉的托词在这里被宝钗直接揭穿了。对"少不得推身上不好"不论宝钗如何想，在宝玉听来都有所影射，所以"宝玉听说，自己由不得脸上没意思"。

我们看到，宝玉为了化解尴尬，一直在找话说，但到这里为止，情势却更加尴尬了。所以他必须继续话题，同时，他也有一点儿负面的情绪，所以不得不又搭讪着笑道："怪不得他们拿姐姐比杨妃，原来也体丰怯热。"这句话我们一般都认为宝玉说冒失了，但实际上不完全是。大家要仔细地去把自己还原到那个场景里去。宝玉被宝钗讽刺了几次之后，其实也有点儿不高兴。任何人做一个比喻，一定是有原因的，我们不要以为语言没有心理的逻辑。这里他拿宝钗跟杨妃来比，说"体丰怯热"，这个话谁能理解呢？林黛玉能理解。所以下面一段说"林黛玉听见宝玉奚落宝钗，心中着实得意"。要知道林黛玉对宝玉的理解和对当时说话的场景的把握一定比我们更清楚。我们读者一般都认为宝玉是说漏了，不是故意伤害宝钗的，但实际上不是——宝钗和黛玉都不这么认为。所以宝钗接下来立刻反击，"宝钗听说，不由的大怒，待要怎样，又不好怎样"，回思了一下说道："我倒像杨妃，只是没一个好哥哥好兄弟可以作得杨国忠的！"其实这个话就在指贾宝玉，如果她要指薛蟠的话，直接说没有好哥哥就完了，不用再说好兄弟了。杨国忠是杨贵妃的什么人呢？是她哥哥。宝钗非得加一个"好兄弟"，实际上是在刺贾宝玉。刺完之后，她觉得这个还不够明显，正好小丫鬟过来跟她要扇子。这个情节是不可能的，是作者故意加在这里的。一个小丫鬟不可能找不到扇子了就跑过来说"必是宝姑娘藏了我的。好姑娘，赏我罢"。宝钗这么稳重大方的人也不会跟这么一个丫鬟做这种促狭的游戏。何况这还是一个没听过名字的小丫鬟——这个丫鬟再也没出来过，感觉整个《红楼梦》里面她就出来这一次。作者为什么要在这里设置一个丫鬟问这句话？这个丫鬟其实就是我们说相声那个"捧哏"。要捧，就要找一个借口让薛宝钗把她那个气撒出来。她一问，这个时机对薛宝钗正合适，宝钗就说"你要仔细，我和你顽过，你再疑我"，这话其实就在说宝黛。所以，我们像这样把它理顺了，认真去细读，还原到生活情境中，就能理解宝玉的这种尴尬。当然，后边说戏目的时候就更尴尬了，只是在那个情节中，小说明确地用王熙凤把当时的尴尬气氛捅破了，这里就不再细说。

六、大家族对戏曲和杂书的态度矛盾吗？——宝钗的"胶柱鼓瑟"

问：为什么《红楼梦》中多次听戏的时候能听《西厢记》《牡丹亭》的曲目，而一说到《西厢记》和《牡丹亭》的书又避之不及？

这是一个特别好的问题，小说确实在这方面会展现出一个矛盾。小说里边多次出现演出《牡丹亭》和《西厢记》的场景，而且书中人物有时候也在用戏里的一些词。但是林黛玉和贾宝玉看《西厢记》却会被认为不好；甚至在行酒令的时候，林黛玉说出一句《西厢记》《牡丹亭》里的话就会被薛宝钗抓住。这个问题本身在小说里其实也被提出来了。第五十一回"薛小妹新编怀古诗"里，薛宝琴做了十首诗，其中最后两首是关于《西厢记》和《牡丹亭》的。众人看了"都称奇道妙"，而宝钗是一个考虑事情很周密的人，所以书中写到"宝钗先说道"，用了一个"先"字，宝钗还没等别人开口就赶快说话，她想把影响降到最低。她说"前八首都是史鉴上有据的，后二首却无考，我们也不大懂得，不如另作两首为是"，想把那两首抹掉。她说"我们也不大懂得"，其实她看了，她是知道的。所以说到这儿，黛玉就赶快把她拦住了——从某种意义上讲，这是黛玉在之前因误用戏词被宝钗"教训"之后有意地扳回一城——她说："这宝姐姐也忒'胶柱鼓瑟'、矫揉造作了"，用了两个成语怼回去。这在黛、钗二人对话史上还是少见的，但我们能感觉到黛玉也有一种抓住了把柄的理直气壮："这两首虽于史鉴上无考，咱们虽不曾看这些外传，不知底里，难道咱们连两本戏也没有见过不成？那三岁孩子也知道，何况咱们？"探春也附和说"这话正是了"，然后李纨后面甚至又说了很长的一段话来辩解："况且他原是到过这个地方的。这两件事虽无考，古往今来，以讹传讹，好事者竟故意的弄出这古迹来以愚人。比如那年上京的时节，单是关夫子的坟，倒见了三四处。关夫子一生事业，皆是有据的，如何又有许多的坟？自然是后来人敬爱他生前为人，只怕从这敬爱上穿凿出来，也是有的。及至看《广舆记》上，不止关大了的坟多，自古来有些名望的人，坟就不少，无考的古迹更多。如今这两首虽无考，凡说书唱戏，甚至于求的签上皆有注批，老少男女，俗语口头，人人皆知皆说的。况且又并不是看了'西厢''牡丹'的词曲，怕看了邪书。这竟无妨，只管留着。"总的意思就是说我们虽然没看过这个书，但是起码看过戏——我们没吃过猪肉，但见过猪跑，总而言之大家闺秀说出这个话来并不丢份儿。不过，这只能说明《红楼梦》中也提过这个问题，但是没有解决这个问题。

这个问题怎么解决？其实也很简单，就是艺术形式不一样。

戏曲是表演艺术，表演艺术在中国古代更多地承担娱乐功能，大家是看着玩的，看的时候其乐融融，看完就完了。几乎所有的戏曲都有丑角，而西方几乎没有哪一个话剧是有丑角的（只有个别剧作除外），可见中国戏曲是娱乐性的。再加上它又是一种舞台表演，是公开的，所以它是没有问题的，大家闺秀也可以看。古代的戏曲都是可以全家人一起看的，不管是什么戏，《西厢记》可以，甚至《牡丹亭》也可以，因为表演艺术不能表演得太露骨。虽然《牡丹亭》和《西厢记》里边都有某些露骨的情节，但是在表演的时候一定会用某种方式把它们遮蔽过去。我们现在去看《牡丹亭》也是一样，对那些情节有一个概念就可以了。

娱乐性的重要落脚点在娱乐，所以不存在问题。但是案头阅读就不一样，我们看薛宝钗对于林黛玉的劝谏以及前面贾宝玉和林黛玉读《西厢记》时那种警惕的、小心翼翼的做法，都会知道古代大家族对这种书的态度，用薛宝钗的话来说就是"最怕见了些杂书，移了性情"。所以古代的高门大族不允许这种所谓的"淫词小说"流入闺中，让女孩子看到，但在舞台上演是可以的。古代甚至将《红楼梦》也算作其中一种。清代《庸闲斋笔记》记载有女子读《红楼梦》读得痴了，她的父母把《红楼梦》扔到火里，她喊"奈何烧杀我宝玉"，然后就病死了。这样的事情只能在看《红楼梦》书的时候发生，因为她整个身心都沉进去了。但是如果看京剧《黛玉葬花》，你看完之后会痛哭流涕吗？不会。我们的表演艺术都会尽量地"跳出来"，因为它要娱乐你，就不能让你沉入太深。这就像我们看一出中国戏曲，一般不会为戏曲中的某些东西左右，会保持一个比较清醒的判断。看戏曲里边有些坏人，和看话剧里的坏人就不一样。最有名的例子就是，据说有一个战士看《白毛女》的时候非常生气，差点儿就拔枪把扮演黄世仁的演员杀掉了。看戏曲的时候会有人把陈世美杀掉吗？不会，陈世美唱得好的话，人们还会给他鼓掌。看戏的时候观众不会自我代入，只是在旁边听演员唱，不会觉得自己就是那个崔莺莺、杜丽娘，不会对剧中人的情感感同身受，他们关注得更多的是表演，比如扮相、唱腔、精气神等，而不是作品本身。它一定要剥离出来，不要让观众和剧中人有过于密切的情感共振，因为代入感太强就无法取得娱乐效果了。我们之所以娱乐就是因为置身事外。有的人看拳击觉得很过瘾，那是因为他没在场上打，他的亲人也没在场上打。如果本人或者亲人在场，就不会觉得好玩了，相反，会觉得很残忍、很可怕。代入感会移人性情，因为代入之后人们会对剧中人的每一个很细微的情感变化身临其境地体会到，但是娱乐就不会这样，人们会客观地去判断它。

即便不关注唱腔，不关注装扮，戏曲移人的力量也没有阅读强，因为表演艺术和文学还是有差距的。在文学阅读中，读者想象中的每一个角色都是抽象的人，比如在读《红楼梦》的时候，甲心目中的贾宝玉和林黛玉一定跟乙想的不一样，某个读者想的贾宝玉一定是他自己和贾宝玉的混合品，所以他很容易代入。但是别说舞台上的戏曲了，就连现在我们看电影或者电视，就有一个客观的贾宝玉在那儿放着，他长的就是那个样子，不管你喜欢不喜欢。2010年新拍的电视剧《红楼梦》大家不喜欢，觉得贾宝玉简直像贾环一样，就是因为和我们所想象的贾宝玉不一样，尤其是和1987年旧版的电视剧人物差别太大了。我们不能接受是因为人物形象固定了。1987年旧版的《红楼梦》对我们影响很大，如果没有这一版，每个人对角色的想象肯定不一样，这个不一样之中，一定带有观众本人的色彩，这样的话就很容易代入。但是面对电视屏幕、电影屏幕和真实舞台上的那个人，你很难说我就是他他就是我，这是不太可能的，因为明明他就是那个人，是和你完全泾渭分明的两个人，所以那种身临其境的感情是无法寄托的。表演艺术和文学是两种完全不同的艺术方式。所以，我在上文学史课的时候反复讲，大家即便将《三国演义》《水浒传》《西游记》《红楼梦》的电视剧看得熟得不能再熟了，也一定要看书，看书和看影视是不一样的。所以这个问题就明白了，不能让闺中小姐们看书，一看书会沉进去。案头文本的阅读过程中，读者会慢慢地被角色同化。

古人对待《西厢记》《牡丹亭》戏曲和书籍的态度虽然看上去矛盾，其实是合理的，因为案头阅读会移人性情。看多了私情蜜意的小说和戏曲，闺中少女们就会去向往，甚至会用私情蜜意来否定大义伦常，这当然是封建家庭不愿意看到的。

七、凤姐看好宝黛婚配吗？——宝玉的冷酒

问：第五十四回中凤姐为何特意叮嘱宝玉别喝冷酒，宝玉似乎不解其意，所以场面有点儿尴尬。

其实场面可能并不尴尬，宝玉是否理解我们也很难说，但我们读者应该是理解的。宝玉给众人一个一个斟酒，"至黛玉前，偏他不饮"，黛玉总是在各个层面要表示出自己跟别人不一样，有这个表现其实也是因为她有所倚仗。如果倒酒的人是别人，她可能就不这么表现。大家能体会到这种感觉吧，比如，我们举办一个派对，派对里边一个非常受人关注的人恰恰是你的男朋友，他要给人倒一圈酒，每个人都得倒，等到你跟前，你可能就会有不同的表示，跟别人不一样。这个可以理解。所以黛玉不饮，她都没说让宝玉代喝，直接就拿着杯子放在宝玉嘴边，宝玉一口气饮干，她说多谢，然后宝玉替她再斟上一杯。这个时候凤姐实际上是在插科打诨了，说"宝玉，别喝冷酒，仔细手颤，明儿写不得字，拉不得弓"。别喝冷酒，意思就是别喝不在你分内的酒。

如今在城市的酒席上，大家一般也不劝酒了，所以很多人对我们的酒文化没有太深的体会。但农村的酒席是一定要劝酒的。在农村办一场喜事，如果没几个会劝酒的人来，主家会觉得很尴

尬。每个村子里都有几个特别喜欢喝酒的人，村里哪一家办事，都一定要把他们请到，有时候为了那几个人，甚至会调整办事的时间，因为请到他们就会很热闹。有时候中午十二点开席，喝酒能一直喝到晚上十点，时间越长主家越高兴。其实时间长主家本来是很难受的，很打扰他们，因为要不断地热菜，菜放一会儿凉了，就得热一下重新端上来，然后不断地添菜。能喝酒的那几个人就坐在那里不动，甚至后来喝着喝着说不定还打起来，但是这样也可以，因为热闹。中国人特别讲热闹，为什么每个贵族家庭都要去听戏？就是要热闹。请个说书先生来说书、过年放鞭炮也都是为了热闹。我们喜欢红色，红色实际上也是一种热闹的颜色。所以，喜欢热闹可以说是民族的心理基因了。在劝酒的时候，哪怕你爱喝酒，有些酒不是你的，你也不能喝，不是因为你酒量不好，也不是怕你抢了别人的酒，而是有一个礼的问题。中国的酒席上有很多很吊诡的事。比如，有一个人特别喜欢喝酒，但是到酒场上你给他敬一杯酒，这个酒要是没有礼的逻辑的话，他是不喝的，虽然他很想喝。我们这个酒是一种礼文化。

　　贾宝玉这个酒就是分外的，不归他喝。"冷酒"这个词像"冷箭"一样是个临时的移用，所以刚一听到贾宝玉有点蒙，但是不是真的蒙。大家要小心，不要被贾宝玉骗过。宝玉"忙道：'没有吃冷酒'"，意思就是这个酒是热的，不是冷酒。王熙凤能不知道这是热酒吗？所以"冷酒"的"冷"是"冷箭"的"冷"移用过来，也就是说不是分内的酒不要乱喝，其实这是个插科打诨的话。所以凤姐笑说"我知道没有，不过白嘱咐你"，就把这个事又抹过去了。

　　这是一个王熙凤调笑他两个的情节，这个调笑放在这里好像也比较重要。王熙凤在前面说吃茶的时候调笑过一次，在宝黛吵架之后也调笑过一次，就是"机带双敲"那里。但是接下来好长时间没有了，是不是表明王熙凤对林黛玉不太看好了呢？有可能，因为我们反复地讲，王熙凤对于贾母的揣测是非常到位的。中间贾母是不是有犹疑？对于薛宝钗她有过几次表态，是不是给了别人某种判断的标准？可是，接下来此处为什么又开始开玩笑了呢？我们在前面的问题中讲到过，贾母又开始问薛小妹的生辰八字了，王熙凤一定得到了某种暗示，所以又开始来调笑林黛玉和贾宝玉。调笑不调笑的意思，我们大家都应该能明白。在我们自己的生活中也是，有两个人如果有这种可能性，周围人都愿意去调笑他们两个。其实调笑也是在育成，在制造一种氛围，让大家都觉得这是一个珠联璧合的结合。所以，这个细节放在这里可能有这样的深意。

八、王熙凤为什么说错话？——后四十回宝玉婚事的风向

问：第八十四回，凤姐提出宝玉和宝钗般配，到第八十五回，又出言冒失，说黛玉和宝玉相敬如宾。这是什么情况？

第八十四、八十五两回确实出现了两个重要的事情。第八十四回里边，突然提出宝玉的亲事问题。这个当然，不管是不是续书都一定会提的，由于宝玉的年龄、故事的推动，到了八十多回肯定会提。只不过第八十四回，贾母也提起这个事来，说现放着贾政他们作父母的，哪里用她去操心。从这个话我们也能看出来，对于宝黛的婚姻，他的父母最有发言权，贾母只能作为一个参与者，提供一些意见。

而凤姐在这里非常明确地提出金玉良缘的看法，她说一个宝玉、一个金锁，这么现成地放在眼前，怎么大家都没看见。通过这个话，贾母也问她前一天薛姨妈在的时候，怎么不说。从这个话也能看出，贾母似乎也是认同的。那么接下来，她们也确实在按部就班地要去实现这个事情。但是到了第八十五回，王熙凤又说了黛玉和宝玉"相敬如宾"这个话。在小说的叙述语言里边，我们也能够看得出来，这是一个冒失的话，不是有心说的。王熙凤似乎并不完全了解这个话的意思，或者说可能理解错了。因为

林黛玉说"你懂得什么"之类的话，其实说得也很冒失，很不像前八十回的风格。而且大家能够感觉到，当时的那个尴尬是个真尴尬，而且是没有什么艺术含量的尴尬。

前八十回造出的尴尬，一定不是这样的。比如，在"机带双敲"那一回，宝钗、黛玉和宝玉互相之间不太舒服那一段，王熙凤说："你们大暑天，谁还吃生姜呢？""既没人吃生姜，怎么这么辣辣的？"那个场面也很尴尬，但那个尴尬是情节场面的尴尬，而不是小说描述的尴尬。在第八十五回这里，连小说描述都尴尬起来了。大家都好像不知道该说什么，都变笨了，连黛玉都不知道该说什么好。

但不管怎么样，通过作品的叙述语言我们能够知道，作者让王熙凤说他们"相敬如宾"，这个话没有深意，她是不小心说错了。王熙凤是不识字的，对于那些复杂的典故可能不太了解。所以从这个话里边，好像也看不出什么内容来。只能说，如果我们把一百二十回当作一个整体来看的话，在这个时候，宝玉和黛玉或宝钗的婚姻问题，似乎没有以前那么清晰了。前八十回里，作者一直在有意识地去引导这两方面，要么往黛玉这边引导，要么往宝钗那边引导。金玉良缘和木石前盟，在前八十回一直是一个路线斗争。但是到了后四十回，似乎这个路线变得很快，立刻风向就变了。

事实上，不管后四十回的作者是谁，他一定要解决这个问题，一定要让故事按照原本设计的路线去走，但是他可能并不知道这中间的暗线应该怎么去调配，所以必须让它很快地走下去。怎么很快地走呢？又有很多地方没法绕过，所以他不得不让宝玉后来丢了玉。有了丢玉的情节，中间很多事情才好去调配，然后王熙凤也会变得跟以前不太一样，她在生病之后变得不那么机灵了。

　　当然，这是我们给她的解释。拿后四十回和前八十回来比，王熙凤不机敏了，到底是不是和生病有关？不好说。说和生病有关，是我们尽量给她的一个台阶。因为王熙凤的生病，不只是简单的生病。我们从前八十回就能看出来，王熙凤的生病实际上是她对自己周边形势的一个重新评估。在生病之前，她觉得自己的控制力很强，什么都能做。所以她往往会觉得自己想的都是对的，而不去考虑别人的感受。但是生病之后，她才发现自己的控制力没有那么强。这个时候，她也许会对周围的整个人际关系做重新的评估。

九、邢夫人为什么给凤姐难堪？——王熙凤失势的转折点

问：在七八十回后，感觉王熙凤的控制力下降了，为什么？

前边已经说了王熙凤的病，那应该是她失势的一个因素，但不是最重要的。其实，她的失势与得势密切相关。比如，我们觉得她和尤氏之间关系挺好，实际上，那是因为我们没有生活经验，否则就会知道，她们两个的关系不会好，从刚一开始就不好。刚一开始，贾珍请王熙凤来协理宁国府的时候，尤氏称病不出，我们就知道，她一定会对王熙凤很不满。但是她们两个又是妯娌，而且也恰好尤氏来掌管宁国府，王熙凤掌管荣国府，她们是两个家族的掌管者，所以也似乎不好怎么样。

在这两个人的交往中，尤氏相对来说还要稍微弱势一点，为什么呢？首先是她的能力和家族背景没办法和凤姐比。在中国古代的环境里面，娘家很重要。大家有没有发现王熙凤在贾府说话是很硬气的：你们贾家有什么？我的陪嫁有多少多少，我们王家怎么怎么样。娘家是她的底气。现在在我们的农村生活里面，娘家依然非常重要。一个女性嫁出去之后，她的娘家如果很有发言权，那么她也可以趾高气扬地生活；如果娘家不行，她就只好低眉顺眼的。所以这个确实很重要，王熙凤在这方面肯定很强势。

但是这些我们都不谈。我们要谈的关键是什么呢？是荣府有贾母，这就够了。其实，宁府居长，荣府居次，所以在整个《红楼梦》里边，要去写贾府的话，按道理应该写宁府，但是写的其实是荣府。写的是荣府倒也罢了，按道理，遇到各种事情都应该荣府先跑去给人家宁府送送礼。但是不是，事实都是反过来的。为什么？就是因为有贾母在。这一点，可能现代社会的人们在亲戚关系等各方面，都没有那么严格了，大家也不了解。比如，过年的时候走亲戚，谁家为大，先到谁家去。所以在宁府、荣府里边，在这一点上就很清楚，送礼一定要先到荣府。如果贾母去世了，那就另当别论了。那之后就得先到宁府去了，因为宁府居长，是这么一个逻辑。

　　在王熙凤和尤氏的关系里边，这一点也很重要。不管怎么样，尤氏遇事都得到荣府来请示，在这上面，她也要让着王熙凤。所以我们经常看到她们两个去商讨各种事情，也经常打趣，互相之间好像关系挺好的。但这是因为没有看到底下的东西，其实并不那么好。但是尤氏能怎么办呢？她没有办法。她的个人能力和家世背景都比不上王熙凤。而且这边的贾母又很疼王熙凤，尤氏也没有办法，所以连她的妹妹被王熙凤害死了，她都无计可施，甚至还被王熙凤拿住了，面对王熙凤的哭闹、抹鼻涕只能忍气吞声。

　　这些事情过去之后，尤氏依然跟王熙凤说说笑笑。她是真的一点儿怨言都没有吗？不可能。她肯定是有怨言的，只是没有办法，那她就一定要找时机了。后来就有了一个很好的时机。有一次尤氏到荣府来，有婆子对她不好了，之后有人报告给王熙凤。在这个时候，王熙凤其实也很警惕。她知道尤氏会对她不满，所以一定要小心，不要给尤氏借口。所以她就把那两个人捆起来，打算等尤氏过来再处置。这是给尤氏一个面子，但是尤氏根本就不要这个面子。尤氏说王熙凤多事，这不是什么了不得的事情。这个话说得让王熙凤没有办法接受。但是这个时候，又插入了邢夫人，因为被捆绑的下人和邢夫人的陪房有关系。

我们看《红楼梦》，一定要把它还原到生活里来。不要以为，在贾府里面，主子对随便一个丫鬟，都可以说打就打，说骂就骂。其实不是的，贾府是一个复杂的有机体。每一个丫鬟都会和很多的人有关。看第九回顽童闹学堂的情节，我们就会知道，那些小孩不太懂这些关系，不知道谁是谁。所以金荣说要打这个打那个的，但他根本不知道打的那些人是什么人，会怎么样。此处，如果只单纯是王熙凤的一个下人倒没关系了，但那个下人后面有邢夫人。邢夫人一听，也赶快来出头。

实际上，邢夫人不是一个喜欢出头的人。在前面贾赦想娶鸳鸯时，她就先来找王熙凤商量。为什么呢？她想让王熙凤说。为什么想让王熙凤说呢？因为她也知道自己不太受贾母待见。实际上，邢夫人在贾母跟前几乎没说过话，就跟个泥菩萨一样，往那里一坐，让大家知道她在就行了。她不在也不行，那是失礼的。她在呢，又不能引起注意。邢夫人就是这样的一个人，所以她一般不会主动出面去说什么事情。像这样的事情，在往常，她肯定会说那两个人，责备她们做了错事。但这次，她抓住了机会，当着所有人的面，突然对王熙凤说："我听见昨儿晚上二奶奶生气，打发周管家的娘子捆了两个老婆子，可也不知犯了什么罪。论理我不该讨情，我想老太太好日子，发狠的还舍钱舍米，周贫济老，咱们家先倒折磨起老人家来了。不看我的脸，权且看老太太，竟放了他们罢。"而且，"说毕，上车去了"，都没有给王熙凤留一点儿辩解的机会。可以想象，她是王熙凤的婆婆，她说这样的话，让王熙凤情何以堪。

更重要的是，王夫人也说："你太太说的是。就是珍哥儿媳妇也不是外人，也不用这些虚礼。老太太的千秋要紧，放了他们为是。"这对王熙凤打击很大，她"由不得越想越气越愧，不觉的灰心转悲，滚下泪来。因赌气回房哭泣"。在这之前，她还从来没有过这样的表现。其实，这个情节正是王熙凤失势的转折点。

十、彩儿的娘被撵为何没有上下文？——敏探春的守礼

问：第六十二回中探春正与宝琴下棋，林之孝家的带来一个媳妇，说是四姑娘屋里小丫头彩儿的娘，又道"嘴很不好，才是我听见了问着他。他说的话也不敢回姑娘，竟要撵出去才是"。探春只说撵出去方罢，此事便不再提起。为什么插入这个情节？这个话后来也没有照应，没有说彩儿到底怎么样了，她娘又怎么样了。她们是不是谈了贾府隐秘的事情？

我个人觉得这不好推测，因为最后没有照应，但是也有可能，因为紧接着就是抄检大观园，抄检大观园就和捡到绣春囊有关。绣春囊的出现让王夫人对王熙凤不放心，说她年纪轻轻的，这个东西不要带出来，王熙凤赶快赌咒发誓说，她没有过，虽然年轻但是她还知道礼数。"他说的话也不敢回姑娘"这一句很值得琢磨，在古代的大家族，不敢当面给主人回的话一般是两类，一类是政治性话题，一类就是风俗性的话题。政治性的话题是国家层面的，是会惹火上身的，比如说皇帝怎么样之类的话，但是此处听这个意思应该不是，因为彩儿的娘估计对政治的话题并不会感兴趣。所以应该是第二类话题，就是民间传谁和谁怎么样了。别说民间了，几乎所有人都喜欢传那种八卦，比如谁和谁在一起了，它跑

得很快，人们都不知道怎么就跑出去了，很多人都知道了。中国人对于桃色的八卦有天然的兴趣，西方人反倒在这一点上不在意。有一位同学的推测可能是对的：林黛玉的结局跟这个有关。很多红学家推测林黛玉最后要投水而死的原因，就是在贾府到处流传着她和贾宝玉之间所谓的"不才之事"，这种流言林黛玉受不了，要以死证清白。因为对于他们两个而言，说他们两个之间有私情，是一个非常大的污蔑。我们现在不觉得这有什么大不了的，不过就是从地下转向公开，但对古人来说这很严重。

但是仅就这个情节本身来讲，我们如果不多想的话，还有两个层面可以考虑，这两个层面倒是能够确定。

第一个就是要表现探春。因为在离此回不远之前就有一回叫"敏探春兴利除宿弊"，要展现出探春的特点。这几回从某种意义上讲相当于探春的正传，用浓墨重彩来写探春。前面已经写了"兴利除宿弊"，这里是不是重复了呢？不是的，前面写探春杀伐决断做了很多事情，但是没有写出细节来。我们看这个细节，探春正在下棋，感觉那步棋很难走，她想了半天，人家在旁边站着她没看见，突然一偏头看见了，就问怎么回事，林之孝家的就回了。然后她就问："怎么不回大奶奶？"底下说回了，大奶奶说来问她。她又问："怎么不回二奶奶？"底下说回了。然后平儿就说没关系，她处理之后自己回去汇报一下就行，这时探春才说那就撵出去，之后再回太太（王夫人）。前面因为各种巧合没有展现出探春在杀伐决断之下的"守礼"，所以这里实际上是在写她懂礼，对礼法的遵循非常严格。虽然她现在已经被委托以管家的职务了，已经拿到权力了——我们现在觉得没有什么了不起，不过就是管一个家族，但在古代这就相当于宰相掌印了，因为整个贾府就是一个小国家——但是她一点儿都不自作主张，很懂礼法。她先问跟大奶奶说了没有，其实以前没人问过大奶奶，李纨就跟不存在一样，但是探春很聪明，她要先问大奶奶，而且一听就知道，那个下人不愧是探春调教出来的，说问过了，就证明她也知道礼法，先去问了李纨；然后再问二奶奶，因为二奶奶是前主管。说这个话的时候平儿就在旁边，这实际上也是给平儿听的，所以平儿立刻就接话说没关系，所以探春就可以处理了，说那就撵出去吧。但是说了撵出去之后还不算完，因为还有一个王夫人需要知会一声。王夫人是名义上的最高执掌者，只是不处理具体事务，所以不用再去问她了，问了反倒烦她，还不如让她多念念佛，但是事情做完之后要汇报给她，可见探春很懂礼。作者还怕你没看出来，接下来让林黛玉对贾宝玉说了一段话——黛玉之前没有评价过探春，也没对贾宝玉评判过别人——她说："你家三丫头倒是个乖人。虽然叫他管些事，倒也一步儿不肯多走。差不多的人就早作起威福来了。"其实这里就是作者在提示他要做这么个说明。

另一方面，有没有可能也是为了突出宝玉和黛玉的那段话呢？古代的作者写小说，他想突出什么，当代的读者其实很难体会，这跟西方人不一样，西方的小说想突出什么就写什么。这跟人的思维方式有关，西方人都是直接的，中国人都是不直接的。《红楼梦》用戚蓼生的序说就是"绛树两歌，黄华二牍"，他一笔能写两笔，每写一个情节都带有几方面的意义。本来就很复杂了，再加上他又不给我们做很清楚的表述，我们更不知道他这个情节到底是什么意思。这一点真的体现出中西方文化差别很大。美国人刚一开始跟中国人接触的时候是非常难受的，因为美国人想什么就说什么，中国人想什么一定不说什么，一定拐弯抹角地先说别的。现在中国受西方文化影响很大，很多中国人已经有很大的变化，但是这种变化只是在中国的文化环境里面能感觉出来，如果把中国人直接扔到美国，感觉还是不一样。在这个话题里边，作者把宝黛两人拉出来，是不是也有一个意思要让他们说一句很关键的话呢？因为黛玉说："咱们家里也太花费了。我虽不管事，心里每常闲了，替你们一算计，出的多进的少，如今若不省俭，必致后手不接。"黛玉从来没说过这一类的话，但她现在说了。黛玉好像从来不关心经济，实际上冷眼旁观也看出来了。但是宝玉接下来说："凭他怎么后手不接，也短不了咱们两个人的。"他说这个话之后黛玉就不能往下接了，所以她就到旁边找宝钗说话了。这也很正常，一个人说了不合适的话，对方就当作没听见，去找另一个人说话了，因为她没法去接。

十一、宝玉让袭人开解黛玉？——《红楼梦》的情节交接

问：第六十七回中，宝玉想让袭人有空就去开解黛玉，听到袭人去了凤姐那儿，他心里就不自在，是不是觉得袭人有点趋炎附势，是不是对袭人有不满？另外，袭人去看凤姐，为什么却装作不知道凤姐在家的样子？

以上对这个情节的理解有没有一点儿过度解读？第六十七回的回目是"见土仪颦卿思故里　闻秘事凤姐讯家童"，问题中所说的情节正处在前一句和后一句两个情节单元之间，所以我更愿意把它看作一个"过桥"。它是为了把情节从上句的"见土仪颦卿思故里"过渡到下句的"闻秘事凤姐讯家童"而设置的。所以，前半部分写黛玉和宝玉一起在宝钗处，说起宝钗送的各种各样的土特产，就开始伤感。之后宝玉把黛玉送回潇湘馆，还想着她的痛苦，就想把这个话告诉袭人。进来的时候只看见麝月、秋纹在房里，就问袭人哪去了。于是就知道了袭人去了凤姐处。其实，仔细想想，他要叮嘱袭人闲时去劝劝黛玉的想法反倒是很奇怪的，黛玉与袭人有点儿八竿子打不着，如果说让晴雯去劝似乎还更有道理些。所以，将这个看作过桥或许更合适。

第二个问题比较有趣，我们来看看当时的细节。

袭人走到凤姐的房外，就听见里边凤姐说"天理良心，我在这屋里熬的越发成了贼了"，这句话其实已经快要过桥到下半回的故事了。不过，线索不能用了就扔，还得继续。而袭人此时也很尴尬，要走也不可能。这跟我们现在不一样，现在我们走到一个房门口，听见里面说着不想让人听到的隐秘话，可以偷偷离开。但在贾府是不可能的，为什么？因为每一个家庭门外都有各种各样的小丫鬟、大丫鬟……它是几重的，袭人已经进来听见凤姐说话了，就已经有两三个丫鬟看到她进来了，她不可能再退出去。我们看前面王熙凤"泼醋"那一回，是因为她走得太快了，小丫鬟都没来得及跑回去报信。再比如周瑞家的给凤姐送宫花，也有小丫鬟在门外守着，还对她摇手说别进去。古代很少有哪个大家庭门口没有人站着，如果一个人走过来要进去找贾母，发现门空空地开着，那肯定是出事了。在门口，一定先是最底层的丫鬟在最外边站着，然后二门三门一直往下。林黛玉刚进贾府也是这样，先是轿夫抬着，然后婆子接着，让小厮抬着走，就这样一步一步地接进去。所以袭人当时已经不可能退出来，那这个时候怎么办？

她只能大声地说话，先让里边人听到自己来了，这样的话凤姐就可以把接下来的话先暂停。所以她赶快问平姐姐在吗，然后进来再问二奶奶在不在家，身上怎么样了。其实她本来就是来问王熙凤好的。以袭人的聪明，她当然要卖这个好处了，因为她专门来看二奶奶，和来看平儿顺便看见二奶奶问一下好，肯定是不一样的。但她为什么要改了呢？为什么不直接说来看望二奶奶了呢？就是因为她前面听到王熙凤说的不妥当的话，听到那个话，她起码从自己的角度不能让王熙凤知道自己听到了。这个事情很奇怪，比如你有一次说不妥当的话，被你的朋友听见了，你就去问你的朋友，即便问之前就知道你的朋友听见了，但如果你的朋友说他没听清楚，你的心里也会舒服很多。但如果朋友说他听见了，不过没事，他不放在心上，那你心里可能也很别扭。人的思维就是这么复杂。所以这个时候袭人就要说她是来找平儿的，感觉她好像不知道二奶奶在不在家。

　　所以袭人很聪明，她没有说她没听见凤姐说话，那是此地无银三百两，她转个弯，说二奶奶也在家哪，那身上好点儿没有。这个话是这么递过来的，不是我们随便给她安上的。我们将《红楼梦》的情节看熟了会知道，它特别注意情节的交接，就像我们去跑接力赛一样，交接棒的动作一定要规范。不只是《红楼梦》，中国古代小说都注重这一点。古代小说特别注重接榫，一定要接得很好，不能直接就拧过去。这可能是受八股文的影响，一定要讲究起承转合。为什么白话长篇小说在明清两代很兴盛，而且写得这么好？我们可以说出很多理由来，可以说明代之前它没有产生，没有成熟，其实不完全是这样的，有的宋元话本也写得很长。其实就是因为明代八股取士对小说的影响非常大。明清两代的评点家，尤其是金圣叹，经常用八股文的评点方式来评小说，他说的那些"横云断岭""草蛇灰线"都是八股文的话头。所以他很注重它的脉络。

　　那么，综合来看，我们也可以把袭人看望凤姐当作一个过桥，《红楼梦》也是要把这个情节交接下去。不只是这个情节，前面我们看到很多这样的情节，贾宝玉要去做个什么事情，一定不是说他突然想起来就要去做。整个《红楼梦》里面有几次硬转换，比如刚一开始要讲贾府的故事的时候，他说贾府这么多人这么多事，也不知道从哪天讲起，恰好在青蘋之末、千里之外有一个小小的因由，我们把这个来讲。这是一个硬接，不是我们前面讲的软接，但这个横空拼接作者自己也注意到了，所以在前面加了刚才那些话，实际上还是想把硬接软化的。再比如，贾宝玉写了四时词，春景、夏景、秋景、冬景之类的，那一段也插得比较硬。其他的情节一直是从头流到尾的，不是中间硬生生给砍断，然后去说一个新的话题。所以，这给我们一个假象，感觉这个小说从头看下来，好像一个片段都没落下，一直走到尾，实际上很多故事都落下了，但作者接的艺术非常高明。

十二、惜春为什么杜绝宁国府？——尤氏与惜春的对话

问：惜春为什么杜绝宁国府？

抄检大观园最大的结果之一，就是惜春"矢孤介杜绝宁国府"。我们回到细节上来看一下。抄检大观园时，在惜春房中"寻出一大包金银锞子来，约共三四十个，又有一副玉带板子并一包男人的靴袜等物"，惜春的丫鬟入画吓黄了脸，惜春也不保护她，就让凤姐严处。第二天尤氏过来，惜春请她到房内把事情说明，尤氏其实也认为此非大事，说明即可。但惜春执意要把入画赶走。入画吓坏了，赶快跪下来哭求，说再也不敢了，求姑娘看在从小的情常——大家注意，这是用的是"姑娘"——好歹生死一处。尤氏也都十分了解，就说她不过是一时糊涂，下次再不敢了，从小服侍一场，到底留着她没事。这是尤氏来劝解。没想到惜春说："不但不要入画，如今我也大了，连我也不便往你们那边去了。况且近日我每每风闻得有人背地里议论什么多少不堪的闲话，我若再去，连我也编派上了。"尤氏道："谁议论什么？又有什么可议论的！姑娘是谁，我们是谁。姑娘既听见人议论我们，就该问着他才是。"尤氏这个时候其实已经生气了，但是还尽量克制着。惜春冷笑道："你这话问着我倒好。我一个姑娘家，只有躲是非的，我

反去寻是非，成个什么人了！还有一句话：我不怕你恼，好歹自有公论，又何必去问人。古人说得好'善恶生死，父子不能有所勗助'，何况你我二人之间。我只知道保得住我就够了，不管你们。从此以后，你们有事别累着我。"尤氏听了又气又好笑，因向地下众人道："怪道人人都说这四丫头年轻糊涂，我只不信！你们听才一篇话，无原无故，又不知好歹，又没个轻重。虽然是小孩子的话，却又能寒人的心。"众人也都来劝了，惜春继续说："我清清白白的一个人，为什么教你们带累坏了我！"那么"尤氏心内原有病，怕说这些话，听说有人议论，已是心中羞恼激射，只是在惜春分上不好发作，忍耐了大半。今见惜春又说这句，因按捺不住，因问惜春道：'怎么就带累了你了？你的丫头的不是，无故说我，我倒忍了这半日，你倒越发得了意，只管说这些话。你是千金万金的小姐，我们以后就不亲近，仔细带累了小姐的美名。即刻就叫人将入画带了过去！'说着，便赌气起身去了"。大家有没有注意到这一段在称呼上有变化？尤氏在刚开始的时候一直在说"姑娘"，但接下来她说"小姐"，这两个称呼不一样吗？

其实这两个称呼从某种意义上讲是一样的，但是实际上它们的色彩又是不一样的。"姑娘"是一个更近的、亲昵的称呼，因为更近有的时候显得尊重程度稍微弱一些。但是"小姐"就是一个稍微疏远一点儿的称呼，既尊重又疏远。前面尤氏和惜春说的时候，还一直希望能够比较平和地把这个问题解决，所以她一直说"姑娘"，一直在说"姑娘如何"，但惜春一直冷言冷语，中间尤氏已经很生气的时候，还尽量又用了"四丫头"这样的称呼来拉近距离，但还是换不回惜春的改变，之后尤氏按捺不住了，就说"你是千金万金的小姐"，前面加了形容词，又说"我们以后就不亲近，仔细带累了小姐的美名"。作者在前面一直用"姑娘"，后面用"小姐"，有意识地把这两个词分出来，因为这两个词的情感色彩是不一样的。

当然，这种不一样的例子在整个小说里非常多。有一个例子是袭人和史湘云的对话。袭人问史湘云："大姑娘，听见前儿你大喜了。"史湘云已经红了脸，吃茶不答。袭人笑道："如今大了，就拿出小姐的款来，你既拿小姐的款，我怎敢亲近呢？"这个话也非常明显，袭人是拿湘云开玩笑的。虽然是开玩笑，但跟刚才我们举的例子对词汇的使用、掌握是一样的。她前面说得很清楚："大姑娘，听见前儿你大喜了。"在古代的贵族家庭，小姐们不能随便在口头上议论自己的婚事，所以史湘云按照当时的礼法对她的要求，红着脸坐在那里吃茶不答。袭人是从小服侍史湘云长大的，史湘云家是贾母的娘家，而袭人是贾母的贴身丫鬟，很可能是贾母从史家带来的丫鬟，或者是史家的家生丫鬟，所以她跟史湘云的关系很不一般。在这里，袭人的意思是说湘云就不用拿着劲，刚才的话就是私下里作为闺蜜这样说。她后面说"小姐的款"是调笑湘云的，即便史湘云这样英豪阔大宽宏量的人，也有些扭捏了。

还有一个例子也比较典型，就是尤二姐和兴儿说话。尤二姐想打听整个贾府的情况，兴儿对尤二姐回答说他们家的姑娘不算，还有另外两个姑娘如何如何。兴儿说的还是"姑娘"。接着，尤二姐笑着说："你们大家规矩，虽然你们小孩子进的去，然遇见小姐们，原该远远藏开。"兴儿作为荣国府的一个仆人，他称呼荣国府的这些姑娘，用了比较亲近的一个词，就是"姑娘"。但尤二姐在这个时候是一个外人，所以她称呼同样的人就必须换一个词，她用"姑娘"就不合适，就得改一个更尊重的词，就是"小姐"。从这里我们就能看出两个词之间的这种差别。总之，我们看《红楼梦》的时候一定要注意称呼，因为很多称呼有时候不只是给对方听的，也不只是给自己听的，实际上还包含了一个宏观的、很复杂的语境。

十三、凤姐会为了鸳鸯得罪邢夫人吗？——尴尬人和尴尬事

问：第四十六回中，凤姐为什么会怕鸳鸯不答应之后邢夫人会怀疑她走漏风声呢？凤姐这样一个面面俱到的人，怎么会顾及一个丫鬟呢？她和邢夫人之间的话又应该怎么理解？

第四十六回的"尴尬人难免尴尬事"写得确实很尴尬，我们读的时候也能够体会到。这里有个别细节我们可能还要重新考虑。

在这个情节中，凤姐把话说得还是比较清楚的。题目中的疑惑是觉得凤姐没有必要为了鸳鸯去得罪她的婆婆，但是其实她也没有要得罪婆婆，她希望两边都不得罪。因为按照凤姐的想法，她知道鸳鸯是肯定不会答应的，她就不想先过去。她怕如果她先过去，邢夫人会认为她先做了什么。因为邢夫人刚一开始跟她说的时候，她是投了反对票的——这一点很关键。

邢夫人刚开始说这件事的时候她没想那么多。王熙凤在荣府一手遮天习惯了，有的时候她说话还真是把握不好轻重。因为整个荣府都由她来管。本来她是代替王夫人管，但是她自己管惯了，就以为本来就由她管，实际上这是随时可被撤销的。另外她又把贾母哄得很高兴，贾母又是贾府的主宰。所以她有时不太注意低调。从这里也能看出来。邢夫人跟她说了句话，悄悄把房内人给

遣出去，是不让丫鬟听到，怕走漏风声了。邢夫人悄悄跟凤姐说："有一件为难的事，老爷托我，我不得主意，先和你商议。"然后就说了贾赦想娶鸳鸯为妾的事。这话说到这儿，邢夫人没表态，大家注意到没有？邢夫人说这是个难事，意思就是她也不知道该怎么办；而且她说"老爷托我，我不得主意"，这也很明确地表示了她左右皆可，只是老爷托她，没有办法，所以和凤姐商量。有了这个模棱两可的说法，王熙凤的表现就不同了，书里写道"凤姐儿听了，忙道"，她立刻就回答，就像《论语》里说的"率尔而对"一样，她说："依我说，竟别碰这个钉子去。老太太离了鸳鸯，饭也吃不下去的，那里就舍得了？况且平日说起闲话来，老太太常说，老爷如今上了年纪，作什么左一个小老婆右一个小老婆放在屋里，没的耽误了人家。放着身子不保养，官儿也不好生作去，成日家和小老婆喝酒。"

　　这些都是很厉害的话。她为什么把话说得这么厉害呢？她可能以为邢夫人和她是一路的，因为一般来说邢夫人应该会和她一路。试想，贾赦要娶妾，邢夫人能高兴吗？贾琏要娶妾，王熙凤肯定不高兴。王熙凤以自己的心去想邢夫人，她就把这个话说硬了。我们在生活中经常会遇到这样的例子，我们跟一个朋友聊天，那个朋友说某个东西不好，我们本来觉得那个东西还不错，但一般来讲也会附和说那个是不好。我们一般不会非得跟朋友对着干，因为有些话就是八卦，没意义，说过就过了。但是你有这样的经验吗？你刚顺着他说两句，发现他改口风了。他说他刚才只是随便说的，他觉得那个还是挺好的。这个时候我们很尴尬，接下来我们就得圆话，就得往回拉。王熙凤就处在这个境地。刚开始她以为邢夫人肯定不同意，只不过是老爷托她她没办法，因为慑于贾赦的威势，所以王熙凤就想表达"我是你的支持者，我坚决支持你"的意思，就把话说得很硬。一方面说老太太肯定离不了鸳鸯，另一方面说老爷都这把年纪了，还左一个右一个，怎么怎么样，然后孙子儿子一大堆闹起来，怎么见人。但是刚说完，我们看下面："邢夫人冷笑道：'大家子三房四妾的也多，偏咱们就使不得？我劝了也未必依。'"这个话王熙凤一听就知道了，知道她刚才站错队了，所以她必须把话往回拉。所以她才赶快说："太太这话说的极是。我能活了多大，知道什么轻重？想来父母跟前，别说一个丫头，就是那么大的活宝贝，不给老爷给谁？"

问题中还提到一个想法，认为鸳鸯不过是贾母的一个丫鬟，王熙凤没必要这样。我们对生活的复杂性还没有了解。比如，在古代的官吏中，翰林为什么那么重要？我们都知道宰相很厉害，但是很多时候，宰相如果不是翰林出身，即便当了宰相，也会被人瞧不起。当官必须先当翰林，最后当宰相，这个位子才坐得稳，为什么呢？因为翰林是帮皇帝写诏诰文书的。写文书为什么这么重要呢？他稍微改一个字就变化很大。因为皇帝传的旨意都是一个模糊的集合，把它清楚化的事是由执笔的人去做的。比如要判某个人有罪，这个罪到底到几分，由笔去定。为什么古人都那么敬畏纸笔？因为稍微动一个字意思都不一样，差别很大。在贾府里，平儿的权力就来源于此。鸳鸯呢，大家没注意到吗？整个《红楼梦》里面，平儿和王熙凤这有权有势的人，都要巴结鸳鸯。反倒是袭人不用巴结，因为袭人和鸳鸯本来就是从小一起长大的朋友，但是平儿和王熙凤见了鸳鸯都姑娘长姑娘短的，都把话说得很好听。因为鸳鸯从某种意义上代表贾母。我们中国的权力，是以和这个社会里最有权力的人的远近关系来作为判断标准的，这也符合中国的文化。而且中国文化是一个家族文化，天下就是一个家族，我们说"家天下"就是这个意思。虽然我们说这个词的时候是一个负面的表达，但实际上在古代就是用小家庭组成一个大的天下，整个天下又是一个小的家庭。宋朝就是赵家的，唐朝就是李家的。那么谁的权力大呢？谁离皇帝近，谁的权力就大。因为权力是层层分散下去的。在皇宫里面，太监地位高吗？其实也不高，但是有时他们的权力大。这跟西方社会的权力分配是不一样的。西方的权力本来就是打散的，要在一个契约的关系下去构架整个社会的运行轨迹。这个契约肯定要把权力分散开，包括三权分立。中国文化的整体格局就是以家族为核心的。家族里是有尊卑的，所以我们的社会也有尊卑。所以在贾府，鸳鸯虽然地位低，但是权力大。鸳鸯不愿意当贾赦的妾，原因其实很简单。我们不要以为鸳鸯不想当妾完全是因为她"粪土当年万户侯"，对金钱、地位不感兴趣。其实那是因为如果当了贾赦的妾，她就等于被降职，我们看看赵姨娘就知道她的下场会很惨。所以她宁肯死也不去，还发誓要怎样怎样。我们可能会以为她有追求，其实她有什么追求呢？她最后会追求什么？她也不嫁贾宝玉。她肯定不能往低处走，这是显而易见的。她嫁给贾赦等于明升暗降，肯定不如她一直在贾母跟前。原本她可能想以后贾母开恩，给自己一个好的归宿。结果贾赦这么一折腾，她也不要归宿了，就在贾母跟前，还落个自在，整个贾府谁都要看她脸色。这就是权力的分配。

十四、夸赞的话为什么会显得不伦不类？——赵姨娘讨好王夫人

问：第六十七回"见土仪颦卿思故里 闻秘事凤姐讯家童"里，赵姨娘讨好的逻辑是什么？王夫人为什么会觉得她说的话不伦不类？

首先，赵姨娘讨好的逻辑是可以理解的，小说中也说了："（赵姨娘）忽然想到宝钗系王夫人的亲戚，为何不到王夫人跟前卖个好儿呢。"她能够看到王夫人很器重宝钗，宝钗从某种意义上讲是王夫人的自己人，宝钗做了好事，王夫人脸上有光。就好像你有朋友去参加比赛获得冠军，那么你的脸上也有光，大概是这个意思。所以你赶快去跟她分享好消息，这个时候报喜的人也与有荣焉。古代报喜是一个行当，"高考"榜单要出了，一堆人骑着快马在那儿等着，榜单一出他们立刻就分拨骑着快马去报了。因为报喜的人会受到奖赏，而且以后如果他再碰到事儿去找做官的人，也许会受到一些保护，因为那些官员很感谢他。中国人喜欢热闹，而报喜是凑热闹的事。

赵姨娘这个想法很正常，但是接下来比较有趣的话题是她的话到底说得怎么样。她说："这是宝姑娘才刚给环哥儿的。难为宝姑娘这么年轻的人，想的这么周到，真是大户人家的姑娘，又展样，

又大方，怎么叫人不敬服呢。怪不得老太太和太太成日家都夸他疼他。我也不敢自专就收起来，特拿来给太太瞧瞧，太太也喜欢喜欢。"这个话说得好不好？到底怎么去评判？其实作者给了评判，下面说："王夫人听了，早知道来意了，又见他说的不伦不类，也不便不理他，说道：'你自管收了去给环哥顽罢。'"其实，话说得好不好，没有客观标准。《红楼梦》里的人说话都说得太好，所以有人把话说得一般好在《红楼梦》里就是坏。

这话为什么"不伦不类"？我个人的理解可以有两个层面。第一个是过于明显，换一个词叫露骨。王熙凤说话一定不这样。赵姨娘想来卖乖太明显了，古人是不能这样说话的。这种话其实把王夫人放在了一个不利的境地，因为这种过于明显的奉承实际上把对方的道德水平放在一个比较低的层次，它的潜台词是对方喜欢听奉承，而且你的奉承也未必是出于真心的。凡是不出于真心的奉承，其实对方都能听出来。当然如果对方是一个喜欢听奉承的人，倒无所谓，因为一戴高帽子他就很高兴，他也忽略了那些不太合适的地方。但是中国古人 15 岁以前要进小学，小学学什么呢？学应对，应对就是待人接物时的说话。我们很多现代人在古人看来其实是不会说话的。所以虽然赵姨娘是在奉承，但她已经把王夫人的人格矮化，这肯定会引起王夫人的不快。

第二，这话也很小气，古人不会这么说话。我们无法举出合适的例子，因为古人的语言系统会非常自谦。我们如果用当下的普通话翻译文言文，会发现最难译的就是那些谦词，因为没法对应到当代的话语中来——这不完全是语言的问题，也是文化发生变化的问题，新的文化系统中已经没有合适的表达方式了。比如，古人给别人送礼，都会有很自谦的表达，会说"菲薄之物，不成敬意，请随意赏人"之类，这就是谦词，并不是接受礼物的人真的完全用不上，只会拿去赏人，而现代社会不存在赏人的事，这个话就不好说了。

第六部分 《红楼梦》艺术

一、为什么写逗趣的情节？——中国小说的寓教于乐

问：《红楼梦》是一部严肃的小说，为什么里面有那么多调笑的成分？

中国古代小说与西方小说的差别非常大，这是一个复杂的话题，我们暂且不从理论上去阐释，只说最简单的一点，那就是中国小说的核心艺术目标是娱乐，或者说得更全面一点儿，是寓教于乐。中国小说源于说书，大家听评书，听《三国》，听《水浒》，就坐在那里听说书先生讲，实际上也是一种娱乐。相反，西方小说是浸润型的，就不会以娱乐为核心了。试想，如果一个人想轻松一下，他就想看一遍《战争与和平》，这可能吗？他可以看福尔摩斯，对吧！但是不可能想轻松的时候就找本小说自虐一下，比如百万字的罗曼·罗兰的《约翰·克利斯朵夫》。然而，在中国这是可以的，中国上百万字的小说多的是，我们要放松的时候，看看《水浒传》《西游记》，甚至看看《红楼梦》都是可以的，因为它们本身就带有娱乐性。在中国小说里面，也都会有一个像小丑一样的人物来逗你乐，来让你高兴。《红楼梦》这么严肃的悲剧式小说中，也有很多搞笑的地方，像"起嫌疑顽童闹学堂"那一回就特别搞笑，看起来就像一个笑话一样，中间薛蟠的很多情节也

是非常逗趣的。

梁启超先生在《论小说与群治之关系》中论及小说具有"支配人道"的"四种力"（即所谓的"熏、浸、刺、提"），一定要改革中国小说，他甚至断言欧洲的政体之所以那么发达，就是因为欧洲小说发达。他这个断言在这个意义上讲是没问题的，因为欧洲小说，用亚里士多德的诗学观点来看——亚里士多德说的是悲剧，但是欧洲的小说大部分也都是悲剧——具有升华和净化的力量，也就是梁启超先生所说的四种力。这个升华和净化当然指的是它改变人的性情的积极层面，但其实也是有消极层面的。当人去看一些很黑暗的小说，感到心里很难受、很不舒服，那是因为和他正常的三观发生冲突了，但如果有的时候他对此感到舒服了，那就证明他的三观发生变化了。所以小说这个东西是很可怕的，它移人是很快的。

我们现在之所以愿意看西方式的小说，也正因为如此。我们每看一部小说，收获就在于自己好像发生了某种变化，因为我们好像跟随着其中的某个角色一起经历了人生的一个磨难，而在真实的人生中我们是经受不了那么大的磨难的，有可能扛不过去就没了。人生的磨难对人很重要，因为每经历一个磨难，人生境界就会开阔很多，我们会发现世界不是我们原来想的那个样子，会对它有更丰富的了解。这种丰富的了解我们自己无法经历，就用小说来经历。但是这个经历有可能会产生反向的效果，尤其是在古代人看来。因为小说是有视角的，小说有不同的视角，你代入的人就不一样；代入的人不一样，你所能够体会的人生境界差异就很大。因为代入，你可能会对作品甚至对相类似的人生经验丧失最客观的判断。

但中国小说却不是这样，中国小说尽量不让读者代入，章回小说中动不动就有说书人的口吻出来了，其实就是打破阅读的代入感的，这与中国戏曲的逻辑是相类似的。那么，中国小说不让代入的原因是什么呢？就是前边说的"寓教于乐"，在娱乐中，让人得到道德的启发——只有不代入时，对作品情节发展才会有客观的判断，才会起到教育的作用；如果代入了，读者就会为被代入者担心，这种情感就抹杀了客观判断。

二、《红楼梦》算是才子佳人小说吗？——清初文学重视真实的思潮

问：《红楼梦》算不算一部才子佳人小说？

《红楼梦》的艺术能量中有来自才子佳人小说的营养，所以有很多方面它确实很像才子佳人小说。我们也可以从某种意义上把《红楼梦》看作一部巨型的才子佳人小说——因为才子佳人小说都很短，基本上都是十来回的篇幅，而且每回都很短，但《红楼梦》有近百万字，算是一部巨型的才子佳人小说了。

但是实际上，《红楼梦》当然不是才子佳人小说。我们要注意对才子佳人小说的界定，并不是写了才子和佳人就是了。才子佳人小说的称法不是简单地以题材来分的，而是要以题材为基础，涉及更多体式与体性特征的限定。事实上，《红楼梦》非但不是才子佳人小说，而且，从某种程度上说，正是它终结了才子佳人小说。我们去看一下小说史，《红楼梦》出现以后，小说史上基本上没有才子佳人小说了。明末到清初，产生了很多才子佳人小说，但是到了乾隆年间，才子佳人小说几乎一下子就消失了。这个消失跟《红楼梦》有关，因为《红楼梦》扒了才子佳人小说的皮。《红楼梦》吸收了才子佳人小说的营养，实际上它的整个表层套路

就是才子佳人小说的套路，但是它又杀了个回马枪，把才子佳人杀死了，而且是有意识地、明确地去杀的。

比如说《红楼梦》中贾母掰谎的那一段，说得非常清楚，一下子把才子佳人都打倒了。不只是贾母，在开始第一回的缘起里面，那个石头就说："至若佳人才子等书，则又千部共出一套，且其中终不能不涉于淫滥，以致满纸潘安、子建、西子、文君，不过作者要写出自己的两首情诗艳赋来，故假拟出男女二人名姓，又必旁出一小人其间拨乱，亦如剧中之小丑然。且鬟婢开口即者也之乎，非文即理。故逐一看去，悉皆自相矛盾、大不近情理之话。"说才子佳人小说写的都不是真的，石头自己说的这段故事才是真的。贾母和石头的话其实都是在反对才子佳人小说。如果换一个角度，从才子佳人小说的角度来看《红楼梦》，就会发现，《红楼梦》的作者一直在给才子佳人小说放冷枪，时不时地就刺它一下，最后也达到目的了。这颇有点儿像西方文学史上的《堂吉诃德》，它是一部反骑士小说的作品，但它却用了骑士小说的装扮来反，它诞生之后，骑士小说也就烟消云散了。这两个作品可能从这一点意义上，可以做一些对比。

其实，《红楼梦》反对才子佳人小说，从最明显甚至最朴素的层面来看，主要在于什么呢？作品已经说得非常清楚了，就是假与真（这本来就是《红楼梦》整部小说最关键的一对概念），作者认为才子佳人小说的情节与人物都是假的，而《红楼梦》要破开这个假的套路，来写真的情节。比如宝玉中举的情节，为什么他没有中状元，只是中了第七名？其实就是一个典型的例子。才子佳人小说里的才子中的都是状元。他们最后能够跟佳人完婚的标准，就是中状元。因为才子佳人小说的作者，一般给才子设置的困难还是蛮大的，如果最后他没有中状元，就无法被皇帝老儿下旨赐婚，结局就收不拢了，没有办法让两人走到一起。但是这种套路看多了，所有人都知道是假的，因为中状元太难了。中国古代的状元，不是学习好就可以中的，跟现在不一样。古代三年一考，全国三年就出一个状元，那当然太少了。古人都知道，状元不是随便能得的，一定是文曲星下凡才能得。所以小说里反复写一个人中了状元最后怎么样，大家就越发地觉得它假。所以，《红楼梦》标举的是什么？在第一回里就说到，它标举的是真。原话是"至若离合悲欢，兴衰际遇，则又追踪蹑迹，不敢稍加穿凿，徒为供人之目而反失其真传者"，意思就是真。虽然讲到儿女私情略加点染，但是只要能说得真的地方，"我"这本书都是说得真的。这倒也揭破了才子佳人小说最根本的弊病。

当然，重视真可能也与《红楼梦》产生前后的社会思潮有关。比如，清初戏剧《桃花扇》的写作时段跟《红楼梦》差不多，其作者甚至在作品前专门列了考据一项，来标明剧中情节的来历。其实中国小说一直是重真的，因为它是从史官文化而来。但是到了明末，因为小说的艺术发展到了一定阶段，人们发现了虚构的东西是另一种形式的真，所以虚构才开始被接受。但是到了曹雪芹这个时段，它又重新提真。这是一个很有趣的表现，我个人认为这个表现跟清代的学术思想，如乾嘉的考据学对于"实"的认识有关。这种认识对诗学影响也很大。我们知道，乾嘉学派之后的诗歌也发生了巨大的变化。在那之前的诗人写诗时，用典故可能比较随便，有的时候会用错。但乾嘉以后的诗人，用典故是不会用错的。他们用典故的时候，一定要去考证一番，把诗变成了考证的东西。

所以《红楼梦》中，反复强调要写真。这个真，用那个中举的例子来说，就是故意去写贾宝玉和贾兰一个得了第七名，一个得了第一百三十名。虽然只是一个名次的问题，但隐含着对才子佳人小说的那个背景、套路的反拨，在这个意义上，可能也是对才子佳人小说放的一个小冷箭。

三、同用九个"了"字说明了什么？——《金瓶梅》对《红楼梦》的影响

问：第五十七回"慧紫鹃情辞试忙玉"中袭人说："不知紫鹃姑奶奶说了些什么话，那个呆子眼也直了，手脚也冷了，话也不说了，李妈妈掐着也不疼了，已死了大半个了！连李妈妈都说不中用了，那里放声大哭。只怕这会子都死了！"田晓菲先生说此处也是一共九个"了"字，与《金瓶梅》的一段"话说陈敬济，自从西门大姐死了，被吴月娘告了一状，打了一场官司出来，唱的冯金宝又归院中去了，刚刮剌出个命儿来，房儿也卖了，本钱儿也没了，头面也使了，家伙也没了，又说陈定在外边打发人，克落了钱，把陈定也撵去了。"九个"了"针锋相对，一字不差。二者是否有关联？

这个问题分两个层面。就这九个"了"字来说，是否受到了《金瓶梅》的影响？我个人意见是无法断定。因为这九个"了"字（尤其是恰恰九个）很可能只是一种偶然。但就整个《红楼梦》与《金瓶梅》来说，前者受后者的影响却是学界公认的事，连脂砚斋的批语里还说《红楼梦》"深得《金瓶》壹奥"。

首先从大的方面讲，《红楼梦》从《金瓶梅》里面吸收了很

多营养，这是肯定的。但这个影响在细节上具体体现在哪里就不好说了，就好像一个人今天吃饭吃了一块肉，这块肉在他的运动中肯定会发挥作用，至于发挥到哪一个细胞里，有的时候不好说。文学研究的很多方面都涉及这个话题，文学影响是最难说清楚的。因为它不像我们在生物学上要想知道哪些营养对植物很重要，比如氮、磷、钾，就把氮、磷、钾按照颜色计量，加入一株小植物中，然后放在培养基上培养，就会发现红色的长到这儿了，黑色的长到那儿了，能够清楚地看出来。我们可以通过生物学的各种研究把细胞分化，在显微镜下找出来。

而文学影响是什么？我们只能笼统地去感觉、把握。文学研究中影响研究是最重要的研究，因为研究文学的关键就是研究文学对文学的影响以及文学对普通人的影响。我们的很多研究都要往这里用力，但是这个研究又没有一个标准答案，没有任何一个研究最后能说清楚，只能说出一个感觉。也正因为如此，文学的研究就有很明显的高下之分。相对来说，自然科学的研究就不是这样，自然科学研究只有题目的大小之分，因为最后的答案是确定的，只不过有些答案对人的影响很大，有些对人的影响很小，而几乎不去对比研究本身的高下。但是文学研究不是，有些人很高妙，因为他们的感觉是对的，有些人的感觉是错的，或者说是不那么对的，这样的话境界立判，因为它没有一个标准来判定谁对谁错，只能说谁的感觉更合理，更能抓到文学影响的核心。所以就这一点上来说，我们很难说这两处是不是有真正的关联。但是既然你看到了那边有九个"了"字，这边也有九个"了"字，而且情节很对应，那么就可以考虑它们之间是有关联的，因为前面有大的逻辑，就是整体来说《红楼梦》受《金瓶梅》的影响都很大。

其实对《红楼梦》受《金瓶梅》影响的研究已经做了很多，但是我个人一直认为做得不够好。《红楼梦》受《金瓶梅》的影响，应该作为一个非常大的独立的研究对象，要写很多本专著才能研究清楚。因为《红楼梦》整个叙事世界的建构、叙事技法的营构、人物形象的塑造，都有脱胎于《金瓶梅》之处。但是我们现在学界对于这两点的研究都是单打独斗，以前出过几本专著，专门研究两书之间的关系，但也是蜻蜓点水，没有细致地、系统地做。之所以没有这么做，原因可能是特别喜欢《红楼梦》的人未必喜欢《金瓶梅》。因为要真的把两书都研究得非常好、非常透彻，就最好不要带有偏见。如果带有偏见，比如，对两书都读得很透，但是每次读《金瓶梅》的时候，都是捂着鼻子读的，那就不行，那就看不到《金瓶梅》里边闪光的地方是怎样被《红楼梦》吸收的。要想同时对两本书都特别喜欢，好像还比较难，因为毕竟风格差距很大。我经常说《红楼梦》是出淤泥而不染，那么《金瓶梅》就像淤泥，《红楼梦》就像莲花一样，它们的提纯度差别很大。虽然《金瓶梅》也很丰富，也很好看，但是就我个人而言无法做这样的研究，因为我客观承认《金瓶梅》写得很好、对社会的挖掘很深，但却并不喜欢它，这样的话也就研究不透。

四、必须读脂批吗？——中国传统小说的评点

问：看《红楼梦》一定要看脂批吗？

首先要说的是，中国古典小说的评点并不是小说的"副文本"、外在于小说，而是寄生于小说的一种文本存在方式，并且逐渐也演变成了一种写作方式、阅读方式与研究方式，具有独特的审美价值。所以，我在拙著《中国古典小说回目研究》一书中曾经说过下面的看法：

小说之有评点，已成为明清白话小说文本形态的惯例。早期的评点也许还只是书坊主招徕读者的一种形式，但到了后期，评点越来越多地进入了艺术、审美的层面，闯入叙事的世界，甚至进入作家创作过程之中，因而，评点也越来越深地与白话小说文本形态契合，成为几乎不可分割的部分。但这种"不可分割"在经历近代小说变革后，却被参照西律强行分割了。近现代小说创作自不必说，甚至改变了古典小说面貌的呈现：新的文本其实就是以西方小说的文本形态为模板的。

近代以来，中国的小说作者与读者都接受了时代的选择，接

受了西方对于小说文体的规定，所以，百年来我们似乎已不知何为小说评点了，个别评点本的出版也多是为研究者提供资料，而事实上它也应当是读者的阅读文本。在某些较为极端的例子中，我们可以看出，对于评点，尤其是与作品契合程度较深的评点的删略是损害原作的——因为那已是原作的一部分。比如《野叟曝言》中，夏敬渠一面在文中弄些玄虚，一面在回末总评中大声喝彩，但也不乏对原作颇具文心的梳理与揭示，但此书运气好些，当代整理本大都照录总评。再如吴趼人的《二十年目睹之怪现状》，其评点者虽曾冒"南亭亭长"之名，然实即作者自己，所评也是作品的有机组成部分，如果删去评点，全书的艺术面貌便会受到影响，但当代的整理本均越作者之权而删去评点，仅江西人民出版社"中国近代小说大系"本及上海书店"中国近代文学大系"本从保存资料的角度出发保留了这一形式。

所以，从中国传统小说的叙事智慧与独特的民族形式来看，阅读中国古代小说作品，评点是不能被忽略的。

而在中国古典小说评点里面，金圣叹评《水浒传》，毛宗岗评《三国演义》，张竹坡评《金瓶梅》，成就都很高，是古代小说评点最精华的代表——我甚至经常会觉得遗憾，像《红楼梦》这样伟大的作品没有遇到一个金圣叹或者毛宗岗，哪怕是张竹坡也行啊！不过，我们也不得不说，这些伟大的评点家无论如何也不能掩盖脂砚斋对《红楼梦》的评点，倒不完全是因为脂批也达到了金、毛、张的水准，也是因为和别的批语不一样。金圣叹并不认识施耐庵，毛宗岗也不熟悉罗贯中，但是脂砚斋熟悉曹雪芹——这一点对《红楼梦》来说很重要，因为脂批揭示了很复杂的《红楼梦》之外的世界。我们看到的只是《红楼梦》之内的世界，这个世界虽然很丰富多彩，但是对于红学迷来说，其实还不够，因为《红楼梦》隐藏了更多的东西，所以，我们还是要关注脂砚斋的批语。

　　当然脂砚斋的批语也有它的问题。它有点儿像我们古籍训释里的一个惯用的方法——随文训释，即解释这个字是这个意思，只代表这个字在这句话中是这个意思，不代表它在通用的时候也是这个意思。所以，脂批也是这样。经常有一些批语，就是脂砚斋临时想起来的说法。另外还有很多问题与此类似。比如，第二十八回云儿唱的曲子，脂批说："此唱一曲，是为直刺宝玉。"可能他在评点的时候是很放松的状态。曹雪芹写，他看和批，有时候不一定很严格，只是一时的想法。我们去理解脂批的时候，在个别情况下也不能太坐实，作为参照就好了。

五、为什么写一段看似无谓的情节？——中国小说叙事中的点染

问：第三十五回，王熙凤不记得做荷叶莲蓬汤的模具放在哪里，她一开始说是放在厨房，但婆子去了半天没找到，她又说在茶房，茶房也没有，最后还是管金银器皿的给拿上来了。在这个模具找来之前，贾母、薛姨妈、王夫人等也都在宝玉的屋里坐着。此处为什么要专门写她不记得放在哪里？

这个话题很有意思，值得我们以此为基点来说一下中国古代小说的叙事哲学。中国小说经常需要"点染"，西方小说里几乎没有，也就是说西方小说只要写某个情节，一定有这个情节存在的意义，但中国小说不一定有。张岱的《陶庵梦忆》中有一篇《柳敬亭说书》，中云："余听其说《景阳冈武松打虎》白文，与本传大异。其描写刻画，微入毫发，然又找截干净，并不唠叨。勃夬声如巨钟，说至筋节处，叱咤叫喊，汹汹崩屋。武松到店沽酒，店内无人，謈地一吼，店中空缸空甓皆瓮瓮有声。"这是记录说书资料中很有名的一段，说武松进店之表现，便是典型的"点染"，没有的话对情节似乎也没有什么影响，但有了之后整个小说就更饱满、更立体了。

《红楼梦》里这样的细节挺多的。中国的小说和说书有关，说

书就一定要让下面听的人感觉身临其境。比如袁阔成讲《三国》，他把很多细节拆开，有时为了拆开，甚至要用这样的套话——"说时迟，那时快"，一个人一刀下去，就把另一个人怎么样了。然后旁边飞起一根禅杖，就把刀打散了。这整个过程实际上肯定发生在一秒之内，但讲的时候他会用半小时来讲，要把时间停住，好像科幻片一样，然后慢慢地再把每个人的反应都说出来。《红楼梦》里，比如刘姥姥二进大观园，她在宴会上说"老刘老刘，食量大似牛"那一段，说完之后，大家都在笑。那个笑其实是同时的，大家都一起在笑。但是小说的描写是一个一个地写，写黛玉笑岔了气，宝玉滚到贾母怀里，惜春下去让奶妈给揉揉肠子……每个人都要写到。这好像在说"大家都先停住，让我把你们都描一遍"。这就是一种点染，可以增加艺术浓度，增强趣味性。

从这个方面来讲，中国小说特别重视趣味性。西方小说每一部都有它独特的命意，和命意没有关系的趣味性是要舍弃的，比如《战争与和平》或者《安娜·卡列尼娜》，尤其是《战争与和平》，里面没有什么好玩的东西，搞笑的情节几乎没有。当然，它的艺术成就肯定很高了，但在这里我们不谈，只说趣味性的东西，西方小说并不关注趣味。而中国小说我们留意一下，几乎没有一部小说中没有一个趣味担当的，这在戏曲中就是小丑，当然也与说唱技艺有关。连《红楼梦》这样严肃的小说中都会有一个薛蟠这样的人，现实中会有这样傻的人吗？和柳湘莲约了，就张着大眼从柳湘莲的身边走过，结果被柳湘莲狠打一顿。他的那些表现，就像他的诨名"呆霸王"，就是搞笑的。这样的人物在别的小说里更多，《三国演义》里有张飞，《水浒传》里有李逵，《岳家将》里有牛皋，都是类似小丑的角色，作者要用他们调出趣味性。在这一点上，金庸的武侠小说继承古典小说挺多的，他的作品里多有滑稽的人物。后期作品《笑傲江湖》里一下子出来六个——桃谷六仙，像前期作品《射雕英雄传》里那样只有一个周伯通已经不够用了。到了《鹿鼎记》，他赫然让主角当了小丑，所有的笑料都是从韦小宝身上生发出来的。韦小宝反倒像一个乱入的人，像桃谷六仙不小心跑到一个正统的武侠世界里。他周围的人都是严肃认真的，都咬牙切齿地做一些"侠之大者"的经国大事，像陈近南、郑克塽、顾炎武等，只有他一个人在插科打诨。所以，中国小说特别重视趣味，这和我们的讲说艺术有关。把生活细节里的每一个地方都描摹到，就让作品很饱满，让读者感到有趣味。

这也是中国小说耐读的原因。《红楼梦》我们很多人读了几十遍，但是还能再读，每一遍都有不同的看法。可是，人概不会有人把《战争与和平》读几十遍，除了研究者之外。因为西方小说是以新奇为艺术旨归、为核心的。那个新奇的情节一经读过就知道了，之后就不会再吸引人了。再好的西方小说，一般读两遍就差不多了。但中国这几部小说，不管《三国演义》、《水浒传》还是《西游记》，我们读多少遍都不够，都没有把它里面的东西完全琢磨出来，就在于它将生活细节写得特别细。

细节有点儿像形象，我们学文学理论的时候经常说"形象大于思维"，只要创造一个好的形象，它的阐释空间是无穷的。比如阿Q，鲁迅先生在写的时候，只是把他的感受赋予阿Q了。但是直到现在，研究阿Q的著作可以塞满半个图书馆，还是研究不完。鲁迅先生当时可能未必想那么多，但是形象本身包含的东西本来就值得探索，本来就说不完。那么细节也是一样，细节也是不言的，它只是表现。人物做了一件什么事情，这个事情怎么解读，不同的人有不同的理解。把细节写得更饱满，这是小说的一条正道。我一直对现当代的西方小说，包括其影响下的中国当代小说有点不满。现代的西方小说越来越哲理化，仿佛一部小说如果不讲哲学就不是好小说。很多小说从头就开始讲哲学，一直讲到结尾，只有一个很单薄的情节。那么小说和哲学著作有什么区别呢？其实小说是要通过人物去讲哲理，而不是直接讲。当然，有些人也可能讲得很不错。比如米兰·昆德拉，他的小说把哲理和小说结合得非常好。《生命中不能承受之轻》在刚一开始讲哲学问题，讲政治对人的影响，讲不朽的问题，都挺好，因为它讲的不多，只讲一点点，然后迅速进入小说，所以可读性还好。可西方有些文学家写小说，从头到尾就是讲哲理，可读性非常差。我觉得这是西方小说发展的歧途。其实，中国小说是极其重情节的，有再多的哲理也要纳入生活细节中去，再把它们描摹出来，这或许才是叙事文学的正途。

六、贾母的话应该怎样理解？——《红楼梦》的语言艺术

问：第三十五回宝玉挨打后，所有人都去看。聊天的时候，贾母当着大家的面夸薛宝钗，说"从我们家四个女孩儿算起，全不如宝丫头"，这话是客观地说宝钗特别好，还是因为薛姨妈在这里，她不得不这么说？或者贾母对于林黛玉的评价，就纯粹是情感性的？因为在现实生活中，也有这样的情况，有一个人非常好，但你从情感上就是和他不够亲，而更喜欢另一个不够好的人。但她这样当众说话，会不会导致下面的人妄揣上意呢？再联想她带刘姥姥游大观园时，到了黛玉的房间，刘姥姥问是哪个哥的书房时，她说是自己外孙女的书房，是很骄傲的口气，还说要换窗上的纱，换一种非常好、非常高级的。可到了薛宝钗房间，就说过于素净，有点儿挑毛病的意思。那贾母对林黛玉和薛宝钗的态度到底是什么样的，从头至尾有没有变过？

这个话题很好，尤其是解释贾母说宝钗的房屋很素净，提到林黛玉的房间却很自豪，把两处放在一起看，意义就出来了。后面是有点儿挑毛病的意思。大家都知道，毛病是只要挑就会有的。所以，从贾母这个微妙的心态上，能够看出一些东西来。但是整体上，我们在理解人物话语的时候还是要小心，要注意《红楼梦》

的复杂性，这个复杂性在于要把生活的原生态写出来。原生态本身一般都不够诗意，《红楼梦》却同时是原生态的和诗意的。正因为是原生态，所以对于其中一些话就要像在真实生活中那样去理解。贾母在特殊的时期会说特殊的话，其中，哪些话是她真心要说的，哪些是她表面的客气话，是要仔细分辨的，不能全部当真。因为中国人说话和西方人不一样，比如两个人通过他人介绍初次见面，即使不知道对方名字，还是要说"久仰大名"，这不是虚伪，是中国文化中确保整个社会交往正常进行的润滑剂。所以，在某些场面，我们必须说一些话。不能将对哪一个人的反感都写在脸上，那样社会交往就无法进行。我们根据这种文化来看这种情节，会有不同的看法。

我们把贾母的话集中在一起看，会发现她很厉害。刘姥姥二进大观园时，进来看到贾母，作品写道："忙上来陪着笑，道了万福，口里说：'请老寿星安。'贾母亦欠身问好，又命周瑞家的端过椅子来坐着。""老寿星"这个称呼非常精彩——我们可以想象一下，如果你是刘姥姥，你应该怎么称呼贾母，"老太太"是贾府人用的称呼，刘姥姥用不合适，"老祖宗"也带有自家人的意思，而且几乎是王熙凤的专用称呼，似乎也不妥，但刘姥姥偏偏能别出心裁地称"老寿星"，连乡下老妪都这么会说话，曹雪芹真是玲珑。脂砚斋也很慨叹，在这里批道："贾母之号何其多耶？在诸人口中则曰'老太太'，在阿凤口中则曰'老祖宗'，在僧尼口中则曰'老菩萨'，在刘姥姥口中则曰'老寿星'者，却似有数人，想去则皆贾母，难得如此各尽其妙，刘姥姥亦善应接。"贾母开始时"欠身问好"似乎不是很在意，然后她问刘姥姥："老亲家，你今年多大年纪了？"事实上，刘姥姥如何称贾母还不是难事，因为捡个好的说，哪怕稍微不合适一些也可以原谅。但贾母如何称刘姥姥却实在是个难题，因为若称太尊，一来贾母叫不出，二来也太虚伪；但若不用尊称，又与中国人交往时的礼数不合，贾母无论如何还是大家出身，不当失礼。但贾母赫然叫出"老亲家"三字，与上之"老寿星"不但异曲同工，而且更了不起，因为这三个字已经表现得很亲密也很尊重了，但并不虚伪，因为刘家与王家联过宗，则与贾母也有拐弯抹角的亲戚。接下来"刘姥姥忙立身答道：'我今年七十五了。'贾母向众人道：'这么大年纪了，还这么健朗。比我大好几岁呢。我要到这么大年纪，还不知怎么动不得呢。'"我们这时才突然发现，原来刘姥姥比贾母要大几岁。之所以才发现，就是因为小说行文的整个表现都让我们误以为贾母更年长，所以刘姥姥会恭恭敬敬地上来"道了万福"，而贾母只是"欠身问好"，贾母问话，刘姥姥还要"立身"回答——现在我们才发现，原来这种假象其实并非齿序，而是地位之尊卑。现在再来看刘姥姥那个恰切的称呼"老寿星"，则别有一番滋味。事实上，刘姥姥比贾母大几岁的事实可能贾母也是刚刚知道，因此，她后边的话就很值得玩味。她先问刘姥姥："眼睛牙齿都还好？"得到肯定回答后，她忽然说了一长串话："我老了，都不中用了，眼也花，耳也聋，记性也没了。你们这些老亲戚，我都不记得了。亲戚们来了，我怕人笑我，我都不会。不过嚼的动的吃两口，困了睡一觉，闷了时和这些孙子孙女儿顽笑一回就完了。"这段话其实意味深长。"记性也没了。你们这些老亲戚，我都不记得了"这一句是交代前文的，其实是场面话，先把多年不交往的事揭过；"亲戚们来了，我怕人笑我，我都不会"一句，则以自我贬低的方式（"怕人笑我"）来照应刘姥姥第一次进贾府时未能与会的事，表示不会面不是因为倨傲，相反，是因为自己不会待人接物：事实上，这两层意思都在指向自己的"老"，因为前边那层表示老了记性不好，后边的表示老了礼数也荒疏了。这个意思表述完后，却又说了"不过嚼的动的吃两口，困了睡一觉，闷了时和这些孙子孙女儿顽笑一回就完了"的话来继续描述自己的老态——那么为什么在没有人问她的时候她会这样说呢？其实很可能有前面的心理因素，即此前她没想到刘姥姥会比她大，所以应对稍有简慢。知道对方年龄大些后，一方面对于自己应接简慢有些不好意思，另一方面对于对方大自己几岁身体却更健朗而稍有一些难以言明的情绪：从前一方面来看，这些话是为了弥补此前的简慢的，我们大家都有这样的生活经验，向对方说话多一些就显得亲热一些，而且在说话中把自己的缺点说得多一些就会让对方显得更好一些；而从后一方面来看，则其话中其实还有为自己找回场子的意思，其深层还有一些炫耀的意味。这后一点意味，刘姥姥这个精明的乡下老妪也 get 到了，所以她立刻就回答说："这正是老太太的福了。我们想这么着也不能。"

我们看，这么简短的一段对话中，就埋藏了这么多的东西，这其实正是中国古代小说所擅长的地方，当然，更是《红楼梦》登峰造极的地方。

跋

　　无论在中华文化被弃若敝屣的时代，还是在重新发现其价值的当下，我们都幸而还有《红楼梦》这部奇书，向中国人昭示着中华传统文化的深沉力量。具体到我来说，十数年前考研之时，面临几个自己都很喜欢的文学专业时，我稍有游移，是《红楼梦》替我做了最终的抉择。这让我一直感到庆幸。虽然真正进入古代文学研究领域后反倒很少专门去研究她，但她依然是我阅读、学习、研究的根基。

　　多年来，最幸福的事就是与我的学生们讨论这部奇书——现在大家面前的这本小书正是这样一份课堂记录。它的基础是我2017年秋季学期《红楼梦》课的录音。感谢李伟楠女史的盛情邀请，促使我下决心把这学期与同学交流的记录拿出来供读者批评，同时还要特别感谢她专业的审校，由于是讲课稿，虽经校正，仍多有不畅或重复之处，经伟楠女史校过，顿觉改观。感谢张梦笔、吴玉、王立冬、王笑妃诸位研究生同学，他们帮我把用语音识别后的文稿校正过来，花了很多时间。还要感谢选修这门课的同学，尤其感谢张思羽同学与王笑妃同学，在这一学期的交流中，她们的问题最多，也大都新颖别致、启人神思。还需要特别说明的是，书中有一个问题，是我在北京市第三十五中学做关于《红楼梦》的讲座时，一位初中一年级的女同学提出的，是别有会心的好问题，我把这个问题也收入本书，并向那位同学表示感谢。

因此，这本小书是以问答的方式来呈现的。而且，我在整理的过程中尽可能保持课堂上问与答的原貌，算是以讲课的现场感来避免高头讲章的枯燥。只是，总体来说，我对全部内容重新调整了框架，在此之内来安放问题，以便整部书有较清晰的脉络可循。另外，还要说明两点：有的问题言在此，而我的回答却有可能意在彼，我也并没有修改提问以迁就我的回答，因为有的时候我看到了从一个提问延伸到另一个重要话题的机会，我使用了这个机会，似乎不应该"过河拆桥"吧；也有一些我觉得对阅读《红楼梦》还很重要的话题并未涉及，原因其实在于没有相应的提问，我也并不愿意去虚设问题来填充，只好保持这样的开放性姿态——好在《红楼梦》本来就是一部永远也解答不完的天书，也许，这样的开放性姿态正是一个伏笔，未来应该还有更多精彩的问题等待我们去探索。

当然，这门课最珍贵的收获其实是同学们阅读与交流中的碰撞，但那些连城之璧可能只会存于他们的阅读年轮之中，而我这里能拿出来与读者交流的却不过是些碔砆罢了。幸而拿到此书的读者或许也并没有奢望它可以作为进入红楼梦境的桥梁。我只希望这本小书能成为一个小小的引子，让读者真正再回到文本，回到《红楼梦》本身，那也将是这本小书和我最大的荣幸——归根结底，我们最应该感谢的，其实必须是曹雪芹留给中华文化的这部天书，正是她的永恒魅力，让我们每一个人都有机会在沉重与喧嚣中静下心来，共赴一场红楼之梦！

附录 《红楼梦》经典读本推荐

【五点说明】

一、推荐尽量选取当下可以购买或借阅到的版本，古籍版本对普通读者而言很难取阅，则不再涉及；海外的相关成果也基本不阑入。

二、推荐仅止于文献角度的描述，至于阅读经典的方法以及深入的阐释则不阑入，相信经典总会用各种方式照耀每一个人。

三、荐书依次分为童生、秀才、举人、进士，只是用有趣的方法排序，如果读者不喜欢，可以默认为甲乙丙丁甚至天地玄黄之类。

四、我无意轩轾所荐诸书，使用上述排序只是面对层次之不同。一般来说，排序越前，则对经典的解释越单纯；排序越后，则提供的阐释可能越复杂多维。选读任一层面的推荐，均有关兴趣，而无关学力。因为或许有人想要知道证明过程，以及历来之歧解，以便检验疏解之成色；但有人却只需要知道一个明确的结论。

五、我在推荐书单中标出其中一种，作为"最佳读本"——如前所言，这并非"最好"的读本，因为本来也不存在这样的读本，而是在当下的文化环境及读本资源中，其既不会因为坚持学术追求而烦琐枯燥，也不会因为投大众之所好而浅薄多谬。

一、童生读本

1.最佳读本：《红楼梦》(中国古典文学读本丛书、四大名著珍藏版、四大名著大字本)，中国艺术研究院红楼梦研究所校注，人民文学出版社1982年第一版、2008年第三版、2017年版、2020年版。

推荐理由：此书前八十回以庚辰本为底本，参校其他各脂本及程本；后四十回以程甲本为底本，校以其他各本——可以说，通过这种集校之工作，使此本文字非常可靠，又于阅读颇称便利。此外，**此本在注释上亦极有创获**，全书集合数十位优秀红学家，不仅对词语到典章制度一类传统注释对象进行全面疏解，还对《红楼梦》中许多暗含意蕴进一步阐明，其成果**兼顾学术与阅读，堪称典范**。然亦需指出，此集合众本、各取所"长"之整理方式适用于中国传统经、史、子、集类文献，于章回小说而言，似并不完全切合：一者，白话小说各版本间差异多为系统性差异，传统文献学校勘之目的在于力图恢复作者文本原貌，而白话小说本无原貌可溯，故校勘便极可能成为无清晰判定标准之智力游戏；尤要者，每一个被校改之版本，均出自某种特定文化生态，都折射着这种文化生态中主要作者、次要作者、出版者、读者复杂之文化意识与审美心理，故每种版本均有其独特价值，不可以也不应该被任何善本或整理本简单取代。所以，虽然这份书单的第一种便是"最佳读本"，但若进一步研究性阅读或研究，则仍需要以下推荐。

2.《红楼梦八十回校本》(附《红楼梦八十回校字记》一册及《红楼梦后部四十回》一册),俞平伯校,人民文学出版社1958年初版,1963年新版,1993年重印。

推荐理由:此为俞平伯先生校本,俞平伯先生慎重考虑,最终决定以戚序本为底本,以庚辰本为主要校本,以其他各抄本参校,不得已再参考程本。此本最大特点是汇校诸本,去取审慎,成为最早的汇校各本而成之典范。而且,此本还附有篇幅庞大的校字记,于后单独成一册,既不影响前二册阅读之便利,省却普通读者面对复杂枯燥校勘之弊病,又为研究者提供校改痕迹以便研究,体例切当。且此所汇校为前八十回,仍不完整,为读者阅读完整之《红楼梦》起见,又附《红楼梦后部四十回》,则**一书在手,各种阅读目的均可得满足,实为《红楼梦》之善本**。尤重者,其汇校正文,均极允当,文字去取,亦见巨眼。因底本选择不同,故正文与前举红研所校注本亦偶有异处,然亦各有所长。若云小有瑕疵者,乃以戚序本为底本,则脂本所缺六四、六七两回文字只好因戚本之旧,未能取程甲本此二回附入。

另:此校本的正文部分曾收入人民文学出版社《大学生必读书目》、《中国古代小说名著插图典藏系列》及《中国古典小说藏本》之中,唯删去校字记,并补入启功先生之注释,校与注相得益彰。

3.《红楼梦》,启功先生主持,张俊、武静寰、周纪彬、聂石樵、龚书铎先生校注,北京师范大学出版社1987年版,中华书局1998年、2014年新版。

推荐理由:对于《红楼梦》而言,程甲本是绕不过去的重要版本。因为一百二十回的《红楼梦》是一个整体，失却后四十回，简单地说，《红楼梦》是不完整的；深入讨论，我们会发现这种腰斩会对《红楼梦》的艺术世界造成极大损伤。当然，我们要承认，后四十回确实有写得不好的地方，尤其与前八十回那种无懈可击的艺术水准来对比，后四十回不少地方不尽如人意，但这就是《红楼梦》版本留存的客观事实，它并没有给我们留下与前八十回一致的精金美玉一般的全本，所以我们也不得不从积极意义上接受后四十回——就好像一个人失却了双腿，假肢当然不如原配，但如果有可能配备假肢，想来不会有人会拒绝。北京师范大学于1987年出版由启功先生主持，张俊先生等细心校注之程甲本，**从正文来说，全用程甲本，保证了版本之纯正；从注释来说，丰富详明，扎实精当，集一时之俊，亦极见功力。**由于此书全部一百二十回均以程甲本为底本，并"力求保存程甲本原貌"，所以是一个既便于阅读，也可供研究者参考使用的整理本。

二、秀才读本

4.《红楼梦》（四大名著名家点评本），中华书局2009年版。

推荐理由：《红楼梦》评点虽不能如金圣叹评《水浒传》或毛宗岗评《三国演义》般风行，然亦有其价值，尤以其中之脂评为特殊。然脂评长期以来或附于《红楼梦》之影印本中，或辑于专书，普通读者索阅为难。此书从现存十数种脂评本中，以早期三大脂本（甲戌本、己卯本、庚辰本）为主，过录脂评于正文相应位置之上，且评语为朱色印刷，既取其与原评相类，亦颇醒豁。除此之外，后四十回又取王希廉之回末评附入，以使全书百二十回成为全璧，并使全有评语，体例统一。**欲将正文与评点比照研读者，此本可称便利**。稍觉遗憾者，其书以十六开本印行，捧读之时，总觉似有所失，不知是否有机会出版正常三十二开本。

5.《新批校注红楼梦》，张俊等批注，商务印书馆 2013 年版。

推荐理由：从学术研究而论，前述诸本中，唯第三种为纯正之程甲本，研究者使用时无误用之虞，余者皆综合各本。然学界与读者大都忽略了程本系统中尚有修正之版，即程乙本。张俊先生提倡回归文本之阅读，**以多年功力，以严谨之态度整理了程乙本，并对其进行注释与新评**，使程乙本脱离《红楼梦》版本之被悬置地位，进入研究甚至普通读者阅读之层面，功莫大焉。此书最大特点除为纯正之程乙本文字外，还有深入浅出之注释与学术性极强之评点，细读其评，极有启发性。

三、举人读本

6.《脂砚斋评批红楼梦》，黄霖校点，齐鲁书社 1998 年版。

推荐理由：前文已云，脂砚斋之评语对阅读、研究《红楼梦》一书有着特殊的价值与意义，然自古典小说形式为西方同化以来，评语似乎一夜之间便从小说文本中隐退，新中国成立以后，出版社点校古典小说行世，删去评语均视为天经地义。于是，脂评与《红楼梦》正文从此判然两途，脂评多为辑于专书之中，普通读者难得一见，研究者亦无法将评语与作品原文进行有效之对读。黄霖先生有鉴于此，**将学界于《红楼梦》原文校订之成果与脂评汇校之成果合璧为一，互相参配，从而便于阅读与研索**。当下坊间将原文与脂评相配之书甚多，然多导源于此，且此书校订之细致、版式之朗然，均称翘楚。

7.《红楼梦》（三家评本），上海古籍出版社1988年版。

推荐理由：《红楼梦》版本极多，但学界注目者，不过脂本及程本而已。事实上，清中后期大量流行者却为出自程本的评点本系统，尤其以护花主人王希廉、大某山民姚燮、太平闲人张新之三家之评为最，然由于红学之发展，清代评点派在学界被攻击，在读者被忽略。然评点派于《红楼梦》实亦有独到之视角，不可全盘否定。因此，上海古籍出版社即将晚清三家合评本校点出版，为学者提供资料，为读者提供新的阅读文本。

8.《八家评批红楼梦》，冯其庸纂校订定，文化艺术出版社1991年版，江西教育出版社2000年版，青岛出版社2015年版。

推荐理由：此书正文以《红楼梦》程甲本为底本，同时校以甲戌、己卯、庚辰、戚序、蒙府、梦稿、列藏、梦叙等脂批系统的本子，以及清代评点派之诸本。八大家评批文字则分别为道光十二年双清仙馆刊王雪香评本、光绪七年卧云山馆刊妙复轩评《绣像〈石头记红楼梦〉》、光绪年间悼红轩原本王希廉、姚燮评《增评补像全图〈金玉缘〉》、二知道人《〈红楼梦〉说梦》、诸联《〈红楼梦〉评》、涂瀛《〈红楼梦〉论赞》、解盦居士《石头臆说》、洪秋蕃《红楼梦抉隐》。此书力求将清代评点派资料汇于一书，故力求其全，一书在手，清代评点派概貌尽在掌握。

四、进士读本

9.《石头记会真》，周祜昌、周汝昌、周伦玲校订，海燕出版社2004年版。

推荐理由：《红楼梦》一书版本极多，此同彼异，错综复杂，而一字一句之异，均或影响于全书之理解，故虽前云传统之校勘施于中国古典小说或未妥当，然于文本，又必有进一步之研究确定某一基准文字，故又当细校，确为两难。此前俞平伯先生已有篇幅庞大之校字记问世，然仍以传统之校勘从事之。至周汝昌先生，则欲逐字逐句列其异文，以成《红楼梦》不同版本文字异同之全书，然若用传统方式，则篇幅极大，又难卒读，**故其创所谓"具录对照法"，既可直观清晰地呈现不同版本之异文，又不损害阅读玩索之趣味。**此书之出，可称周汝昌先生一生研读之集成，亦为《红楼梦》一书版本异文之渊薮。

10.《脂砚斋重评石头记汇校》，冯其庸汇校，文化艺术出版社1987年版，国家图书馆出版社 2008 年版。

推荐理由．前所云《红楼梦》版本对校之问题，实为红学界共同思考之问题。二十世纪八十年代，冯其庸先生即以大魄力，贡献出《脂砚斋重评石头记汇校》五巨册，后又出版三十册之重订本。其书之汇校方式既简明又实用：**全书以表格形式呈现，每页之表十数列，每列为一种版本之文字，首列全文剪贴庚辰本文字，**即以庚辰本为底本之意，此之选择实亦由冯先生所奠定之学界共识，而最有创造性者为**此后各列，均不再剪贴原本文字，而是与首列庚辰本对校，若同则以空白示之，有异文方标出，**如此，则全书初读，八成为空白之表格，似徒费纸张，实为不然，此方式对异文之标注极为醒目，空白之处也并非一无所有，而表示版本之间亲缘之关系。故欲研究《红楼梦》之文本，除花大力气搜罗十数种影印原本——对照之外，最善之本属此无疑了。